너의 옷이 보여

너의 옷이 보여 1

킹묵 현대 판타지 소설

초판 1쇄 찍은 날 § 2019년 5월 7일
초판 1쇄 펴낸 날 § 2019년 5월 14일

지은이 § 킹묵
펴낸이 § 서경석

총괄팀장 § 노종아
편집책임 § 강민구
편집 § 최광훈

펴낸곳 § 도서출판 청어람
등록번호 § 제387-1999-000006호
등록일자 § 1999. 5. 31
어람번호 § 제1-3021호

주소 § 경기도 부천시 부일로 483번길 40 서경B/D 3F (우) 14640
전화 § 032-656-4452 팩스 § 032-656-4453
http://www.chungeoram.com
E-mail § chungeorambook@daum.net

ⓒ 킹묵, 2019

ISBN 979-11-04-91990-9 04810
ISBN 979-11-04-91989-3 (세트)

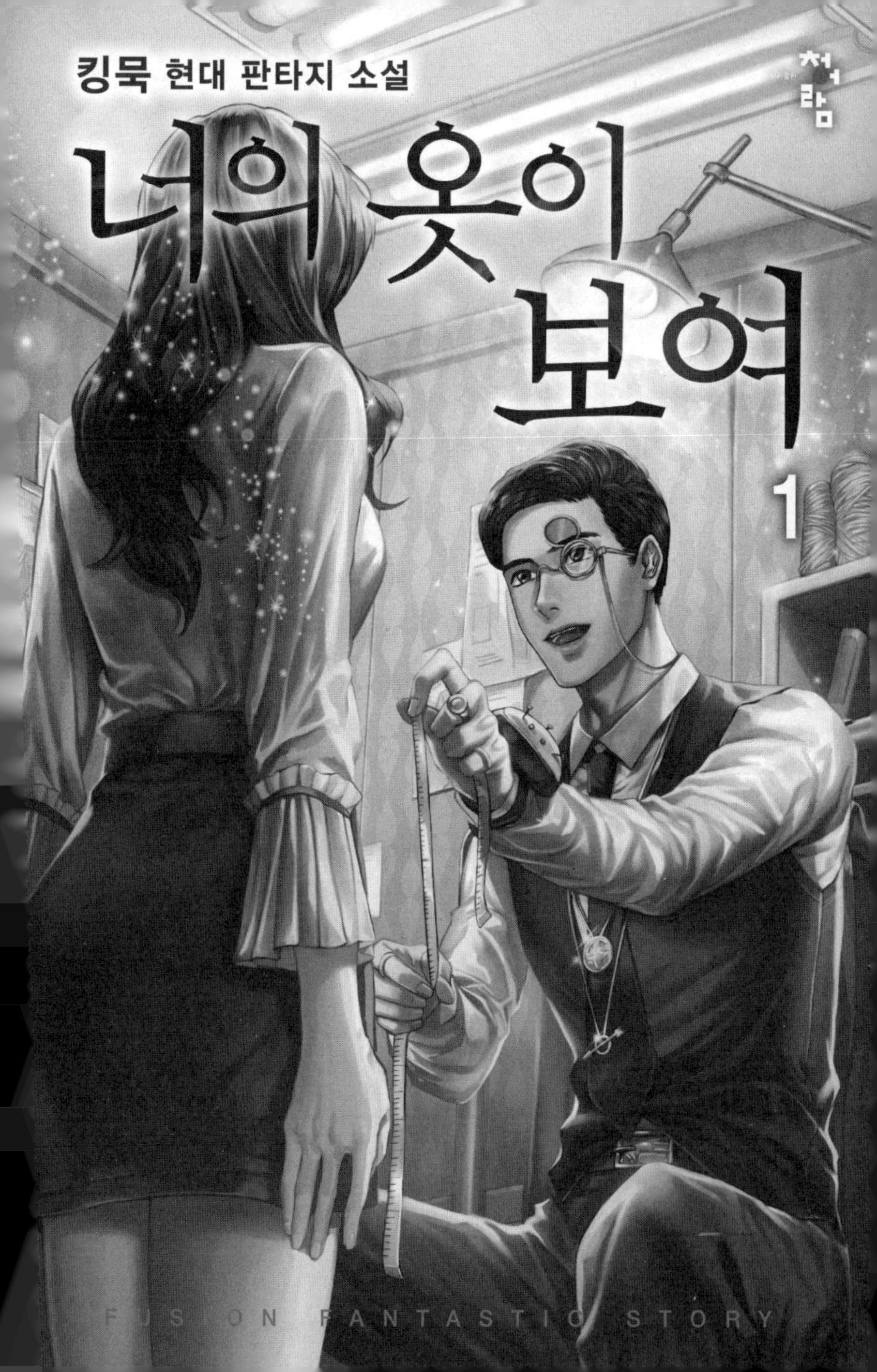
킹묵 현대 판타지 소설
너의 옷이 보여
1
FUSION FANTASTIC STORY

Contents

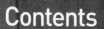

프롤로그

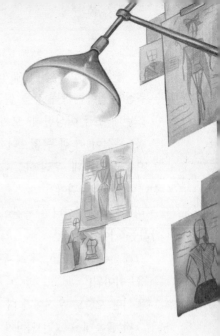

봉제 공장 안에서 여러 대의 재봉틀 소리가 시끄럽게 울렸다. 그 소리가 들리는 공장 뒷방에는 조그만 아이가 엎드려 있었다. 아이는 불도 켜지 않고 문틈으로 들어오는 희미한 불빛을 전등 삼아 연습장에 그림을 그리는 중이었다. 어린아이임에도 어찌나 집중하고 있는지, 밖에서 부르는 소리도 듣지 못하는 듯했다.

"우진아, 임우진!"

그때 방문이 열리자 엎드려 있던 어린아이는 얼굴을 한껏 찡그리더니 손을 들어 올렸다. 그러고는 눈을 가려 버렸다.

"으이구. 자꾸 불 끄고 있으니까 눈부시다고 그러지. 엄마가 눈 나빠진다고 불 켜고 있으랬잖아."

"이쪽만 눈부시단 말이야."

"그런 게 어디 있어. 또 그림 그리고 있었어?"

"응, 복실이하고 복실이 새끼들 그렸어!"

우진의 엄마는 연습장을 힐끔 보더니 우진을 무릎에 앉혔다.

"그런데 조금 이상한데? 모자 쓴 거야?"

"응! 복실이 귀 한쪽 없으니까 모자에 귀 달아준 거야!"

"으이구, 착하네, 우리 아들. 그런데 애들은 옷이 다 똑같네? 그런데 뒤에 이건 뭐야?"

"다 복실이 새끼니까 똑같아야지. 전부 새 옷 입어서 반짝반짝하는 거야."

"그래? 예쁘네! 호호, 우리 우진이도 강아지 키우고 싶어?"

"응! 귀여워!"

"똥이랑 오줌도 우진이가 다 치울 거야?"

"그건 싫은데… 그건 엄마가 해주면 안 돼? 응?"

우진의 엄마는 그런 우진을 보며 피식 웃었다. 그러고는 연습장을 닫으려다가, 우진이 그려놓은 그림을 보고 씁쓸해졌다.

스케치북도 아닌, 가게에 직원이 가져다 둔 이면지였다. 그 이면지로 만들어준 연습장에는 한 장 한 장마다 그림이 빼곡했고, 대부분 옆집 강아지 아니면 공장에서 보는 사람들이었다. 그런 연습장에 칸을 쳐놓고 그 칸에 맞춰서 그림을 그려놓았다. 어린아이라면 종이 전체 이곳저곳에 자기 마음대로 그려도 모자랄 텐데.

"우진아, 왜 이렇게 칸을 그려서 그림을 그려?"

"이래야 많이 그릴 수 있잖아."

"이건 뭔데?"

"아, 이거? 나도 몰라. 여기 뒤에 있는 거 그린 거야. 예쁘지?"

이면지이다 보니 뒷면이 비치는 경우가 있었다. 그런 이면지를 칸까지 나눠 아껴 쓰려는 것처럼 느껴져 마음이 아렸다.

자신과 남편이 봉제 공장을 운영하고 있다고는 하지만, 동대문이란 곳의 특성상 며칠이라도 쉬게 되면 거래처가 떨어져 나가 버린다. 그러다 보니 휴일은 생각할 수도 없었다. 해가 뜨기 전에 공장에 나와서는 해가 져서야 집으로 돌아갔기에, 우진을 어린이집에 맡길 수도 없었다. 결국 공장에 딸린 작은 방이 우진의 놀이터였고, 그것이 항상 미안했다.

"우진아, 엄마랑 스케치북 사러 갈까?"

"그래! 아니… 싫어."

"왜? 스케치북은 엄청 커. 두 개 사줄게. 크레파스랑 색연필도 사줄게."

우진의 엄마는 고개를 갸웃거렸다. 당장에라도 나설 것 같던 우진이 주춤거렸다.

"왜 그래? 스케치북 싫어?"

"아니! 나가면 눈부시단 말이야. 그리고 잘 안 보인단 말이야."

"금방 괜찮아져. 손 내려봐. 지금도 눈부셔? 아니잖아."

"눈부시단 말이야!"

"어디 봐봐. 엄마가 눈 안 부시게 해줄게."

우진이 손을 내리자 엄마가 우진의 눈에 입김을 불어줄 생각으로 얼굴을 가까이 댔다.

"엄마가 호 해줄게… 어? 우진아 이리 와봐."

"눈부시다니까!"

우진의 엄마는 반대쪽 눈도 급하게 살폈다. 눈으로 봐서 자세히 모르겠지만, 눈동자가 이상했다.

"아파?"

"아니, 아프진 않은데 눈부시다니까. 몇 번 말해! 그리고 이쪽 눈으로 보면 가려져 있는 거 같이 잘 안 보여. 이만큼만 보인단 말이야."

"그걸 지금 말하면 어떡해!"

*　　　　*　　　　*

몇 년 뒤.

우진의 엄마는 우진이가 한쪽 눈이 보이지 않게 된 후부터 공장에 나가지도 않았고, 오로지 우진의 곁만 지켰다.

녹내장.

선천성도 아니고 어린아이에게 생기기 힘들다는 정상 안압 녹내장이었다. 조금만 우진이의 말에 귀 기울였다면 이런 일이 없었을 텐데, 아주 조금만 빨리 알았었더라면.

우진이 세상을 반쪽으로 보게 된 게 전부 자신 탓만 같았다.

어린 나이에 충격을 받았는지, 그 밝았던 아이가 말수가 확연히 줄어들었다. 좋아하던 그림도 그리지 않았다. 시간이 지나 학교를 다니고 친구가 생기면 괜찮아질 줄 알았건만, 일 년이 지나고 이 년이 지나도 변하지 않았다. 오히려 친구들에게 놀림을 받았다는 소리를 들었을 때엔 하늘이 무너지는 것만 같았다. 그럼에도 우진은 스스로 놀림을 받았다고 먼저 말을 꺼낸 적이 단한 번도 없었다.

여행도 다녀보고 아무리 노력해도 소용없었다. 그러던 중 초등학교 3학년 올라가는 새 학기 때였다. 뛰어놀라는 마음을 담아 하얀색 체육복 가슴팍에 조그만 축구공을 자수로 새겨주었다. 그리고 그날 학교에서 돌아온 우진이가 조심스럽게 말을 꺼냈었다.

"엄마. 친구들 체육복에도 축구공 달아주실 수 있어요?"

몸이 힘든 게 문제가 아니었다. 우진이가 자신에게 하는 부탁이었기에 팔이 부러지는 한이 있더라도 해줄 생각이었다. 그 일이 있고 나서 우진이 집에 친구를 데려오는 일도 있었고, 친구네 집에 놀러 가는 일도 있었다. 그래도 여전히 아이답진 않았지만.

학년이 올라갈수록 취향이 점점 변해가는 것이 보였다. 어느 날 학교에 다녀온 우진이 조심스럽게 물었다.

"엄마, 우리 집은 잘사는 편이에요?"

"잘살지? 엄마랑 아빠랑 우진이랑 행복하니까 잘사는 거 아닐까?"

"아, 네."

갑자기 잘사냐는 질문에 궁금해졌고, 우진이 몰래 이유를 찾다가 노트에 유명 스포츠 브랜드의 마크가 가득 그려진 것을 발견했다. 티셔츠며 가방은 물론이고 신발까지 전부 같은 메이커였다.

직접 말을 해줬으면 더 좋았을 텐데 조르지도 않는 우진 때문에 속상한 마음도 있었다. 우진이가 원하는 건 전부 해주고 싶었다. 그래서 우진이 아빠와 함께 우진이를 데리고 매장에 갔다. 그런데 우진은 뒤적거리기만 할 뿐, 어느 것 하나 고르지 않왔다.

엄마는 우진이 또 말을 안 한다고 생각하며 직접 나서서 이 것저것 골라왔다. 우진의 웃는 얼굴을 기대하며 다 사주려고 했다. 그런데 우진이 아니라고 하더니 직원에게 말을 했다.

"저기, 아저씨. 혹시… 이 마크만 살 수 있어요……?"

"네?"

"이 옷에 달고 싶어서 그런데… 지금 입고 있는 옷이 마음에 들거든요. 여긴 찾아봐도 제 옷 같은 건 없어서……."

매장에서 일하던 사람은 어이없다는 듯 우진의 부모를 봤고, 부모님은 다음에 온다며 매장을 나섰다.

"그럼 우리 백화점으로 가볼까? 여긴 동네라서 우진이가 찾는 게 없나 봐."

"아니에요. 아빠가 만들어주신 옷에 마크만… 달고 싶은데."

"뭐? 하하."

아빠는 기가 막히면서도 기분이 좋은지 한참을 웃었다. 그러더니 우진의 어깨에 손을 올리고 입을 열었다.

"그러면 학교 친구들이 짭퉁이라고 놀려. 게다가 아빠도 잡혀간다? 하하."

친구들이 많이 사용하는 브랜드의 로고는 사용하고 싶은데 정작 마음에 드는 것은 없는 모양이었다. 아빠는 그런 우진을 보며 한참을 웃었다.

"나중에 커서 여기보다 더 유명한 메이커를 네가 직접 만들어. 그럼 아빠가 만들어줄게. 그래! 디자이너 하면 되겠네. 디자이너. 하하."

"디자이너요……?"

*　　　　*　　　　*

고등학교 졸업을 앞둔 우진은 부모님의 공장에 들렀다. 재봉틀 소리가 요란하게 들리는 와중에도 문 여는 소리가 들렸는지, 어머니가 하던 일을 멈추고 일어섰다.

"그냥 집에서 쉬래도. 엄마는 우진이 여기 오는 거 별로 안 좋아."

"괜찮아요. 용돈도 벌고 좋잖아요."

"용돈 줄 테니까 그냥 집에서 쉬어. 친구들 만나든지."

우진이 너무 어렸을 때라 잘 기억이 나지 않지만, 아마 왼쪽 눈이 보이지 않고부터는 공장에 오는 것 자체를 달가워하지 않으셨다. 한쪽 눈이 보이지 않는 것이 익숙한 우진은 그저 도와드리고 싶은 생각뿐이었다. 그렇게 우진은 빈자리에 앉아 재봉을 시작했다.

"우진아! 그거 다 한 건 대충 던져놔. 줄 맞춰서 쌓아놓을 필요 없어. 어휴… 그나저나 누가 사장님 아들 아니랄까 봐 나보다 재봉틀이 능숙하네. 나도 두 번에 나눠서 하는 걸 어떻게 한 번에 밀어!"

"그러게! 몇 번을 봐도 신기해. 어쩜 저렇게 잘 밀지? 끊기지가 않네."

"우진이 지금 또 빠졌네. 얘기해도 못 들어. 참 대단해. 뭘 해도 성공하겠어. 반에서도 1등이라며."

공장에서 일하는 아주머니들의 말에도 우진은 듣지 못했는지 연신 손을 움직였다. 눈이 안 보인다는 이유 때문에 무엇을 하더라도 남들에게 격려 또는 위로를 받아야 했다.

실력이 좋으면 '눈도 안 보이는데 잘하네', 부족하다 싶으면 '눈이 안 보여서 그런 거니까' 너무 듣기 싫은 말이었다. 그러다 보니 남들에게 부족해 보이지 않으려고 마음먹은 일은 시간이 얼마나 걸리든 무조건 완벽하게 해냈다. 운동같이 신체적으로 제약을 받는 것이 아니라면 정말 죽을힘을 다했다. 학생의 신분이다 보니 일반 과목은 물론이고 미술이나 음악 같은 과목들도 완벽해지려 했다.

초등학교 방학 숙제에 방학 중에 간 여행지를 그려오라는 숙제가 있었다. 며칠 동안 그림에만 매달리더니, 방학 숙제를 냈을 때 부모님이 그려준 거 가져왔다고 혼나기도 했다. 그리고 중학교 음악 시간 리코더 실기시험 때는 리코더를 얼마나 불었는지 한동안 입을 벌리지 못한 적도 있었다.

운동만은 늘지 않았다. 점심시간에 친구들이 축구하는 것을 그저 지켜보기만 했다. 친구들은 친구 사이에 미안한 게 뭐가 있냐며 권하기도 했지만, 우진은 자신 때문에 같은 팀이 피해 보는 게 싫었다.

하지만 옷을 만들 때만은 달랐다. 물론 처음 재봉틀을 배웠을 땐 지금과 비교할 수 없을 정도로 오래 걸렸다. 한 뼘 정도 박고 줄이 틀어지진 않았을까 확인하고, 성격이 재봉에서도 드러났다. 하지만, 자연스럽게 재봉틀과 가까이할 수 있는 환경과 노력이 더해지자 실력이 말도 못 하게 늘었다. 지금은 오히려 오래 일한 아주머니들도 놀라는 실력이었다.

그리고 사람들은 예쁜 거나 멋진 것만 신경 쓰지 누가 만들었는지 궁금해하지 않았다. 비록 어머니가 싫어하시지만, 재봉을 할 때만은 기분마저 좋아졌다. 게다가 공장에 계신 분들도 전부 인정한 실력이다 보니 자신도 있었다.

티셔츠 100벌이 담긴 한 봉지를 모두 재봉한 우진은 기쁜 마음으로 고개를 들었다.

"벌써 다 했어? 어떻게 매일 하는 이 아줌마보다 잘해! 아줌마 밥줄 끊기게."

"이야… 기계네, 기계야. 참나."

"사장님은 좋겠어요! 저렇게 잘생기고 착한 아들 둬서."

"맞아. 우리 아들놈은 매일 돈만 달라고 그러고. 그런데 우진아! 잘생긴 얼굴 좀 내놓고 다니지, 왜 그렇게 머리로 얼굴을 가리고 다녀."

공장에 오신 지 그리 오래되지 않은 분들이었기에 왼쪽 눈에 대해 모르고 있었다. 외관상으로는 티가 나지 않아서 모르고 하는 말이었기에 우진은 가벼운 미소로 넘겼다. 그렇지만 어머니의 반응이 신경 쓰인 우진은 분위기를 돌리려 입을 열었다.

"아버지는요?"

"응, 패턴실에서 계속 찾아서. 공장 그만하든지 해야지. 하루 이틀도 아니고."

"왜요? 무슨 일 있어요?"

어머니는 한숨을 쉴 뿐 답하지 않으셨다. 그러자 옆에 있던 아주머니가 대신 입을 열었다.

"개똥 같은 디자이너하고 패턴사하고 같이 오더니 지네가 이렇게 보냈니, 안 보냈니 지랄을 하고 있어서. 꼭 쥐똥만큼 주문하는 것들이 저래. 옷도 팔리지도 않을 거 같더만. 봐. 이게 그 옷이거든. 포켓이 너무 작대. 티셔츠 주머니에 뭐 책이라도 넣고 다니려고 그러나. 우진이 넌 디자이너 돼서 이러면 안 된다?"

우진은 피식 웃었다. 디자이너가 되기 위해 미국으로 가는 자신을 공장 직원분들은 기특하게 여겼다.

디자이너.

막연하게 생각하던 것이었지만, 집이 봉제 공장을 하다 보니 자라면서 가장 많이 봐온 게 옷이었다. 비록 브랜드를 만드시는 건 아니었지만, 어마무시한 양을 봐왔다. 그 때문인지 디자인에 대해서 배운 적도 없건만, 대충 그린 그림만으로도 공장 직원들은 당장 만들어서 팔자는 말을 종종하곤 했다.

그러다 보니 자신이 잘할 수 있는 일이라고 생각했고, 무엇보다 한쪽 눈만으로도 충분했다.

남들에게 피해를 주지도 않고, 남들에게 싫은 소리를 듣지 않을 수 있는 일.

고등학교 입학 후 디자이너가 되려면 어떻게 해야 하는지 아버지께 물어봤다. 그 질문에 아버지의 얼굴에는 환한 미소가 생겼고, 아직 걸음도 떼지 않았는데 아버지는 이미 아들이 디자인한 옷을 자신이 만드는 걸 상상하셨다. 그리고 그동안 많은 디자이너를 겪어보셨던 아버지가 추천하신 건 해외였다. 필요한 추천서는 직접 준비를 해줄 테니 비용은 걱정 말고 준비만 하라고 하셨다. 그리고 남들이 수능을 공부할 때 우진은 유학 준비에

매진했다.

영어는 물론이고 입학 서류에 필요한 포트폴리오까지. 성격상 대충할 리가 없었다. 그 덕분에 합격 통지서를 받을 수 있었다.

그리고 며칠 남지 않았다.

미국으로 가는 날이.

제1장
뭐가 보이는 거냐

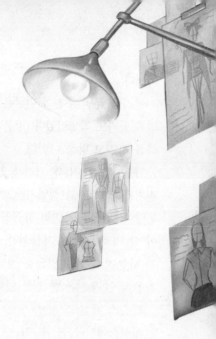

　2년 뒤, 뉴욕 맨해튼의 그림자라고 불리는 할렘의 좁은 원룸. 옆방의 소리가 마치 옆에서 말하는 것처럼 들려왔다. 우진은 소음이 익숙한지 개의치 않고 할 일을 하고 있었다.

　침대 정리. 조금의 삐뚤어짐도 용서치 않겠다는 듯 허리를 숙여 침대 모서리까지 확인했다. 그리고 다음은 책상이었다. 책상에는 색깔별로 정리해 둔 펜들과 순서대로 나열된 책들이 보였고, 모든 물건들은 자를 대고 그린 것처럼 반듯하게 진열되어 있었다. 옷들은 물론이고 방 안에 놓인 모든 것들이 한 치 틀어짐도 없었다.

　눈 한쪽이 실명된 게 티는 안 났다. 다만 괜히 눈 때문에 동정하는 말을 듣지 않으려고 최대한 깔끔하게 다녔고, 주변마저도 완벽하게 정리했다. 어려서부터 했던 행동들이 지금까지 이어졌다.

정리를 끝낸 우진의 얼굴은 시원섭섭해 보였다. 얼마 안 있으면 이곳과도 작별이었다. 방을 다시 한번 둘러본 우진은 작별 인사를 하려고 방을 나섰다.

약속 장소까지 꽤 거리가 있었다. 교통도 마땅치 않았기에 자전거를 타고 가고 싶었지만, 며칠 전 마트 앞에 세워둔 사이 도둑맞아 버렸다. 분명히 잠금장치까지 확인했는데, 자전거가 있어야 할 자리엔 딸랑 자물쇠만 걸려 있었다. 그 일을 생각하니 화가 나는지 우진은 얼굴을 씰룩거리며 걸음을 옮겼다. 그렇게 한참을 걷던 우진은 한 건물 앞에 도착했다.

파슨스 패션 스쿨.

패션쇼에서나 볼 수 있는 그로테스크한 패션이 아닌 상업적인 디자인을 배울 수 있는 학교. 개인 숍이 아닌 의류업계에서 잘나가는 디자이너들은 이곳 출신이 많았다. 그리고 지금 자신이 다니는 학교였다. 유명한 디자이너들과 같은 출신이라는 것만으로도 자랑스러워할 만한데도, 우진의 얼굴에는 씁쓸함이 묻어났다.

잘할 수 있을 거라고 생각했고, 언제나 그랬듯이 최선을 다했음에도 현실은 달랐다.

처음 반년은 언어에서 막혔다. 영어를 열심히 준비했지만, 막상 부딪쳐 보니 너무 빠른 대화에 수업조차 따라잡을 수 없었고, 결국 졸업에 꼭 필요한 수업에서 낙제를 해버렸다.

하지만 그때까지만 해도 언어 때문이라고 생각했고, 실기만은 자신 있었다. 열심히 노력한 것은 물론이고, 입시학원을 다닐 때도 천재라고 떠받들어지다시피 한 자신이었다.

반년이 지나고 수업에 어느 정도 익숙해지자 점점 주변이 눈에 들어왔다. 그때부터 자신감이 흔들리기 시작했다. 아는 만큼 보인다고 한 말이 몸으로 느껴졌다. 같은 수업을 받는 학생들은 다양한 연령층임에도 불구하고 자신보다 못한 사람을 찾아볼 수 없었다. 심지어는 가장 자신 있던 패턴 디자인까지 모든 사람이 자신보다 높은 수준으로 보였다.

우진이 그들보다 나은 점도 있었다.

그림과 재봉.

그림은 분명 잘 그렸지만, 너무 세세하게 그리는 통에 다른 사람에 비해 상당히 오래 걸렸다. 하지만, 재봉 실력만은 누구도 따라오지 못했다. 오죽하면 교수들도 일류 재봉사를 목표로 진로를 바꾸라고 권유할 정도였다.

또 우진이 자신감을 완전히 잃어버린 계기가 있었다. 1학년 마지막 실기는 디자인을 내기만 하면 통과한다는 말이 있었다. 그런 실기에서 우진은 학교의 전설을 썼다.

"자네는 배운 대로밖에 하지 못하나? 이건 내가 예시로 보여준 것과 거의 같아 보이는데."

교수의 말이었다. 학교 역사상 유일하게 통과하지 못했다. 그 때문에 2년째 뉴욕 생활임에도 아직까지 1학년이었다.

게다가 엎친 데 덮친 격으로 이제는 학비도 걱정을 해야 했다. 부모님께 미안하긴 했어도 학비를 걱정하진 않았는데, 최근

들어 공장에도 문제가 생긴 듯했다. 한꺼번에 목돈을 구하기는 어려웠는지 조심스럽게 휴학을 권유했다. 하지만 등록금만 구한다고 끝나는 것이 아니다.

학비로만 연 오천만 원 정도가 나가는데, 그것보다 수업에 필요한 재료비가 더 들어갔다. 생활비를 줄이고 줄여도 최소한 일억은 있어야 했다. 슬프지만 냉정하게 본다면 지금의 자신에게는 그 정도 투자할 만한 가치가 없었다. 밑 빠진 독에 물 붓기나 다름없었다. 그래서 우진은 한국으로 돌아가기로 결정했고, 교수에게도 이미 말을 했다.

먼 이국땅에서 유일하게 친절하게 대해주는 사람은 최민기 교수뿐이었다.

같은 한국인이라는 이유도 있었겠지만, 우진에게는 상당히 고마운 사람이었다.

자신의 디자인을 가감 없이 평가해 주고 부족한 부분을 가르쳐 주는 사람이었다. 미안하다는 생각이 들 정도로 찾아가도 언제나 웃으며 반겨주었다. 비록 가르쳐 주는 것들이 잘 고쳐지진 않았지만.

이번에 만나서도 분명히 위로해 주며 조금 더 버텨보라고 말할 것이 분명했다. 아직 미련이 조금 남았는지, 그런 생각만으로도 약간 위로가 되었다. 사실 그 위로를 받을 생각에 약속도 없이 인사를 하러 찾아온 것이다.

자신이 이곳에 있었다는 것을 느끼게 해줄 사람이니.

우진은 건물을 보며 휴대폰을 꺼내 들었다.

—어, 우진아. 미안한데 지금 좀 바빠서. 아직 한국 안 갔지?

가기 전에 꼭 보자.

우진이 말을 할 새도 없이 최 교수는 자신의 할 말만 하고 끊어버렸다.

공모전 준비를 하는 학생들을 봐주고 있었고, 게다가 곧 있으면 들어올 새로운 학생들을 위한 준비를 하느라 바빴기에 이해는 갔다.

그래도 약간 서운한 마음은 어쩔 수 없었지만, 떼를 부릴 수도 없는 일이니 건물을 한 번 올려다보고는 뒤돌았다.

올 때는 가깝게 느껴지던 길이 아무런 소득도 없이 돌아가려니 배는 멀게 느껴졌다. 그래도 얼마 안 있으면 이곳의 생활도 끝이기에 거리의 광경을 둘러보며 걸었다.

처음부터 할렘에 살았던 것은 아니었다. 점점 싼 가격을 찾다 보니 온 곳이었지만, 지금은 눈에 익어서인지 아니면 더 이상 볼 수 없어서인지 휑한 도로가 왠지 모르게 정감 있게 느껴졌다. 그렇게 주변을 살피며 걷는데, 건너편에서 익숙한 자전거가 보였다.

버스비를 아끼려고 샀던 자전거.

분명히 자신의 자전거였다.

자전거가 비슷비슷하게 생겼다고 할 수 있지만, 자신의 자전거만은 특별했다.

이 동네에서 보기 힘든 장바구니가 달려 있었다. 그것도 앞에 하나, 짐받이에 하나, 총 두 개가 달려 있었다.

수업에 필요한 재료들을 싣고 다니려고 특별히 짐받이에까지 바구니를 달았다. 타고 다닐 때면 사람들이 힐끔거리기 일쑤였다. 그런 자신의 자전거가 건너편에 있었다.

길을 건너가려던 우진은 순간 멈칫했다. 아무리 할렘이 예전보다 나아졌다고 하지만, 들은 얘기가 있어 겁이 났다. 자전거를 돌려받으러 갔다가 자전거 대신 총알을 받을 수도 있었다.

찾아올까, 경찰에 신고할까, 아니면 그냥 잃어버린 셈 칠까. 고민하는 와중에 건너편에서 중학생 정도로 보이는 두 명의 흑인 아이 중 한 명이 자전거에 올라타는 것이 보였다. 그러자 우진은 결정한 듯 걸음을 옮겼다. 중학생 정도야 자신이 감당할 수 있을 것 같았다.

"너희 둘!"

우진은 손가락질을 하며 소리쳤다. 그러자 두 아이가 서로 얼굴을 보고 무언가를 상의하는 듯하더니 한 명은 자전거를 타고 달리기 시작했고, 다른 한 명은 반대편으로 달리기 시작했다.

말도 꺼내기 전에 도망부터 치는 모습에 우진은 묘한 자신감이 생겼다. 당연히 우진이 쫓은 쪽은 자전거 쪽이었다.

"야! 거기 서봐! 헉… 헉."

숨이 목까지 찼지만, 우진은 끝까지 자전거를 쫓았다.

지금까지 누구에게 나쁜 소리를 단 한 번도 해본 적 없기에 떨리긴 했지만, 디자인을 포기하겠다는 생각을 가진 지 얼마 안 돼서 또 다른 것을 포기하고 싶지 않았다. 무작정 자전거를 따라갔고, 이를 악물고 쫓아오는 우진의 모습에 자전거는 더욱 빨라졌다. 그리고 자전거를 쫓아 횡단보도를 건널 때였다.

끼이익—

텅.

갑자기 자전거가 멈췄고 우진을 쳐다봤다. 그런데 우진의 시야에는 흑인 아이가 벽에 붙어 서 있는 것처럼 보였다. 그리고 곧이어, 어째서인지 차가운 바닥이 볼에 닿아 있었다.

"어……?"

그제야 우진은 차에 치였다는 것을 알았다. 누워 있는 자신에게 무언가 열심히 말을 하는 사람이 느껴졌는데, 교통사고 때문인지 귀에 이명이 가득해 말이 제대로 들리지 않았다. 그저 우진에게는 자전거를 놓고 도망가는 아이만 눈에 들어왔고, 곧이어 흐르는 무언가로 인해 시야가 사라졌다.

＊　　　　＊　　　　＊

우진은 극심한 두통을 느끼며 눈을 떴다.

"우진아! 야, 임우진! 괜찮아?"

최 교수의 목소리였다. 두통이 너무 심해 대답도 못 한 채 손을 이마로 가져갔다. 그런데 머리에 붕대가 감겨 있었다.

주변을 보자 그제야 자신이 교통사고로 인해 병원에 있음을 알았다.

"어휴, 놀랐네. 머리 만지지 말고 가만있어. 이 녀석아."

우진은 최 교수의 목소리를 들으며 눈을 떴다. 붕대는 이마를 지나쳐 왼쪽 눈까지 감겨 있었다. 어차피 왼쪽 눈은 보이지 않았기에 불편하지 않았다. 우진은 이마에 살짝 손을 얹은 채 옆에 앉아 있는 최 교수를 봤다.

"어떻게 오셨어요……?"

"어떻게 오긴. 휴… 진짜 놀랐네. 괜찮냐?"

"머리만 좀 아픈데요······."

"그나마 다행이지. 거기 사람도 없어서 자칫 잘못했으면 큰일 날 뻔했어. 알아? 한국 가기 전에 골로 갈 뻔했다고."

최 교수에게서 걱정이 가득한 핀잔을 들었다. 바쁠 텐데도 이곳까지 온 것도 고마웠다. 하지만 그것도 잠시였고, 곧바로 현실을 깨달았다.

"저 교수님."

"왜 인마."

"저 보험이 없는데······."

"뭐? 이거 웃긴 놈이야. 그거 걱정하지 마. 다행히 우리 학교에 배달 오는 차하고 사고 났더라. 그쪽에서 보험 처리 할 거고, 나머진 뭐, 내가 낼 테니 걱정하지 마."

"괜찮은 거 같은데······."

"거참, 자식이 이거 웃긴 놈이야. 아픈 놈이 그런 걱정은 넣어 두셔요. 나중에 돈 벌면 갚아라. 그리고 검사 나와봐야 알겠지만, 외견상 큰 이상은 없어 보인다고 그러니까 금방 퇴원할 수 있을 거야."

병원비 걱정을 한시름 놓은 우진은 몸이 괜찮은지 움직여 봤다. 붕대로 칭칭 감겨 있는 머리를 제외하고 다른 곳은 멀쩡한 것 같았다.

"어디 부러지지도 않았다니까 그만 움직여. 아까 의사들이 가벼운 뇌진탕 같다고 그랬어."

"그런데 붕대는······."

"아, 그거? 머리 부딪히면서 눈가가 찢어졌나 보더라. 아스팔트에 뭐가 있었는지 눈두덩이가 찢어져서 붕대 감아놓은 거야. 급해서 그렇게 감아놓은 건가 보더라. 손으로 만져봐. 정수리에는 붕대 없지?"

우진은 자신의 머리에 손을 올려보았다. 최 교수의 말대로였다.

"자식이 겁 많기는. 그나저나 부모님한테 연락이 안 되던데. 학교에 있는 네 정보로 전화했는데, 없는 번호라고 그러더라."

"아, 번호 바뀌셨거든요."

"그래? 아버님 전화번호가 뭐야."

"공일……."

우진은 번호를 부르다 말고 멈췄다. 자신이 교통사고를 당했다는 말을 듣는 즉시 미국으로 오실 게 분명했다. 가뜩이나 공장도 어려운 것 같은데 괜한 걱정을 끼치는 것 같았다.

"교수님, 검사 결과에 이상 있으면 연락할게요. 걱정하실 거 같아서……."

최 교수는 잠시 고민을 했다. 그러다가 우진의 얼굴을 보고는 이해한다는 듯 고개를 끄덕거렸다.

"음… 그래. 대신 이상 있으면 내가 바로 말씀드린다?"

"네."

*　　　　*　　　　*

며칠 뒤.

검사 결과는 다행히도 이상이 없었다. 왼쪽 눈에 감겨 있는 붕대만 빼고 오히려 푹 쉬어서인지 몸 상태가 더 좋게 느껴졌다.
오늘 퇴원에는 최 교수도 함께였다.

"붕대는 지금 풀어드릴 겁니다. 당분간은 물 닿게 하지 마시고, 불편하더라도 일주일 정도는 반창고 붙이고 안대 착용하고 다니세요."

"네."

의사는 우진의 왼쪽 눈 전체에 붙어 있던 반창고를 떼어냈다. 이미 눈이 보이지 않는다는 것을 알고 있어서인지, 앞이 보이냐는 질문은 하지 않았다. 그런데 이상했다. 반창고가 떼어지자 시야가 마치 홀로그램을 여러 개 겹쳐놓은 것처럼 잘 보였다.

왼쪽 눈이 보일 리가 없었기에 당연히 오른쪽 눈을 비볐다.

"반창고를 뗀 직후라서 느낌상 뻑뻑할 수 있습니다. 이상은 없었으니 걱정하지 마시고요."

우진은 그런가 보다 생각하며 눈을 비비면서 일어섰다. 그런데 이상한 점이 느껴졌다.

오른쪽 눈을 비비고 있으니 아무것도 보이지 않아야 했다.

그런데 보였다. 그것도 이상하게.

*   *   *

우진은 너무 놀란 나머지 눈을 비비던 행동을 멈춘 채 의사를 봤다.

분명히 보였다.

의사는 조금 전까지 분명 하얀색 가운을 입고 있었는데, 지금은 아니었다. 그 짧은 사이에 옷을 갈아입었을 리가 없건만, 와인색 코트에 회색 목도리까지 착용하고 있었다.

보고 있는 것이 맞는지 확인하려고 뒤에 있는 최 교수를 향해 고개를 빠르게 돌렸다. 그런데 이쪽도 어딘가 이상했다. 분명 최 교수는 회색 스웨터를 걸치고 있었는데, 그 옷은 어디 갔는지 남색 빛에 체크무늬가 들어간 정장을 입고 있었다. 그리고 선글라스까지.

갑자기 옷이 바뀐 사람들의 모습에 우진은 너무 놀라, 오른쪽 눈을 가리고 있던 손으로 안 보이던 왼쪽 눈을 비비려 했다.

"왜 그렇게 멍해. 반창고 떨어지니까 건드리지 마."

최 교수가 눈을 비비려던 우진의 손을 잡았다. 손을 내려놓게 되자, 다시 홀로그램처럼 시야가 겹쳐 보였다. 자세히 보니 스웨터를 입고 있는 모습과 남색 체크 정장을 입고 있는 모습이 겹친 것 같았다.

우진은 곧바로 왼쪽 눈을 감아버렸다. 그러자 시야가 깨끗해지며 처음에 봤던 스웨터를 입고 있는 최 교수가 보였다.

"뭐야!"

"어? 갑자기 뭐긴 뭐야. 너 어디 불편해? 불편하면 바로 말해. 병원 온 김에 확실히 하고 가게."

대답도 하지 않고 계속 눈을 깜빡거렸고, 최 교수는 그런 우진을 가리키며 의사에게 말했다.

"괜찮은 건가요? 좀 이상한 것 같은데."

"환자분 어디가 불편하십니까? 검사 결과 이상 있는 부분이 없었습니다만… 환자분이 걱정되시면 다시 검사를 받아보시죠."

의사의 질문에 대답하려던 우진은 멈칫했다. 분명 이상이 있었지만, 병원비부터 걱정되었다.

그래서 우진은 최 교수를 볼 수밖에 없었다.

"왜 뭐가 이상해? 어디 아파?"

"아니요… 아프진 않은데 눈이 보이는 것 같아서요……."

*　　　　*　　　　*

우진의 집 앞에 멈춘 차에선 실랑이가 벌어지고 있었다.

"당분간 우리 집에 있으라니까."

"괜찮아요. 곧 있으면 한국에 갈 건데요."

"정말 괜찮겠어?"

우진이 고개를 끄덕이자 최 교수가 고개를 설레설레 저었다.

"가기 전까지라도 소독 잘 하고 그래. 알았어? 괜히 또 불편하다고 안대 벗고 있지 말고."

"네, 감사해요. 돈은 한국 가면 보내 드릴게요……."

다시 검사를 했지만, 시신경이 막혀 있는 눈이 보일 리가 없다는 진단을 받았다.

단지 뇌진탕으로 인해 일시적으로 시야가 흐릿해서 겹쳐 보이는 것일 수도 있다는 말을 들었다.

하지만 그저 뇌진탕에 이은 후유증이라고 생각하기엔 너무 또렷하게 보였다.

"우진아, 좀 편하게 살아. 왜 그렇게 다른 사람 도움을 싫어하냐."

최 교수는 유학 초기부터 지금까지 점점 위축되어 가는 우진을 봐왔기에 지금의 모습이 안쓰러웠다.

그렇지만 자신이 도와줄 수 있는 한계가 있었고, 이미 마음먹은 우진의 의견을 존중하기로 했다.

"휴, 그럼 올라가서 푹 쉬어. 괜히 아까 병원에서처럼 막 침구 정리하고 그러지 말고. 내가 살다 살다 병원 침대 정리하는 놈은 처음 봤어."

다른 사람과 같이 있는 병원이라 최소한으로 정리했음에도 질색하던 최 교수의 얼굴이 생각난 우진은 멋쩍은 듯 피식 웃으며 차에서 내렸다.

"신경 써주셔서 감사합니다."

"됐어. 꼭 연락하고. 아 참. 바비 씨가 미안하다고 네 연락처 알려달라 그래서 알려줬거든. 곧 전화 올 거야."

"바비요?"

"아, 넌 모르는구나. 너 사고 낸 분. 몇 번 왔었는데, 올 때마다 네가 자고 있거나 검사받아서 자리에 없었다더라. 아무튼 전화 올 거야."

우진이 고개를 끄덕이자 최 교수는 할 말이 끝났으니 가보라는 듯 손을 흔들었다. 우진은 최 교수의 차가 사라질 때까지 보고 있다가, 이윽고 시야에서 사라지자 뒤돌았다.

우진은 확인해 볼 것이 있었기에 평소보다 조금 빠르게 계단을 올랐다.

현관문을 연 우진은 며칠 만에 보는 방 풍경을 보며 가볍게 미소 지었다. 상당히 좁은 원룸이었지만, 그래도 마음만은 편했다. 있어야 할 곳에 줄 맞춰 정리되어 있는 물건들이 마음을 평온하게 만들었다.

우진은 벽에 걸려 있는 작은 거울로 향했다.

거울 앞에 선 우진은 손으로 얼굴을 쓰다듬었다. 거울 속 자신은 스스로 보기에도 상당히 초췌한 얼굴이었다. 괜스레 얼굴을 한 번 더 쓰다듬고는 손을 안대로 가져갔다.

지금은 안대를 착용하고 있어서 보이지 않지만, 그 전까지는 분명히 보였다. 병원에서 일시적인 현상일 수 있다고 했다. 그러다 보니 큰 기대를 하지 않으려 했지만, 기대가 되는 것은 어쩔 수 없었다.

다시 안 보이게 되면 분명 실망하겠지만, 지금은 일시적으로 보이는 것 자체만으로도 신기했다.

우진은 떨리는 손으로 안대를 벗겨냈다. 그러고는 조심스럽게 거울을 바라봤다.

"어?"

우진은 양쪽 눈으로 번갈아 뜨며 거울을 보더니 이내 한숨을 뱉었다.

"안 보이네. 진짜 잠깐이었네. 에이……."

마음과 달리 조금은 기대하고 있던 우진은 실망한 얼굴로 자신의 왼쪽 눈을 바라봤다.

외관상 보통 사람과 전혀 다르지 않지만 보이지 않는 눈.

차라리 계속 보이지 않았다면 좋았을 것이다.

그렇다면 실망하는 일도 없었을 테니.

우진은 씁쓸한 얼굴로 다시 안대를 착용하고는 침대에 누웠다.

"하아, 설마 양쪽 눈 다 보이는 사람들은 다들 그렇게 어지럽게 보이는 건 아니겠지?"

스스로 생각하고도 웃긴지 우진은 피식 웃었다.

아무리 양쪽 눈으로 보던 시절이 기억나지 않는다고 해도, 다르게 보인다는 말은 들어보지 못했다.

그렇게 생각하니 병원에서 있었던 일도 전부 환상은 아니었을까란 생각이 들었다.

그때, 우진의 휴대폰이 울렸다. 처음 보는 번호였지만, 최 교수가 한 얘기가 떠오른 우진은 벌써 전화를 한 건가 생각하며 통화 버튼을 눌렀다.

─안녕하세요. 혹시 미스터 임 되십니까?

"네, 맞아요. 누구세요?"

─아! 맞군요. 저는 얼마 전 사고당하셨을 때… 운전하던 사람입니다.

"아, 바비 씨 맞으세요?"

─알고 계시네요. 제가 바비입니다.

실망감을 느낀 직후여서 그런지 통화가 그다지 달갑지 않았다.

이미 보험회사와 최 교수를 통해 병원비까지 해결된 상태에서 걸려온 사과 전화였다. 바비는 연신 괜찮냐고 물어보기만 했다.

─괜찮으시다면 제가 사과도 드릴 겸 한번 뵀으면 하는데요. 드릴 것도 있고요.

"저 정말 괜찮아요. 병원비 다 해결됐고요. 크게 다치지도 않았거든요."

—그래도 제가 신경이 쓰여서 그럽니다. 아주 잠깐이라도 뵀으면 좋겠는데, 안 되겠습니까?

아무리 사고를 낸 사람이라고 해도 무엇을 준다는 것이 꺼려졌다.

그 때문에 몇 번이나 거절했지만, 바비는 생각보다 끈질겼다.

우진은 어쩔 수 없이 약속을 잡았다.

—그럼 내일 오전에 파슨스 앞 커피숍에서 뵙도록 하겠습니다.

우진은 끊어진 휴대폰을 바라봤다.

*   *   *

다음 날. 약속 시간보다 일찍 도착한 우진은 며칠 전과 마찬가지로 파슨스 패션 스쿨의 건물을 보고 있었다. 사실 건너편에는 파슨스 말고 볼 게 없어서였지만, 그 건물을 보는 우진의 얼굴에는 미련이 남아 있었다.

"저기… 미스터 임 맞습니까?"

우진이 고개를 돌리니 자신을 내려다보는 백인이 보였다.

190㎝ 정도로 보이는 키에 운동을 하는지, 악수하려고 내민 손에 힘줄이 선명했다.

게다가 볼까지 덮은 덥수룩한 수염 때문에 인상이 상당히 강해 보였다.

우진은 악수를 하면서 자신도 모르게 고개까지 숙여 인사를 했다.

"너무 늦게 찾아뵙게 됐네요. 죄송합니다."

"아… 괜찮아요. 앉으세요."

우진은 괜히 약속을 잡았다고 생각하며 어색하게 앉아 있었다.

"저기… 괜찮으십니까? 찾아갔었는데 매번 그냥 돌아와서… 교수님께 듣긴 했지만, 그래도 많이 걱정했습니다."

우진은 그저 고개만 끄덕거렸다. 바비의 말투는 굉장히 부드러웠고 조심스러웠다. 하지만 너무 강한 외모 탓에 왠지 입을 열면 잘못했다는 말부터 뱉을 것 같았다.

"제가 파슨스하고 계약한 지 얼마 안 됐습니다. 그런데 이렇게 파슨스 학생하고 사고가 날 줄은……."

자퇴를 한 것은 아니었기에 우진은 어정쩡하게 고개를 끄덕거렸다.

"저, 정말 괜찮으시죠? 혹시 눈이 심하게 다치신 건가요……?"

"아… 아니에요. 그냥 찢어져서 꿰맨 정도예요. 그러니까 이렇게 빨리 퇴원했고요."

"앞으로 디자이너가 되실 텐데… 혹시라도 눈에 문제가 생기면……."

원래부터 보이지 않았다는 말은 굳이 할 필요가 없었기에 우진은 그저 괜찮다는 말만 했다. 계속 대화를 나누다 보니 바비는 험악한 외모와 달리 굉장히 예의 바른 사람이었다.

"신호를 지켰어야 했는데 급한 마음에… 전 정말 그때 제 인생이 끝나는 줄 알았습니다. 아… 물론 우진 씨도 걱정됐고요. 사고가 처음이라서. 딱 사고가 나니까 제일 먼저 딸이 생각나더라고요. 그런데 이렇게 무사하셔서 제가 더 감사합니다."

"저도 죄송하죠. 저도 잘 살폈어야 하는데……."

우진은 머리를 긁적였다. 미국에서 사고가 나면 변호사부터 구해야 한다는데, 그럴 필요가 없는 사람이었다. 이대로 나뒀다가는 끝도 없이 계속 사과만 할 것 같았기에 우진은 안대에 손을 올렸다.

반창고가 붙어 있지만 크기만이라도 보여줘야 끝날 것 같았다.

"한번 보세요. 심하게 다친 것도 아니거든요. 약간 찢어진 정도에……."

우진은 안대를 올리다 말고 말을 멈췄다.

안 보일 줄만 알았던 눈이 다시 보였다. 어제와 마찬가지로 홀로그램인 건 변함없었다.

갑자기 보인 눈 때문에 우진은 하던 말을 멈추고 앞에 보이는 바비를 바라봤다. 그것도 눈을 번갈아가며.

"허… 왜 갑자기 저한테 윙크를……."

바비의 말에도 우진은 계속 바비를 살펴보다가 자신도 모르게 말을 뱉었다.

"와… 엄청 멋있네……."

왼쪽 눈을 통해 보인 바비는 엄청나게 멋있었다.

수염이 남아 있었지만, 지금처럼 덥수룩하지 않았다. 삼사 일 정도 기른 수염을 깔끔하게 정리한 스크러프 스타일이었고, 지금의 머리를 왁스로 깔끔하게 넘긴 모습이었다.

그리고 후줄근한 체크 남방 대신 하늘색 와이셔츠에 검은색 가죽 재킷을 입고 있는 모습이었다.

조금 전까지 악당의 모습이었다면 지금은 카리스마 넘치는 주인공처럼 보였다.

"저기요… 미스터 임? 우진 씨?"

"아… 네… 네?"

"괜찮으신가요……? 어디 불편하신 곳이라도……."

"아……."

우진은 넋 놓고 봤다는 것을 깨닫고 급하게 안대를 내렸다.

어제 자신이 잘못 본 것이 아니라는 생각이 들자, 앞에 바비가 있음에도 상당히 들뜬 상태였다.

우진은 진짜 보이는 것일까 확인하기 위해 가게에 있는 사람들 쪽으로 고개를 돌렸다. 그리고 그 순간 우진은 곧바로 눈을 손으로 가렸다.

사람들의 겹쳐 보이는 모습이 한꺼번에 보이자, 몸이 휘청거릴 정도로 어지러웠다.

"미스터 임! 괜찮으십니까?

우진은 두 눈을 모두 감은 채 고개를 끄덕이는 걸로 대답을 대신했다.

이상하게 보였지만, 분명 보였다.

좀 더 자세히 알아보고 싶었던 우진은 심호흡을 하고서 안대로 눈을 가렸다.

"저 바비 씨, 이만 갈까요? 제가 하던 일이 있어서."

"아, 그렇군요. 제가 바쁘신데 시간을 뺏어서 죄송합니다. 차

가져오셨나요?"

"아니요. 차는 없어요. 괜찮아요."

"그럼 가시는 곳까지 제가 태워다 드리겠습니다. 드릴 것도 있고요."

차로 간다면 더 빠를 것이기에 거절하지 않았다.

우진이 곧바로 일어서자 바비는 마시다 만 커피를 단숨에 들이켰다.

바비의 차는 멀지 않은 곳에 있었다. 차에 올라탄 우진은 진정하려 했지만, 마음대로 되지 않았다.

꺼져 버린 줄만 알았던 불씨가 살아 있었다.

우진은 조금이라도 빨리 도착하려고 바비에게 방향을 계속 설명했다.

그 덕분에 생각보다 빨리 집에 도착할 수 있었다.

"감사합니다. 저 이제 괜찮으니까 걱정하지 않으셔도 돼요."

"아… 저 잠시만요."

우진이 상당히 급해 보여 바비는 빠르게 차에서 내려 트렁크를 열었다. 그러고는 트렁크를 꽉 채우고 있던 봉지를 꺼냈다.

"이거 많이 무거운데, 제가 옮겨다 드리겠습니다."

"이게 뭔데요?"

"아… 파슨스 학생이시면 아무래도 원단을 많이 사용하실 거 같아서요."

"원단이요?"

"비싼 건 아닙니다. 대부분 트윌하고 피그먼트입니다. 그냥 연습용으로 만드실 때 사용하시면 좋을 거 같아서 준비했습니다."

우진은 좁은 방에서 제작을 할 수 없어 평소에도 학교 실습실에서 옷을 만들었다. 그리고 무엇보다 한국으로 돌아가려고 마음먹었기에 원단이 필요하지 않았다. 또 괜한 실랑이가 벌어질까 봐 받긴 했지만, 왠지 속이는 것 같아 마음에 걸렸다.

"감사해요. 그런데 제가 휴학을 했거든요……."

"아, 그러시군요. 그럼 그 기간 동안 재충전하시면 되겠네요."

상관없다는 듯 미소를 보이는 바비의 모습에 우진은 멋쩍은 웃음을 짓고는 큼지막한 비닐봉지를 어깨에 걸쳤다. 양이 상당해 무거웠지만, 우진은 애써 미소를 지으며 바비에게 인사를 했다.

"저 바빠서 이만 가볼게요. 정말 감사하고요. 저 정말 괜찮으니까 마음 쓰지 않으셔도 돼요."

"하하, 네. 빨리 올라가 보세요. 혹시라도 문제가 생기시면 제 번호로 연락 주시면 됩니다."

"네, 그럼 올라가 볼게요."

우진은 바비가 가는 것도 보지 않고 낑낑대며 자신의 원룸으로 향했다. 그리고 원룸에 도착하자마자 거울로 향했다.

그러고는 급하게 안대를 벗어버렸다.

*   *   *

"뭐야! 또 안 보여!"

기대와 달리 거울에 비치는 자신의 모습은 나갈 때 차려입었던 그대로였다.

"아… 뭐야… 진짜 머리를 다친 건가? 하긴……."

스스로 생각해도 양쪽 눈이 다르게 보이는 건 말도 안 되었다. 우진은 마음을 다잡으려는 듯 고개를 흔들었다. 그러다 아직까지 어깨에 메고 있던 커다란 봉지가 눈에 들어왔다.

급한 마음에 받아오긴 했지만, 막상 원단이 가득 담긴 봉지를 보니 어떻게 처리를 해야 하나 막막했다. 이제 곧 한국으로 돌아가야 하는데 이 옷감들까지 가지고 들어갈 수는 없었다. 그래도 우진의 성격상 봉지를 그대로 놔둘 수는 없었기에, 일단 담겨 있던 원단들을 뺐다.

비싼 원단은 아니었지만, 양이 상당했다.

우진은 원단을 색깔과 종류별로 차곡차곡 개기 시작했다. 그때 우진의 집 현관문을 두드리는 소리가 들렸다.

"우진, 나야."

"아, 네. 잠시만요."

관리인의 목소리였다. 온 이유야 뻔했다. 제때 방을 비우는 게 맞는지 확인하려고 왔을 것이다. 우진은 일어나서 현관문을 열었다.

"오늘은 있네? 며칠 전에 왔었는데 없길래 다시 왔어."

중년의 흑인 여성. 우진은 그 여성에게 눈을 떼지 못했다.

조금 전 거울로 확인할 때 보이지 않았던 눈이 또다시 보이기 시작했다.

우진은 침을 꿀꺽 삼키고는 바비를 봤을 때처럼 눈을 번갈아가며 깜빡거렸다.

"다음 주에 방 나가는 거 맞지……? 어우, 우진 너무 노골적인데?"

"네?"

우진은 하얀 이를 보이며 눈을 찡긋거리는 관리인의 모습에 흠칫 놀랐다. 아무래도 윙크를 했다고 오해하는 것 같았다.

"아… 눈에 뭐가 들어가서. 다음 주에 나갈 거예요. 제가 지금 좀 바빠서요."

"그래. 누가 뭐래? 호호, 알았어. 기분 나빠하진 말고. 집주인한테 우진이 약속은 철저하다고 그랬는데도 확인하라고 그래서. 알지? 나도 월급 받고 일하는 거니까."

"기분 안 나빠요. 그럼 내려가세요."

우진은 급하게 문을 닫았다. 그러고는 빠르게 거울로 향했다. 그러나 역시 거울에 보이는 자신은 그대로였다.

하지만 이번엔 실망하지 않았다. 분명히 보였다.

우진은 급하게 침대로 향했다.

다른 때라면 정리되어 있는 침대에 절대로 올라가지 않았을 테지만, 지금은 마음이 급해 그런 것에 신경 쓸 여유가 없었다. 우진은 침대 옆에 있는 작은 창을 활짝 열고는 고개를 불쑥 내밀었다. 내민 머리를 움직이기 힘들 정도로 작은 창이었지만, 우진은 개의치 않고 두리번거리기 시작했다.

평소에도 지나다니는 사람이 많지 않은 거리였다. 그 때문에 우진의 마음은 더욱 급해졌다. 창에 고개만 내밀고 한참을 살펴보는데, 드디어 사람이 보였다. 자신과 비슷한 또래로 보이는 흑인 무리가 걸어가는 모습을 확인한 우진은 곧바로 양쪽 눈을 번갈아 감으며 확인했다. 그리고 잠시 뒤 창에서 고개를 뺀 우진은 넋이 나간 사람처럼 침대에 멍하니 앉아 있었다.

"나만 안 보이고 다 보이네……."

일단 왼쪽 눈으로 자신의 모습은 보이지 않는다는 것은 알았다. 그리고 신기하게도 사람을 제외하고는 아무것도 보이지 않았다.

보이는 것은 오직 사람뿐이었다.

그것도 오른쪽 눈으로 보이는 것과 다른 옷을 입고 있는 사람들이.

우진은 좀 더 확인을 하려고 휴대폰부터 꺼냈다. 그러고는 사람이 나와 있는 이미지를 검색했다. 하지만 사진으로 봐서인지, 다른 옷은 보이지 않았다. 그다음에 우진이 한 일은 또 창밖으로 고개를 내미는 일이었다. 이상하게라도 보이는 것이 좋았는지, 혹시 지금은 보이지 않을까 확인하고 안도하기를 반복했다.

*   *   *

한국으로 떠나는 당일. 밤 비행기였기에 우진은 이른 아침부터 최 교수의 교수실에 있었다. 바비가 준 원단을 버릴 수는 없었기에 최 교수를 통해 학생들에게 주려고 들른 이유도 있었다. 그리고 무엇보다 미국에서 떠나기 전 최 교수에게만은 감사 인사를 하려고 온 것이었다.

그런데 때를 잘못 잡은 듯했다.

"우진아, 잠깐만 여기에 있어. 이번에 학생들 의류 업체 디자인 공모전 내는 거 미리 봐줘야 해서 내가 지금 정신이 없다. 금방 올 테니까 기다려."

"그럼 그냥 가볼게요. 바쁘신 거 같은데."

"어떻게 그래. 잠깐만 기다려. 점심 같이 먹게."

우진은 어쩔 수 없이 고개를 끄덕였고, 최 교수는 급하게 교수실을 나섰다. 우진도 이곳에 앉아 있어봐야 할 것도 없었기에, 그동안 수업을 받았던 강의실을 둘러보려고 자리에서 일어섰다.

낙제받았던 이론 강의실들부터 실습실까지. 강의실은 텅 비어 있었지만, 잠겨 있어 들어갈 수는 없었다. 그저 밖에서 강의실을 보던 우진은 괜히 마음만 뒤숭숭해지는 것 같아 자리를 옮겼다.

파슨스는 캠퍼스도 없었기에 건물을 나서면 바로 도로였다.

우진은 휴게실에 앉아 시간을 보내며 자신의 눈에 대해 생각했다.

지금은 안대를 착용하고 있어서 괜찮았지만, 어제 진짜로 보이는지 확인하러 밖으로 나간 우진은 자리에서 쓰러질 뻔했다.

커피숍에서처럼 많은 사람들이 한꺼번에 눈에 보이자 어지러웠고, 버텨보려 했다가 길 한복판에서 오바이트까지 해버렸다. 그러고 나니 사람들이 많은 곳에서는 살필 엄두가 나지 않았다.

그래서 우진은 더 걱정스러웠다. 왜 이상하게 보이는 것인지, 정말 자신이 괜찮은 것인지, 뇌에 문제가 있는 건 아닌지, 남은 한쪽 눈마저 문제가 생기는 건 아닐지 여러 생각들 때문에 혼란스러웠다. 나쁜 일은 늘 한꺼번에 생긴다는데 지금 자신도 그렇지 않을까 걱정이 되었다.

눈에 대해 생각하느라 시무룩하게 있을 때, 익숙한 얼굴이 휴게실로 들어왔다.

"어, 바비 씨. 안녕하세요."

바비는 우진을 보고 반갑게 미소를 지었다. 그러고는 손가락
으로 전화를 가리키고는 입 모양으로 미안하다고 했다. 우진은
고개를 끄덕이고는 바비의 통화를 들으며 뻘쭘하게 앉아 있었
다.

딸과 통화를 하는지 바비의 얼굴에는 밝은 미소가 가득했다.
바비의 딸을 본 적은 없지만, 지금 바비의 모습만으로도 굉장히
사랑스러울 것 같은 느낌이었다.

전화를 마친 바비가 우진에게 다가왔다.

"하하. 여기서 뵙네요. 그런데… 아직 안대를 하고 계시네
요……."

우진은 안대를 살짝 만졌다. 걱정하는 바비의 말에 괜히 미안
해진 우진은, 걱정하는 마음을 덜어주려고 말을 얼버무렸다.

"아, 그냥… 어차피 내일 한국 갈 때는 안대 벗을 거예요."

"한국이요? 휴학하고 한국으로 가시는가 보군요."

우진은 다시 이곳으로 돌아올 생각은 없었지만 설명하기 난감
했기에 그저 고개만 끄덕였다. 그렇게 대화가 오가던 중 바비가
뭔가 생각난 듯 우진을 바라봤다.

"저 이번에 딸아이가 학교에서 학예회를 하는데 연극 주인공
이랍니다. 하하."

"와, 잘됐네요. 축하드려요."

"하하, 감사합니다. 그래서 제가 학교에 가야 할 것 같은데. 아
무래도 제가… 이렇다 보니… 하하… 그래서 이런 걸 여쭤도 되

는지 모르겠습니다만, 우진 씨는 디자이너 될 분이니까 잘 알 것 같은데… 딸아이한테 안 부끄러우려면 어떻게 입고 가는 게 좋을까요?"

"입고 가실 옷이요?"

"네, 하하. 잘 보이고 싶어지네요. 전에도 이러고 갔더니 딸아이가 말은 안 해도 좋아하는 것 같진 않더라고요."

"아… 그런데 제가 어떻게……."

우진은 말을 멈추고 손을 올려 안대를 만지작거렸다.

지금까지 왼쪽 눈으로 봤던 사람 중 바비보다 멋있는 사람은 없었다. 그리고 이곳에는 바비만 있었기에 멀미가 날 리도 없었다. 거기에다 눈에 보이는 대로 옷을 입으면 어떻게 변하게 될지 우진도 궁금했다. 일단 옷도 옷이었지만, 얼굴의 반을 가리고 있는 덥수룩한 수염이 문제였다.

"혹시 수염은 기르시는 건가요?"

"이 수염요? 하하, 그건 아니지만, 한번 자르면 계속 면도를 해야 돼서 안 자르게 되더라고요. 아무래도 깔끔하게 보이려면 면도하는 게 낫겠죠?"

우진은 다행이라고 생각하고는 말을 이었다.

"제가 실력이 있는 건 아닌데… 괜찮으시겠어요?"

"하하, 저보다는 나으시겠죠! 전문적으로 배우시는 분인데."

낙제까지 했던 우진은 목덜미를 긁적였다. 그러고는 조심스럽게 안대를 내리고 바비를 바라봤다. 여전히 하늘색 와이셔츠에 허리까지 내려오는 가죽 재킷, 그리고 청바지였다. 옷을 살피던 우진은 얼굴을 찡그렸다.

"하하, 제가… 아무래도 일을 하다 보니까 이상하죠……?"

"아니에요. 잠시만요."

우진은 가까이 살펴볼 수 있는 기회라고 여기며 얼굴을 가까이 들이밀었다. 그리고 손을 올려 바비의 가죽 재킷을 들춰보려 했다.

"어? 안 벗겨지네."

"네……? 여긴 제 가슴인데… 옷을 벗어야 하나요? 그냥 말로만 설명해 주시면 안 될까요? 이 안에 아무것도 안 입었거든요."

"아! 죄송해요. 안 벗으셔도 돼요."

우진은 급하게 사과를 하고는 다시 바비의 옷을 살폈다. 바비의 가슴에 얼굴을 파묻다시피 한 우진은 벗겨지지 않는 가죽 재킷을 손으로 만져보고 쓰다듬었다. 하지만 가죽의 감촉도 느껴지지 않았다. 바비가 입고 있던 천 남방의 느낌이었다. 정말 홀로그램처럼 보이기만 했다.

이후로도 우진은 바비를 빙빙 돌며 살폈다. 평범한 듯 보이면서 그렇지 않은 검은 가죽 재킷은 보는 것만으로도 공부가 되는 듯했다.

다소 밋밋하게 느껴질 수 있는 것이 가죽 재킷인데, 밑단과 소매 끝에 새겨진 무늬가 보였다. 기본 포켓을 제외하고는 주머니도 없는 민무늬 가죽 재킷에 단지 무늬를 새겼을 뿐인데, 상당히 고급스러워 보였다.

'이게 무슨 무늬지……'

큰 사각형 안에 작은 사각형이 담겨 있었고, 두 사각형 사이를 작은 인피니티 기호들이 빼곡하게 채우고 있는 형태였다. 작은 인피니티 기호들이 두 사각형을 연결해 주는 패턴이었다. 가죽 재킷에서 새로운 것이 보이자 우진은 와이셔츠도 궁금했고, 청바지도 궁금했다. 그리고 신발까지, 바비가 걸치고 있는 모든 게 신기했다.

"어디 건데 이렇게 잘 만든 거지."

"네? 이거 아울렛에서……."

"아……."

지금 상황이 익숙하지 않아 자꾸 실수를 한 우진은 멋쩍은 듯 헛기침을 했다. 그러고는 기다리는 바비를 보며 입을 열었다.

"일단 수염은 꼭 자르시고, 머리는 뒤로 좀 넘기시는 게 좋겠어요."

"어떻게 넘길까요? 이렇게요?"

바비는 어색한 얼굴로 부스스한 머리를 이리저리 넘겼다.

"3 : 7 정도… 말로 하려니 어렵네요."

"하하, 그렇죠? 제가 바로 알아들어야 하는데. 그런데 옷은 어떻게 할까요? 정장은 너무 딱딱해 보일 거 같은데……."

우진은 자신이 본 그대로 설명을 하려다가 이내 입을 다물었다. 자신도 처음 보는 옷들인데 바비가 그런 옷이 있을 것 같지는 않았다. 하지만 옷을 사는 건 바비의 역할이니, 우진은 어떡하면 바비가 쉽게 알아들을 수 있을까 생각하다가 손가락을 튕겼다.

"잠시만 기다리세요. 제가 스케치해서 보여 드릴게요."

우진은 자신의 가방을 열어 연습장을 꺼냈다. 캐리어에 넣어 둔 태블릿 PC가 있었다면 다양한 색으로 보여줄 수 있을 텐데,

아쉽게도 지금은 검은색 볼펜뿐이었다. 우진은 볼펜으로 마치 초상화를 그려 나가듯 손을 움직이기 시작했다.

"와… 상당히 잘 그리시네요."

평소에도 디자인만 빼고 다 잘한다는 소리를 들었던 우진이었다. 항상 완벽함을 추구하기에 오랜 시간이 걸리긴 했지만, 바비는 묵묵히 기다렸다. 그리고 어느덧 스케치는 조금씩 완성되어 가고 있었다.

"이건 아무래도 저한테는 무리 같은데요? 이건 모델처럼 보이는데……."

"이거 바비 씨 보고 그린 거예요. 비율도 비슷하게 신경 써서 그렸어요."

"하하, 그런가요? 그림이라서 그런가, 굉장히 멋있네요. 그래도 기분은 좋네요."

스케치가 마음에 들었던 바비는 환하게 웃었다. 우진은 그림을 보며 하나하나 설명해 주었다. 그런데 생각지 못한 문제가 생겼다.

"정말 마음에 드는데, 이 옷들을 사려면 상당히 비싸겠죠……? 하하……."

"아……."

실력이 없고 배워가는 중인 우진이 보기에도 비쌀 것 같았다. 그리고 어디에서 나온 제품인지도 알지 못했다. 그렇다고 자신이 이렇게 만들어줄 순 없었다. 아직 제대로 된 옷 한 벌도 못 만들어봤는데, 연습장에 스케치한 그림만으로 만든다는 것은 가당치도 않았다.

우진은 바비의 사정을 생각하지도 못하고 혼자 신나서 떠든 스스로를 벌이라도 주려는 듯 허벅지를 꼬집었다. 그러고는 곤란함을 숨기려고 멋쩍게 웃고 있던 바비를 바라봤다.

"제가 실력이 없어서 만들어 드리지는 못하지만, 그냥 이런 느낌으로 입으시면 될 거 같아요. 면도는 꼭 하시고요."

"실력이 없으시긴요. 지금 이 그림만 봐도 앞으로 분명히 잘되실 거라고 믿습니다, 하하."

미국에 와서 간만에 듣는 칭찬에 기분이 좋았지만, 이미 마음을 정리한 뒤였다.

우진은 그저 미소를 지었다.

제2장

내가 모르는 사이

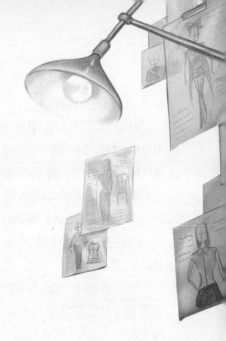

"제가 시간을 너무 많이 뺏은 것 같네요. 이 그림은 제가 가져가도 될까요?"

"그럼요."

우진은 연습장을 뜯어 바비에게 건넸다. 그러자 바비는 그 그림이 마음에 드는지 미소를 지으며 감사를 표했다.

"그럼 전 가봐야 할 것 같네요. 한국에서 돌아오시면 언제 식사라도 같이하시죠."

바비가 휴게실을 나서자 우진은 뜯어진 연습장을 바라봤다. 스프링에 끼어 있던 종잇조각을 정리하는 얼굴엔 보일 듯 말 듯 한 미소가 있었다.

"그만두고 나니까 칭찬을 받네."

연습장 정리를 마친 우진은 다시 펜을 들었다. 최 교수가 언제 올진 모르지만, 할 것도 없던 차였기에 바비에게 줬던 그림을 다시 그려볼 생각이었다.

시간이 있다 보니 좀 전 스케치보다 훨씬 세세하게 그렸다. 아쉽게도 펜이 검은색뿐이었기에 색이 필요한 부분에다가는 글씨로 색을 적어가며 그려 나갔다.

인물도 신경 써서 그린 덕분에 확실히 바비에게 준 스케치와는 비교도 되지 않았다. 자신이 그린 스케치를 물끄러미 보고 있던 우진은 만족스러운 미소를 지었다. 아쉬웠던 것이 그림으로 풀리는 것 같았다.

우진은 한 장을 넘겼다. 무엇을 그려볼까 생각하던 중 밑단에 있던 인상적인 무늬가 떠올랐고, 우진은 곧바로 무늬를 그리기 시작했다.

많은 인피니티 기호 때문에 자칫하면 번잡해 보일 수 있는 무늬가 두 사각형 사이에 위치해 상당히 안정적인 느낌이었다. 어떤 회사에서 나온 제품일까 생각해 봤다. 인터넷 검색으로 찾아보면 금방 찾을 테지만, 한국으로 돌아가기 때문에 휴대폰마저 해지해 버렸다. 아쉽지만 다음에 찾아봐야겠다고 생각했다.

한참이나 연습장에 그림을 그리다 보니 크기별로 그려진 무늬가 가득했다. 그 무늬들이 한꺼번에 보이자 갑자기 만족감이 아닌 아쉬움이 들었다. 이제 그만두려고 하는데 다 부질없게 느껴졌다.

더 그리다 보면 괜히 미련만 생길 것 같았기에, 우진은 그렸던 스케치들을 뜯어냈다.

그런 와중에도 정리에 집착하는 성격이 나왔다. 구겨서 버릴 수도 있는 것을 뜯긴 종이에 삐져나온 부분까지 깔끔하게 잘라 내고는 곱게 접어서 쓰레기통에 버렸다.

그리고 마침 최 교수가 급한 얼굴로 휴게실로 들어왔다.

"너 인마. 왜 전화가 안 돼!"

"전화요? 이제 한국 가야 해서 해지했는데. 왜 그러세요?"

"어휴! 있잖아, 우진아. 미안해서 어쩌냐? 내가 급하게 어딜 가는 중이라서 오늘은 좀 곤란할 것 같다. 오늘 제프 우드 씨가 오신다고 해서 회의가 잡혔는데……."

"제프요? 제프 우드 디자이너 제프요?"

"어. 하필이면 오늘 다음 학기에 있을 특별 강의 때문에 오신다네. 미안해서 어쩌냐."

파슨스 출신이자 전 세계적으로 유명한 브랜드 명품 '제프 우드'의 창시자 겸 수석 디자이너. 우진이 평소 존경하고 롤모델로 삼던 사람 중 한 명이었다.

"괜찮아요. 그럼 다음 학기에 제프 씨 특별 강의도 있는 거예요?"

"그럴걸? 뭐 두 번이냐, 세 번이냐 논의 중이긴 한데, 있기는 있어."

"와……."

감탄하던 소리가 차츰 줄어들었다. 어차피 자신은 듣지도 못할 텐데 기뻐할 필요가 없었다. 그리고 우진이 평소 제프를 존경한다는 것을 아는 최 교수는 그런 우진을 위로했다.

"야, 제프 그 사람 내가 몇 번 봐서 아는데, 또라이 중에 상 또라이야. 성격도 얼마나 거지 같은데. 자기 마음에 안 들면 맨날 뒤집어엎고 난리도 아니다."

"네, 알겠어요. 어쩔 수 없죠. 그래도 교수님께 인사하고 가서 다행이네요."

"인사는 무슨. 밥도 못 먹이고 가서 아쉬운데. 그래도 한국 가서 전화하고. 꼭 전화해! 내가 작은 숍 정도는 소개해 줄 수 있으니까. 알겠어? 아니지, 약속해! 너 약속이라고 하면 칼처럼 지키잖아."

"네, 알겠어요. 연락드릴게요."

최 교수는 피식 웃고는 많이 바쁜지 우진에게 손을 흔들며 휴게실을 나섰고, 우진은 아쉬움을 뒤로하고 주섬주섬 짐을 챙겼다.

*   *   *

제프 우드와 학교로 돌아온 최 교수는 깊은 한숨을 내쉬었다. 최 교수뿐만이 아니라 이사장을 비롯해 학교장까지 있었지만 제프는 연신 자신의 입장만 얘기했다.

"이론만 강의한다고 실력이 늡니까? 내가 성공한 얘기를 들어서 뭐 하려고. 그 시간에 바느질을 한 땀이라도 더 하는 게 이득이지. 안 그래요?"

"제프 씨 말도 충분히 맞습니다. 그래도 미리 길을 걸어본 선배의 경험담도 중요하다고 생각합니다. 그리고 실습을 겸하게 되면 참여할 수 있는 학생 수가 한정되어 있습니다. 많은 학생들이 제프 씨의 강의를 기대하고 있는데, 그 기회를 누구는 잡고 누구는 잡지 못한다면 안타까운 일이 아니겠습니까?"

"내 얘기를 들을 게 뭐가 있다고. 부자 부모님이 차려준 회사에서 부자 부모님이 붙여준 팀들과 옷 만들어서 성공한 이야기? 그런 이야기 들려줘야 합니까?"

"크흠… 흠……."

상당히 직설적인 얘기에 모여 있던 사람들이 전부 헛기침만 했다. 그러자 제프는 그 모습에 고개를 저으며 자리에서 일어섰다.

"어디 가십니까?"

"담배 피우러! 여기서 피울까요?"

제프가 나가자 학과장이 최 교수에게 따라가 보라는 듯 고갯짓을 했다. 최 교수는 달갑지 않았지만, 자신이 데리고 왔고 모인 사람 중 자신이 그나마 제프와 비슷한 또래였기에 마지못해 따라나섰다.

제프는 휴게실로 들어갔고, 최 교수는 급하게 따라 들어갔다. 그리고 휴게실에서 담배에 불을 붙이려는 제프의 모습이 보였다.

"저기……."

"왜요? 피울래요?"

"그건 아닌데. 건물 전체가 금연입니다. 뭐 그래도 피우실 거면… 하하……."

제프는 얼굴을 찡그리고선 물고 있던 담배를 부러뜨려 쓰레기통에 넣었다.

"나가시죠. 학교 건물 뒤쪽에 흡연 장소 있습니다."

"됐습니다. 그런데 저 늙은이들은 언제까지 해 처먹을라고 저러고 있는지. 안 그래요?"

"네……?"

"아니, 내 말이 틀렸습니까? 나이 먹고 은퇴한다고 하고 업계를 떠났으면 깔끔하게 떠나야지, 애들한테 철 지난 방법으로 가르치긴. 요즘 때가 어느 때인데… 그러니까 F.I.T에서 지들이 파슨스보다 위라고 생각하지 않습니까."

최 교수는 제프가 흥분하는 이유를 알았다.

얼마 전 F.I.T 패션 스쿨 출신의 디자이너가 파슨스는 디자인이 아니라 돈 버는 방법을 가르치는 학교라고 말했던 것이 떠올랐다. 상업적 디자인을 가르치는 학교였기에 틀린 말은 아니었지만, 최 교수도 기분은 썩 좋지 않았다. 그런데 자존감이 높은 제프야 오죽할까.

그 생각이 들자 제프가 생각보다 망나니처럼 보이진 않았다. 출신 학교를 아끼는 마음에 그런 것이니 이해하고 달래주려 할 때 제프가 다시 담배를 입에 물었다.

"저… 금연이라고……."

"에이! 빌어먹을 금연!"

제프는 다시 담배를 부러뜨리고 쓰레기통에 던졌고, 들어가지 않자 쓰레기통을 발로 차버렸다. 그러자 쓰레기통이 엎어졌다. 그나마 다행스럽게도, 방학 기간에다가 청소한 지 얼마 되지 않았기에 내용물이 별로 없었다.

"아! 이건 또 왜 엎어져!"

"그냥 두세요. 제가 치우겠습니다."

"됐습니다. 내가 했으니까 내가 치워야죠."

제프는 붉어진 얼굴로 구시렁거리며 쓰레기를 주웠다. 쓰레기라고 해봐야 곱게 접힌 종이뿐이었기에 제프는 그 종이를 주워 들었다.

"뭔데 쓰레기가 이렇게 정사각형이야? 기분 나쁘게."

제프는 기분 나쁜 얼굴로 곱게 접힌 쓰레기를 쳐다봤다.

"쓰레기 하나조차 자연스러운 게 없어, 자연스러운 게!"

그러더니 거칠게 정사각형의 종이를 폈다. 두 장의 종이였고, 그중 펼친 한 장을 거칠게 구겨 쓰레기통에 던졌다.

"교수님도 학생들한테 이렇게 가르치십니까? 아무리 상업적인 디자인이라고 해도 어쩌면 그렇게 하나같이 디자인이 거기서 거긴지, 참. 우리 회사에 들어오는 애들도 전부 이래요, 전부. 찍어 낸 듯! 베낀 듯!"

최 교수는 쓰레기를 버리면서도 계속 버럭거리는 제프의 장단에 맞춰줄 뿐이었다. 그런데 쓰레기를 구기려던 제프의 손이 멈췄다.

"어? 이거 뭐야. 패턴 디자인 스케치인데? 이거 대충 그린 스케치가 아니네. 가만 보자……."

디자인 스케치라는 말에 최 교수도 제프의 옆으로 다가가며 생각했다. 공모 준비를 하는 학생들이 있지만, 2층 휴게실에 올리가 없었다. 게다가 방학이다 보니 그 수가 적었다.

누가 버렸을까 생각을 하다가 오전에 휴게실에서 우진을 만났던 것이 떠올랐다. 최 교수는 우진의 디자인은 아닐까 하는 생각이 들었다. 정사각형으로 접어서 버린 쓰레기 모양만 보더라도 우진이 버린 것 같았다.

"아마 제가 가르치던 학생이 버린 모양입니다."

"호……."

제프는 손에 들고 있던 종이를 한참이나 보더니, 조금 전에 구겨서 버린 종이가 있는 쓰레기통으로 고개를 돌렸다. 쓰레기통이라는 것에 대해 개의치 않고 거리낌 없이 손을 넣었다. 그러고는 언제 구겨서 버렸냐는 듯이 꺼낸 종이를 찢어지기라도 할까 조심스럽게 펼쳤다.

"호… 단색으로 그렸는데도 뉴 클래식 느낌이 제대로 나네? 하하. 그래, 이거지. 이거 좋은데? 팔목과 허리 라인에 경계선을 두듯이 무늬를 새겨서 거친 느낌의 가죽을 깔끔하게 만들어주고. 교수님, 이 학생 어디 있습니까?"

제프는 굉장히 기대하는 얼굴로 최 교수를 봤다. 하지만 최교수는 고개를 갸웃거릴 수밖에 없었다.

자신이 아는 우진의 실력은 제프가 극찬을 할 만한 실력이 아니었다. 그렇지만 지금 자신이 보는 디자인은 상당히 뛰어나 보였다. 비록 스케치뿐이지만 유명 브랜드의 공모전에 내놓아도 바로 채택될 것 같았다. 당장 제품을 만들어도 될 것 같은 디자인이었다.

우진에게 미안하지만, 자신이 아는 우진은 절대 저런 디자인을 뽑아낼 능력이 없었다. 하지만 섬세하게 그려진 스케치를 보면 또 우진이 그린 것 같았다. 우진이 자신만의 디자인을 뽑는게 부족해서 그렇지, 그것만 제외하고는 모든 면에서 월등한 학생이었다.

재봉이면 재봉, 패턴을 뜨는 것조차 전문 패턴사에 비해 부족하지 않았다.

게다가 스케치는 정밀화처럼 그려 다른 교수들도 놀라고는 했다. 그렇기에 디자이너가 아닌 재봉사나 패턴사를 추천해 주었지만, 우진은 오로지 디자이너를 꿈꾼다고 말했다.

게다가 노력은 물론이고 집중력이 어찌나 좋은지, 약간의 감각만 있었더라면 앞에 있는 제프와 비견할 만한 디자이너가 됐을 텐데 여러모로 아쉬운 학생이었다. 그렇기 때문에 더욱 마음이 갔다.

잠시 우진에 대해 생각하던 최 교수는 아무래도 확인해 보는 것이 좋을 것 같아 전화부터 꺼내 들었다.

―지금 거신 번호는…….

결번이라고 나오는 알림에 최 교수는 머리를 긁적였다. 내일 한국으로 가서 해지를 했다는 말이 떠올랐다.

"아무래도 제가 아는 학생이 그린 건 맞는데… 그 학생이 직접 디자인한 것 같진 않습니다. 다른 걸 보고 따라 그렸다든지……."

"직접 물어보면 되죠. 어디 있습니까? 직접 가보게."

최 교수는 시간을 확인하더니 고개를 저었다.

"아마 공항에 있거나 이미 비행기를 타고 있을 겁니다. 그리고… 일단 먼저 다른 교수님들께 물어보는 게 어떨까요? 교수님들이 실수로 잃어버리신 디자인일 수도 있을 거 같은데……."

"그 양반들이? 하하, 무슨 말도 안 되는 소리를 하십니까. 참도 고고한 양반들이 이런 연습장에 그렸을라고. 그 양반들은 잊고, 교수님이 말한 그 학생은 언제 돌아옵니까?"

"그게… 휴학이라곤 했는데… 아무래도 학교를 그만둘 생각이라서……."

무슨 오해를 했는지 제프의 얼굴이 급격히 구겨졌다. 그걸로도 부족해 터지기라도 할 것처럼 붉어졌다.

"이 빌어먹을 학교. 딱 봐도 실력이 뛰어나 보이니까 견제했고만! 영감탱이들이!"

"아… 아닙니다. 그건 절대로 아닙니다."

"아니긴! 뭐가 아닙니까. 딱 봐도 보이는데!"

제프의 오해에 최 교수는 진땀을 빼가며 상황을 설명했다. 한국에서 왔다는 것부터 우진의 그동안 학교에서의 생활 등을 조심스럽게 얘기했다.

"흠… 1학년에… 낙제……?"

"네, 그래서 제가 그 친구 작품이 아닌 것 같다고 한 겁니다."

"그거 제품 만드는 것도 아니고, 이렇게 스케치 디자인만 내면 죄다 통과되는 거 아닙니까?"

"네, 맞습니다……."

"아니, 뭘 어떻게 했길래. 어디 한번 봅시다. 이 사람이 그동안 냈던 작품들."

제프는 급해 보이는 말과 다르게 들고 있던 종이를 아주 조심스럽게 품에 넣었다. 그러고는 휴게실을 나서더니 아까 있었던 회의실로 향했다.

"제 교수실은 위층입니다."

"잠시만요. 올라가는 김에 물어보고 가게."

제프는 곧바로 회의실 문을 열었다. 그러자 회의실에 있던 학교 중요 인사들의 시선이 집중됐다. 제프는 그 가운데로 향하더니 품에서 종이를 꺼냈다.

"이거 뭔지 아는 분?"

그는 손에 든 종이를 보이지도 않게 빙빙 돌렸고, 사람들은 제프의 돌발 행동에 또 미친 짓을 한다고 생각했다. 다들 그런 모습이 달갑지 않은 듯 헛기침만 해댔다.

"그럼 이거 주인인 분?"

"그게 뭡니까, 자세히 봐야지 알지. 그렇게 흔들면 어떻게 압니까."

"하하, 주인이면 단번에 알아채야죠. 여긴 없는 거 같네요. 아, 참. 그리고 특별 강의는 없었던 걸로."

"이봐요! 제프 우드 씨!"

최 교수는 자신을 보며 어서 가자는 듯 손짓하는 제프가 얄미웠다.

분명 저곳에 있는 사람들이 제프의 마음을 돌려놓으려고 할 것이 틀림없었다.

＊   ＊   ＊

최 교수의 교수실에 자리한 제프는 상당히 진지했다. 모니터를 볼 때도, 학생들의 스케치를 모아놓은 디자인 북을 볼 때도 한 번도 웃지 않고 진지했다.

그렇게 한참이나 우진의 작품을 살펴보던 제프는 거센 콧바람을 내뿜으며 의자에 몸을 기댔다.

"흠⋯⋯."

제프의 숨소리에 최 교수도 나지막이 한숨을 뱉었다. 보안과에서 오늘 출입한 사람들까지 확인했다. 아무리 봐도 그 사람들 중 스케치를 그릴 만한 사람은 우진 말고는 없어 보였다. 그래서인지 최 교수도 약간은 기대하고 있었다.

만약 우진의 작품이라면 한국으로 가서도 꿈을 잃지 않고 이어나갈 수 있는 계기가 될 수 있었을 텐데, 제프도 헷갈려 하는 것 같았다.

"분명 그림체는 비슷한데⋯ 디자인한 걸로 봐서는 같은 사람이 그린 것 같진 않고. 그런데 또 미친놈도 아니고 이렇게 스케치에 사람 이목구비랑 머리카락에 수염까지 그릴 리도 없고⋯ 그러고 보니 이 스케치에 있는 사람은 교수님 아니세요?"

"아⋯ 하하, 아닙니다. 우진이가 가끔 아무 사람이나 데리고 모델을 해서⋯⋯."

"그럼 이것도 누굴 모델로 하고 그린 건가? 아, 궁금하다. 궁금해. 그렇다고 이거 들고 직접 찾으러 다닐 수도 없고."

최 교수도 이해하는 부분이었다. 주인이 안 나타나면 누군가가 자신의 작품이라고 나설 수도 있었다. 게다가 연습장에 그린 것으로 봐서는 디자인특허를 준비 중이지도 않았을 것이다. 그 때문에 제프도 회의실에서 스케치를 제대로 보여주지 않았을 것이다. 그런 생각들에 최 교수도 어떻게 해야 하는지 고민했다.

그때, 제프가 손뼉을 치며 좋은 생각이 났다는 듯 입을 열었다.

"이거 만들어놓고 학교에다 전시해 놓죠? 내가 만들어놨다고 하면 도둑맞지도 않을 거고. 알아서 주인이 찾아올 거고. 하하하. 아주 좋은 생각 같은데?"

"네……? 이걸 만든다고요?"

"가만있어 보자. 스케치라 원단을 뭐 쓰라고도 안 나와 있고. 뭐가 좋으려나."

최 교수는 어이가 없는지 헛웃음을 뱉었고, 제프는 곧바로 자신의 말을 행동으로 옮기려는 듯 전화를 꺼내 들었다.

"난데, 파슨스로 좀 와. 참, 올 때 원단도 좀 가져와."

─샘플이요?

"아니, 재킷 만들 거니까… 음, 킵스킨이랑 키드스킨만 들고 와. 참, 그리고 데님은… 뭐가 좋을까. 에라이, 모르겠다. 캐시미어 100수 있지? 데님 혼방한 거 그걸로 가져와라. 맞다. 와이셔츠 만들 면하고 모달도 가져오고."

─네?

"아, 아니다. 내가 지금 작업지시서 써서 보낼 테니까 그거대로 가져와. 최대한 빨리, 그리고 너도 와. 가죽에 무늬 새겨야 되니까."

제프는 전화를 끊더니 최 교수를 보며 미소 지었다.

"도와주실 거죠? 교수님이 도와주시면 내일 아침에는 완성될 것 같은데. 하하."

"네……? 내일 아침이요……?"

"네, 하하. 느낌만 살리려는 거니까 금방 하죠."

가봉만 한다고 해도 상당히 오래 걸릴 일이었다. 밤을 새도 가능하지 않을 것 같은데 자신만만한 제프였다.

최 교수는 멍한 얼굴로 제프를 볼 뿐이었다.

*   *   *

다음 날. 최 교수는 죽을 맛이었다. 최 교수뿐만이 아니라 제프 우드에서 나온 세 사람 역시 꾸벅꾸벅 졸고 있었다. 작업실에서 팔팔한 사람은 오로지 제프뿐이었다.

"야야, 조셉. 너 회사에 좀 다녀와라."

"네? 왜요."

"네가 리벳 안 가져왔잖아. 이거 봐라. 영 폼이 안 살아."

"작업지시서에 리벳 없었는데요……"

"그건 말하지 않아도 당연히 가져와야지! 리벳이 없으니까 청바지가 늘어지잖아! 넌 그동안 뭘 배운 거야."

"제가 뭘… 휴… 다녀올게요."

옆에서 의자에 늘어져 있던 최 교수가 울상인 얼굴로 일어서는 조셉을 막아섰다.

"잠도 못 주무셨는데 운전은 위험해 보입니다. 학교에 있는 걸로 사용하시죠."

"오! 좋은데요? 그런데 혹시 그 예전부터 쓰던 그 촌스러운 징 말씀하시는 건 아니죠?"

"하… 하하. 그게 싫으시면… 아! 마침, 오늘 원단 배달 오시는 분에게 부탁드리면 됩니다."

"오케이! 그동안 쉬는 시간."

최 교수는 다행이라고 생각하며 휴대폰을 꺼냈다. 혹시 우진에게 전화가 왔는지 확인하고 아쉬운 얼굴로 바비에게 전화를 걸었다.

"바비 씨, 조금 일찍 와줄 수 있어요? 올 때, 청바지 리벳 있죠? 그거 종류별로 좀 부탁드려요. 9㎜부터 종류별로 한 봉지씩 가져다주세요."

최 교수는 주문을 한 뒤 축 늘어진 채 제프를 봤다.

저 정도의 직책이면 보통 디자인만 하고 나머지는 밑에 있는 디자이너에게 맡길 텐데, 제프는 그렇지 않았다. 마네킹에 입혀 놓은 가죽 재킷과 와이셔츠는 가봉이라고 할 수 없을 정도로 재봉이 완벽해 보였다. 그리고 그 모든 것을 하룻밤 사이 거의 혼자 해내고도 아직까지 눈을 반짝이고 있었다.

"이거 느낌이 이상해… 스케치 느낌이 안 사네. 다시 만들어야 하나? 흠… 교수님 어때요?"

"네……? 제가 보기에는 괜찮아 보이는데."

"아니야… 아니야. 느낌이 안 나."

제프는 줄자로 마네킹의 치수를 재보고 다시 컴퓨터로 작성한 작업지시서를 수정했다. 잠시도 쉬지 않고 움직이는 제프의 모습에 최 교수는 질린 듯 고개를 저었다.

그때, 작업실을 두드리는 소리가 들려왔고, 문을 여니 상자를 들고 있는 바비가 보였다.

"교수님, 하하, 방학인데도 아침부터 나오셨네요. 역시 학생들이 존경하는 이유가 있었네요."

"누구? 아! 바비 씨, 수염 깎아서 못 알아볼 뻔했네요. 그나저나 아침부터 갑자기 주문해서 미안해요."

"하하, 아닙니다! 그런 말씀을. 저희야 항상 감사하죠. 이거 어디에 둘까요?"

바비가 들고 있던 상자를 가리킬 때, 마네킹을 보고 있던 제프가 큰 소리로 말했다.

"어어! 리벳? 그거 이리로 주세요."

바비는 최 교수를 봤고, 최 교수는 제프가 시키는 대로 하라는 듯 고개를 끄덕였다.

바비가 테이블 위에 상자를 내려놓았다.

"고마워요."

제프는 리벳을 힐끔 확인하더니 다시 마네킹을 쳐다봤다. 옆에 있던 바비의 시선도 저절로 마네킹으로 향했다. 그때, 바비의 시선을 느꼈는지 제프가 마네킹을 몸으로 막아섰다.

"아… 작업 중이신데 죄송합니다. 실례했습니다."

바비는 인사를 꾸벅하고는 한 걸음 물러섰다. 그러자 최 교수가 대신 이해하라는 얼굴로 바비를 봤고, 바비 역시 괜찮다는 듯 어색한 미소를 지었다. 그런 바비가 이제 가려는 듯 인사를 하려다 말고 최 교수에게 물었다.

"교수님, 혹시 저기 저런 옷은 얼마나 할까요?"

"저 옷이요? 하하… 저기 들어간 재료만 해도 제 월급 정도는 될 것 같네요."

"하하… 그렇죠……?"

"왜 그러시는데요?"

"제가 어제 미스터 임에게 딸아이 학예회에 가려는데 입고 갈 옷을 추천해 달라고 했더니, 저 옷이랑 비슷한 옷을 추천해 주셨 거든요."

"우진이가요?"

"네. 하하, 혹시나 했는데… 역시 비싼 옷이었네요. 전 이만 가 봐야겠습니다."

최 교수는 고개를 갸웃거리고는 나가려는 바비를 급하게 붙잡 았다.

"잠시만요. 저 옷이 맞아요?"

"네? 음… 제가 잘은 모르는데 비슷해 보여서요. 아! 맞다. 미 스터 임이 그려준 그림도 있거든요. 잠시만요."

바비는 지갑을 꺼내더니 안에 곱게 접어둔 종이를 꺼냈다. 그 러고는 최 교수에게 확인해 보라는 듯 건네주었다.

최 교수는 받은 종이를 펼쳐보더니 이내 멍한 얼굴로 변했 다.

"우진이가 그린 게 맞았어?"

최 교수와 바비의 대화를 들었는지 옆에 있던 제프도 다가왔 다. 그러더니 최 교수가 들고 있던 종이를 슬며시 뺏어갔다. 종 이를 한참이나 보더니 이내 바비에게 시선이 향했다. 그러고는 테이블에 놓아둔 다른 스케치를 가져오더니, 바비와 스케치를 번갈아 쳐다보고는 크게 웃었다.

"왜 그러시는지……."

"하하하, 모델이었네! 그런데 모델치고는 비율이 좀 이상한데?"

"저, 저요? 잘못 보신 거 같은데요. 전 모델 아닌데……."

바비는 당황해서 말까지 더듬었고, 제프는 전혀 상관하지 않고 연신 환한 웃음을 보이며 바비를 뚫어져라 살폈다. 그러더니 손동작으로 바비의 몸을 만지는 시늉을 하더니 손가락을 올려 마네킹을 가리켰다.

"저것 좀 입어볼래요?"

제프는 말이 끝나기 무섭게 바비를 마네킹 앞으로 데려갔다. 그러고는 마네킹에 있던 옷을 벗겨냈다.

"벗어봐요."

"네······?"

"이거 입어보게 벗어봐요. 직접 입으라고 하고 싶은데, 가봉을 대충해 놔서 뜯어질 거 같아서 그래요."

바비는 당황한 얼굴로 최 교수를 봤다. 그러자 최 교수도 부탁한다는 얼굴로 고개를 끄덕였기에, 마지못해 입고 있던 옷을 벗기 시작했다. 그리고 제프의 도움으로 와이셔츠부터 재킷까지 걸쳤다.

"음··· 기다려 봐요. 금방 끝나니까. 조셉, 청바지에 리벳 좀 박자."

바비는 어정쩡한 자세로 서 있었고, 제프는 그런 바비를 빙빙 돌아가며 옷매무새를 고쳤다. 그사이 완성된 청바지를 건네받은 제프가 바비를 봤다.

"뭐 해요?"

"아니··· 바지는 제가 입을게요!"

"아하, 그래요. 바지는 뭐 괜찮을 거 같네요."

바비는 주섬주섬 바지를 갈아입었다. 그러고는 어정쩡한 자세로 서 있자, 제프가 바비를 한참을 훑어보더니 다시 스케치를 살폈다.

마치 틀린 그림 찾기를 하듯 번갈아 봤다.

한참을 그러던 제프가 팔짱을 낀 채 바비의 얼굴을 보더니 테이블로 향했다. 그러고는 테이블 위에 있던 물병을 가져오더니 자신의 손에 물을 적셨다.

"가만있어 봐요."

"저기… 머리를 안 감아서요……."

"괜찮아요. 나도 손 안 씻었으니까."

제프는 몇 번이나 적셔서 바비의 머리를 완전히 넘기더니 한 걸음 뒤로 물러섰다.

신체 비율이 모델처럼 보이지 않았던 사람이 확 바뀌어 있었다.

스케치대로 벨트를 하지 않았음에도 재킷의 밑단과 소매에 새겨진 무늬가 벨트처럼 느껴졌다.

그 덕분에 정돈된 듯 보이면서 자유로운 느낌을 주었고, 다소 짧아 보이는 하체까지 커버해 버렸다.

제프는 굉장히 만족했는지 바비를 한참이나 보더니 거울 앞으로 데려갔다.

"봐요. 저 스케치랑 거의 똑같죠?"

"아……."

"표정, 표정! 바보같이 헤 하고 있지 말고. 당당하게!"

바비는 거울을 보며 침을 꿀꺽 삼켰다. 거울 속에는 방금 패션잡지에서 튀어나온 듯한 사람이 보였다. 30년을 넘는 시간 동안 자신이 멋있다고 생각한 적이 단 한 번도 없었는데, 지금은 그 누구보다 멋있게 느껴졌다.

바비는 자신도 모르게 몸을 비틀어가며 거울에 보이는 자신을 살폈다. 때론 인상도 써보고 웃어도 보고.

모델이 포즈를 취하는 것처럼 턱수염도 쓰다듬었다.

"하하. 딱이네. 완전 딱이었어! 어깨만 좀 수정하면 되겠네."

바비는 그제야 정신을 차렸다. 정신이 돌아오자 쑥스러움이 밀려왔지만, 그래도 자신의 모습이 마음에 들어 계속 거울을 힐끔거렸다.

"고마워요. 이제 벗겨 드릴게요."

"아… 네."

입을 때와 다르게 벗기가 아쉽던 바비는 와이셔츠를 벗다 말고 조심스럽게 입을 열었다.

"선생님. 무리한 부탁인 걸 알지만… 이 옷 제가 구매할 수 있을까요?"

"구매는 무슨."

단호한 말이었지만, 스스로 생각해도 무리한 부탁인 걸 알면서 꺼냈기에 충분히 이해했다.

벗겨낸 와이셔츠를 다시 마네킹에 걸던 제프가 무심하게 입을 열었다.

"여기 언제 다시 와요?"

"방학이라 학교에서 연락을 주실 때만……."

"그럼 내일모레는 무리고. 전화번호 주고 가요."

"네?"

"이거 입어봐야죠. 이 옷 디자이너도 찾았겠다, 만든 김에 완성해야죠. 그래도 아무리 그쪽 옷이라고 해도 미리 허락부터 받아야 하니까. 그리고 해놓을 것도 많고. 참, 그날 사진을 좀 찍어야 하는데 괜찮죠?"

안 판다고 할 때는 언제고 자신의 옷을 누구에게 허락을 받겠다는 건지 이해가 되질 않았다.

"하. 그러니까 그 누구야, 우? 아무튼 그 사람이 당신을 위해서 디자인한 옷이란 소리예요. 그래도 다짜고짜 만들어 입고 다니면 기분 나쁠 거 아닙니까. 게다가 그 디자인들 특허도 신청해야 되고."

그리고 제프는 최 교수를 봤다.

"이거 학생이 등록하면 오래 걸리는 거 알죠? 돈도 많이 들고. 내가 대신 해줄게요. 내가 하면 한 일주일이면 될 건데. 어때요?"

"그건 우진이 작품인데 선생님이 등록을 하시겠다고요?"

"허허, 사람을 뭘로 보고! 그 학생 이름으로 한다고요. 아무런 계약 없이 등록만 해드리려고요. 대신! 그 학생하고 계속 연락 좀 시도해 봐요. 그리고 연락이 닿는 대로 저부터 좀 소개해 줘요."

"우진이를요……?"

"네, 얘랑 일하면 재미있을 거 같네요. 하하하."

어떤 디자이너도 쉽게 들어가지 못하는 브랜드가 제프 우드였다. 그런 브랜드의 수석 디자이너 겸 자신의 이름으로 옷을 만드는 디자이너가 졸업도 못 한 낙제생을 원하고 있었다.

최 교수는 멍하게 제프를 바라봤고, 제프는 여전히 스케치가 그려진 종이에 빠져 있었다.

"이 겹쳐진 사각형이 그 학생 시그니처인가 보네. 호… 괜찮네. 볼수록 괜찮아. 하하."

*   *   *

한국에 도착한 우진은 사람이 많이 지나다니는 시장에 서 있었다. 자신이 미국에 있는 사이 부모님이 이사를 했고, 지금 서 있는 이곳이 이사한 곳이었다.

어린 시절부터 동대문의 공장에서 커왔기에 지금 있는 시장 골목이 오히려 넓게 느껴졌다. 단지 그 시장의 작은 상가에 앉아 있는 아버지의 모습이 우진의 마음을 아프게 했다.

대단하다고 할 정도는 아니었지만, 어느 정도 큰 공장을 운영하셨다. 그런데 그 많던 재봉틀과 프레스를 비롯해 각종 기계들은 온데간데없고, 달랑 재봉틀 하나만 놓여 있었다. 그리고 무엇보다 가게의 이름 때문에 쉽게 걸음이 떨어지지 않았다.

우진 수선.

봉제 공장이 수선 가게로 바뀌었다. 그것도 자신의 이름으로. 그 때문에 한참이나 들어가지 못하고 서 있자, 분식집 가게 주인이 말을 걸었다.

"옷 수선하시려고요? 저 집 실력 엄청 좋아. 옷도 만들어주는데 엄청 싸요. 내가 어지간하면 추천 안 하는데, 저 집은 진짜 잘하니까 믿고 들어가요."

분식집 아줌마의 말에 우진은 가벼운 미소를 지었다. 그리고는 고개를 꾸벅 숙였다.

"감사합니다. 정말 감사합니다."

"에……? 내가 뭘요. 참, 가게 추천해 주고 이런 인사도 받아보네… 아무튼 저 집 괜찮아."

우진은 다시 한번 고개 숙여 인사하고는 걸음을 옮겼다. 가게에 가까이 가자 내부가 훤히 보였다.

한 평 남짓한 곳에서 열심히 옷을 수선하는 아버지가 보였다.

우진은 아버지를 보며 유리로 된 미닫이문을 열었다.

"어서 오세… 우진아!"

"아버지, 저 왔어요."

"그래, 그래! 왜 이렇게 늦게 왔어. 여기 찾는데 어렵진 않았어? 밥은 먹었고? 이럴 게 아니지. 집에 네 엄마 기다리고 있으니까 집으로 가자… 너! 눈 왜 그래! 무슨 일이야!"

우진은 손을 들어 안대로 가져갔다. 비행기나 지하철을 타고 오면서 사람들을 많이 봐야 했기에 어쩔 수 없이 안대를 착용했다. 안대가 없었다면 어지러워 이곳까지 오지도 못했을 것이다.

"아… 별거 아니에요."

"별거 아니긴. 왜 그래."

"그냥 조금 다쳐서 꿰맸어요. 며칠만 하다가 떼라고 했어요."

"어디 봐! 뭐 하다가 다쳤어. 그것도 눈을!"

상처를 확인한 아버지는 우진의 등을 세게 때렸다.

우진은 그 손길에서 자신을 걱정하는 마음이 느껴져 그제야 미소를 지었다.

"자식이 말이야. 조심해야지. 가자."

아버지는 안대를 만지진 못하고 얼굴 근처를 쓰다듬고 나서야 가게 문을 닫았다. 그리고 도착한 곳은 시장에서 멀지 않은 곳이었다. 골목의 주택들은 전부 비슷비슷해 보였다. 그리고 둘은 멈춰선 주택의 큰 문이 아닌 옆에 딸린 작은 문으로 들어갔다.

어린 시절 공장에 딸린 단칸방에서 더 많은 시간을 보냈기에 집 크기는 그렇게 신경 쓰이지 않았다. 다만 문을 열며 어색하게 웃는 아버지의 모습이 신경 쓰였다.

"들어가자. 우진 엄마! 우진이 왔어."

아버지의 말이 끝나기 무섭게 방문이 열렸다.

"우진아! 너! 눈이 왜 그래!"

보자마자 얼굴을 쓰다듬으며 안대부터 묻는 어머니였다. 그렇게 우진은 2년 만에 부모님을 뵙게 되었다.

*   *   *

저녁 식사를 하며, 우진은 반주를 걸치시던 아버지께 이곳에 온 이유를 들을 수 있었다.

중국이나 베트남 공장들은 값싼 인건비로 대량 수주가 가능했기에 가격경쟁이 될 수가 없었다. 그리고 대형 의류 업체들은 전부 자신들만의 공장이 있기에 그곳의 수주도 바랄 수 없었다.

그러다 보니 점점 공장의 규모가 줄어들었고, 어느 순간 직원들의 인건비까지 밀리기 시작했다고 들었다.

"우진아. 너한테는 미안하지만, 버틴다고 해결될 문제가 아닌 거 같더라. 월급은 줘야 하니까."

우진은 묵묵히 듣고 있었다. 충분히 이해할 수 있었다. 아버지로서도 몇십 년간 운영하던 공장을 닫았으니 편안한 마음은 아닐 것이 분명했다.

"그래도 너무 걱정하지 마. 기계들을 내놨으니까 곧 팔릴 거야. 그거 팔면 직원들 밀린 월급은 어느 정도 해결할 수 있거든. 그러니까 일 년, 아니, 이 년 안에 다시 복학할 수 있게 해주마. 전처럼은 아니더라도 엄마 아빠 사는 데는 아무 문제 없으니까 괜한 걱정하지 말고. 알았지?"

약속을 목숨보다 중요하게 여기셨고, 지키지 못할 약속은 하지 않으시는 아버지 입에서 나온 말이다. 하지만 아버지에게 도움을 받을 순 없었다.

학비가 없다는 것보다 실력이 없어서 돌아온 이유가 컸기에.

차마 입을 열을 수가 없었다. 한쪽 눈이 안 보이던 자신이 처음 꿈을 정했을 때 누구보다 좋아하시던 부모님 두 분의 환한 미소를 또렷하게 기억했다.

"전 걱정하지 마세요. 한국에 있는 동안 학비는 마련해 볼게요."

"걱정하지 말래도."

말과 다르게 우진이 스스로 해결해 보겠다는 말이 기특한지 아버지는 흐뭇한 미소를 짓고 계셨고, 어머니는 연신 우진의 밥그릇에 반찬을 올려놓으셨다.

"우리 우진이 미국에 있더니 다 컸네. 엄마가 다 기분 좋네. 그런데 안대하고 있으면 답답하지 않아?"

"안대요……?"

"그래. 밥 먹을 때만이라도 풀고 먹어. 의사가 계속 하고 있으랬어?"

우진은 알았다고 대답을 하고선 안대를 벗었다. 이번에도 역시나 부모님의 옷이 바뀐 상태로 보였다.

우진은 오른쪽 눈을 감고선 부모님을 살폈다.

그때, 놀란 부모님의 목소리가 들렸다.

"왜 그래. 왜 오른쪽 눈을 감아. 아파?"

우진의 눈을 항상 마음에 담고 있었기에 보이지 않는 눈으로 자신들을 보는 모습이 걱정돼 한 말이었다. 그리고 그 말에 우진은 아차 싶어 눈을 떴다.

"아니에요. 안대를 오래 하고 있었더니 눈 주위가 좀 당겨서요. 괜찮아요."

둘러댄 우진은 식사를 하면서 부모님 두 분을 조심스럽게 살폈다. 먼저 주방으로 가시는 어머니부터 살폈다. 50대 아줌마의 전형적인 살이 좀 있는 체형이었다. 그런데 지금 보이는 옷을 입은 어머니는 그보다 날씬해 보였다.

언뜻 보이면 촌스러워 보이는 황토색의 재킷인데, 그 속에 입는 하얀 블라우스가 조화롭게 어우러져 상당히 세련되어 보였다. 그리고 무엇보다 체형을 날씬하게 보이게 하는 건 발목 바로 위까지 오는 9부 길이의 검은색 정장 바지였다.

발목 바로 위에서 트임이 가 있었고, 뒷단을 살짝 더 길게 만들어 종아리가 길어 보였다. 그리고 무릎까지는 살짝 붙는 듯 보였지만, 그 밑으로는 그보단 약간 헐렁했다. 학교 수업 시간에 배웠던 방법 중 하나였다. 보는 것만으로도 공부가 되는 듯했다.

'스판인 거 같은데? 무슨 스판이지… 어? 저기도 그 패턴이 있네……'

어머니가 입고 있는 재킷에도 바비의 옷에서 봤던 패턴이 있었다.

우진은 곧바로 아버지를 향해 고개를 돌렸다. 그리고 아버지에게서는 재킷이 아닌 안에 입은 니트에서 그 무늬를 발견했다.

우진은 눈을 깜빡이며 아버지를 쳐다봤다.

"우진아, 정말 불편한 거 아니지? 왜 계속 눈을 감고 있는 거야. 뭐 이상 있으면 바로 말해야 한다."

"아, 아니에요."

눈에 보이는 것 때문인지 아니면 아직 미련을 버리지 못해서인지, 한번 시작하면 시간 가는 줄 모르고 봤다. 우진은 미련을 털어내려 안대를 착용했다.

"아직 좀 당겨서 안대를 쓰고 있는 게 좋겠어요."

"그래? 하긴 꿰매면 원래 그래. 여기 보이지? 아빠가 군대 있을 때 다친 상처인데 아직도 이렇게 남아 있다."

부모님 앞에서 풀 죽은 표정을 지을 수 없었던 우진은 억지스러운 미소를 지었다. 그리고 상추를 씻어 오신 어머니가 앉으셨다.

"학교생활은 할 만했어? 음식은 입에 맞았고?"

"당신은 전화할 때마다 음식 물어보더니, 우진이 앞에 두고도 또 그거 물어보네."

"내가 그랬어? 호호."

여전히 다정한 두 분의 모습에 다행이라는 생각이 들었다. 사업이 어려워지고 두 분 사이가 나빠지진 않았을까 내심 걱정도 했는데, 쓸데없는 걱정이었다.

여전히 미소를 잃지 않으신 두 분을 보니 그나마 마음이 한결 놓였다.

"다 좋으신 분들이라서 잘해주셨어요."

"다행이다. 친구들하고 선생님한테는 도착했다고 전화했어?"

"아직이요. 천천히 해야죠."

"늦지 말고 꼭 해. 걱정하시면 어떡하니."

우진은 알겠다고 대답했다. 그러고 보니 지금 당장 휴대폰도 없었다. 하지만 일자리를 구하려고 해도 반드시 연락처를 적어야 했기에 전화는 필요했다.

*　　　　　*　　　　　*

다음 날. 휴대폰을 구입하고 집으로 돌아온 우진은 어제 풀지 못한 가방을 정리했다.

짐이라고 해도 많지 않았기에 금방 끝이 보였고, 우진의 손에는 수업에 사용했던 책이 들려 있었다. 최 교수의 수업에 사용했던 일러스트레이트책이었다.

"아, 교수님한테 전화드려야겠네."

교수와 학생 사이였지만, 학교에서 유일하게 마음에 담았던 말을 하던 사람이었고 자신에게 한없이 친절했기에, 잘 도착했다고 인사를 하려고 전화를 들었다.

―헬로.

"교수님. 저 우진이에요."

—우진이! 너 우진이!

갑자기 소리를 지르는 최 교수의 목소리에서 이상함을 느꼈다.

화를 내는 것같이 큰 목소리인데 그 속에 웃고 있는 것 같기도 했다.

말은 쉴 새 없이 뱉고 있는데 횡설수설거리는 통에 무슨 말을 하는지 알아들을 수가 없었다. 무슨 스케치를 보고 옷을 만들었다고 그러는지 뒤죽박죽 말을 했기에, 우진은 고개를 갸웃거리며 입을 열었다.

"저… 제가 뭘 과제로 냈던 게 있었나요……?"

—어! 아니. 과제 말고 네가 버렸던 거 말이야! 그거 네 작품 맞지? 아! 맞다. 그 바비한테 그려준 스케치!

"아… 그거요?"

—그래그래. 이제야 말이 통하네. 그거 쓰레기통에 버렸던 것도 네가 그린 거 맞지?

쓰레기통에 버렸던 것을 어떻게 본 것인지 알 순 없었지만, 자신이 그린 것을 말하는 것 같았다.

"왜 그러시는데요……?"

—우진아, 내 말 잘 들어. 제프 씨가 그 스케치를 봤어.

"제프 씨가 누구… 제프 우드요? 제프 우드의 제프 우드 말씀하시는 거예요?"

—그래, 하하. 그 사람이 네 스케치를 보고 너랑 연락하게 해달라고 하더라.

우진은 영 이해가 안 가는 얼굴로 가만히 듣고 있었다. 세계적인 브랜드의 디자이너가 단지 스케치를 보고 자신을 찾을 리가 없었다. 그렇기에 우진은 말은 못 하고 이유를 찾다가 생각이 났는지 한숨을 뱉었다.

"그 스케치… 그러니까… 음. 제가 어디서 본 것 같긴 한데 제프 우드 제품인 줄은 몰랐어요… 그냥 바비 씨 추천해 주다 보니까 어울릴 것 같아서……."

—무슨 소리를 하는 거야. 제프 우드에 그런 옷이 있으면 그 사람이 그걸 보고 신나했겠어?

"네? 아니에요?"

—그래, 신나서 가제품까지 만들었다니까.

전화 너머로 최 교수의 말소리가 계속 들리고 있었지만, 귀에 들어오지 않았다. 그저 전화를 귀에 댄 채 멍한 얼굴이었다.

'그럼 다른 브랜드 제품인가? 어디서 본 것 같긴 한데…….'

그때, 전화 너머에서 자신의 이름을 계속 부르는 최 교수의 말소리에 정신을 차렸다.

"아, 죄송해요. 너무 놀라서……."

—그래. 그럴 만도 해. 아, 그리고! 제프 우드에서 네 이름으로 디자인특허 등록하게 해준다는데, 찬성이야? 내 생각은 그게 좋을 거 같아. 아무래도 네가 직접 하려면 돈도 들 테고, 오래 걸리기도 할 테니까.

"그래도 될까요?"

—너한테 이득이면 이득이지 절대 해가 아니니까 그렇게 해. 제프 씨가 지금도 미친 사람처럼 만들고 있으니까 곧 있으면 완

성될 거야. 그러고서 그 옷으로 등록할 거 같더라. 그리고 그쪽에서 얘기를 꺼내겠지만, 제프 씨 반응으로 봐서는 아마도 그 디자인으로 제품을 만들 수도 있을 거 같아. 조절하고 네 의견을 넣고 하다 보면 올해는 힘들겠지만.

우진은 숨이 막힐 정도로 놀랐다. 스케치한 디자인이 자신의 머릿속에서 나왔다니.

분명 최 교수가 한 말이기에 믿음이 갔지만, 어디에서 본 듯한 느낌 때문에 놀란 와중에도 정신을 차리려 했다.

―그럼 이번 년도엔 이미 등록이 끝나서 힘들어도 다음 연도에 바로 복학할 수 있어. 제프 씨와 콘택트됐다는 것만으로도 장학금을 줄 건 분명하고. 분명 학교 출신이라고 홍보하려고 혜택도 많이 줄 거야. 제프 씨와 일하면서도 지장 가지 않도록. 한번 잘 생각해 봐.

"네……."

―그럼, 제프 씨한테 그렇게 말한다? 아마 모델은 바비 씨가 될 거야. 그리고 말이야, 우진아.

"네. 교수님……."

―수고했다. 나중에 성공하면 내 제자라고 꼭 말하고 다녀라. 알았어? 하하.

우진은 전화를 끊고선 정신 나간 얼굴로 책상 앞에 앉았다. 세계에서 손꼽히는 유명한 브랜드에서 얼마 전까지 낙제생에 존재감 없는 자신을 원한다고? 자신에게 이런 일들이 일어났다는 게 믿기 힘들었다.

처음부터 디자인으로 인정받고 있었다면 모를까, 분명 자신보다 나은 사람들이 즐비했다.

그런데 그런 사람들이 아니라 자신이라는 것에 떨리기도 하면서 겁도 났다.

디자인 공부를 포기하고 한국으로 돌아왔는데, 왼쪽 눈을 통해 보이는 것으로 인해 완전 뒤바뀌어 버렸다.

우진은 천천히 벽에 걸린 거울로 향했다. 그러고는 손을 올려 안대를 내렸다. 여전히 본인은 보이지 않는 눈이었고, 우진은 그런 눈이 보이는 거울을 뚫어져라 바라봤다.

"내가 해도 되는 건가? 내가 그린 게 맞는 건가……?"

우진은 다른 사람의 작품을 자신도 모르게 그린 것은 아닐까도 생각했다.

워낙 비슷한 제품들이 많이 나오는 시대라며 위안도 해보았지만, 그동안 자신감이 바닥이었던 탓에 쉽게 인정하지 못했다.

그렇게 거울을 한참 동안 쳐다봤다.

방문을 두드리는 소리가 들렸다.

"엄마 아빠하고 조금 늦을 거 같으니까 먼저 밥 먹고 있어."

"어디 가세요?"

"응, 재봉틀 구매하고 싶다고 그래서. 팔릴지는 모르겠는데 그래도 가봐야지. 냉장고에 반찬 있으니까 꺼내서 먹어. 뭐 시켜 먹지 말고. 알았지?"

"네, 걱정 마세요."

부모님이 나가신 뒤 우진은 거실 벽에 등을 기대고 앉았다. 학비 때문에 돌아온 줄 아시는 부모님이셨다. 그저 실력에 한계를 느껴 포기한 것인데. 그것도 모르고 유명 디자인학교를 다닌다

고 자랑스러워하시는 부모님을 생각하자, 불안한 마음속에 조그
만 용기가 생겼다.

'일단 제대로 파악부터 해보자.'

잠시 생각하던 우진은 방에서 가방 하나를 메고 나왔다.

제3장

확인 중

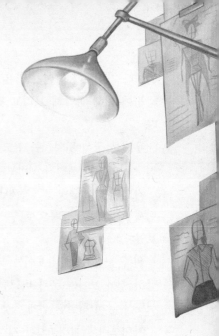

　비교를 해보려면 최대한 많은 자료가 필요했기에 처음 향한 곳은 시장이었다. 하지만 사방팔방 이동하는 사람들이 너무 많았고, 그 모습이 홀로그램처럼 보이는 통에 어지러웠다.

　아직 적응되지 않았기에 다시 안대를 착용한 우진은 사람이 있지만 이동이 적은 곳을 찾아다녔다.

　그러던 중 집 근처 커피숍이 눈에 들어왔다. 우진은 커피숍을 보고 잠시 고민을 했지만 그나마 가장 적당할 것 같다는 생각에 문을 열었다.

　평소에도 잘 마시지 않는 커피였다. 하지만 그냥 앉아 있을 수는 없었기에 가장 싼 아메리카노를 시켰다.

　그러고는 사람들을 둘러봤다.

　시장 근처에다가 주변이 주택가여서 그런지, 대부분 아주머니들이나 자신보다 나이가 많은 사람들이었다.

눈에 대해 파악해 보려고 왔기 때문에 나이에 연연하지 않았다.

우진은 구석에 자리를 잡고는 안대를 벗었다. 다행히 다들 자리에 앉아 있어서인지 시장보다 어지러움이 덜했다.

가방에서 태블릿 PC을 꺼낸 우진은 가까운 사람부터 조심스럽게 살폈다. 노트북으로 무언가를 작성하는 남자였고, 평범해 보였다.

왼쪽 눈을 통해서 보이는 모습은 아까보단 나아 보였지만, 상당히 좋아 보이는 옷과 비교될 정도로 지금까지 본 사람들 중에서도 상당히 평범한 편에 속했다.

아이보리색의 캐주얼한 재킷을 입고 있는 모습을 가만히 보던 중 우진의 눈이 크게 떠졌다.

재킷의 소매에 익숙한 무늬가 보였다.

바비가 입고 있던 옷에 새겨져 있던 무늬.

두 개의 사각형 사이에 인피니티 기호가 가득 차 있는 그 무늬였다.

다만 허리띠처럼 길게 보이던 무늬가 이번엔 그저 소매에 로고를 새긴 것처럼 보였다. 하지만 무늬 말고 나머지는 너무 평범했다. 평범하고 무난한 디자인으로 보였다.

'아, 잠바나 재킷 좀 벗겨봤으면 좋겠는데⋯⋯.'

스케치는 하지 않고 어떤 부위에 인피니티 무늬가 있는지만 살폈다.

그러다 보니 사람들과 시선이 자주 마주쳤다.

우진은 혹시 미국에서처럼 오해를 받을까 봐 급하게 고개를 돌렸다.

모르는 사람이 빤히 쳐다보면 기분 나쁠 것이 분명했다. 고개를 숙인 채 생각했다.

다른 사람에게 피해 주는 것이 싫었지만 몰래 훔쳐볼 수도 없었다.

아무래도 스케치를 그리기 전 직접 허락을 구하는 편이 오해를 받지 않을 거란 생각이 들었다.

물론 평범한 옷까지 그릴 순 없으니, 바비 때처럼 멋있거나 독특한 디자인일 때만 물을 생각이었다. 그것도 큰 용기가 필요했지만.

생각을 정리하다 보니 어지럽더라도 이왕 나온 김에 한 명 정도는 발견하고 들어가고 싶었다.

우진은 어지러움을 각오하고 안대도 하지 않은 채 자리를 정리했다. 그리고 받침대를 카운터 앞에 놓으려 할 때 두 명의 아르바이트생이 보였다.

한 명은 이곳에서 봤던 다른 사람들처럼 평범했다. 그런데 남은 한 명의 아르바이트생을 본 우진은 고개를 빠르게 돌려 버렸다.

앉아 있을 때는 카운터 높이 때문에 얼굴만 보였는데, 가까이서 보니 상체가 훤히 보였다. 그리고 그 아르바이트생은 유니폼 대신 원피스를 입고 있었다. 그런데 보통 원피스가 아니었다.

바디컨 원피스.

몸에 완전 밀착되어 몸매를 그대로 드러나게 만드는 원피스였고, 무늬까지 눈에 확 들어오는 위치에 있었다.

우진은 자신도 모르게 침을 삼켰고, 혹시라도 침 삼키는 소리가 들렸을까 주변을 두리번거리기까지 했다.

진정하려고 숨을 가다듬고 헛기침을 한 뒤 양쪽 눈을 번갈아 깜빡였다.

오른쪽 눈에서는 보통 남성 같은 짧은 숏컷인데, 왼쪽 눈에는 머리카락이 원피스 어깨선까지 내려와 있었다. 그리고 우진은 차마 그 밑으로 시선을 내리지 못했다.

앞에서 자신을 뻔히 보고 있는 지금 만약 눈을 밑으로 내린다면 변태라고 오해받을 수도 있었다. 그리고 그 생각이 옳다는 듯 아르바이트생의 목소리가 들렸다.

"뭐 필요하세요?"

"아……."

조금 전까지만 해도 허락을 구하겠다고 다짐했는데, 막상 물어보려 하니 심장이 두근거렸다. 하지만 그냥 돌아가기에는 원피스의 유혹이 너무 강렬했다.

"안녕하세요! 전 디자인 공부를 하는 학생인데! 그쪽 분을 모델로 해서 스케치를 좀 하고 싶습니다! 괜찮을까요?"

"네?"

긴장한 나머지 너무 크게 말을 해버렸다. 그 때문에 주변에 있던 사람들의 시선이 쏠렸고, 그중 제일 가까이 있던 아줌마들이 웃으면서 입을 열었다.

"어쩐지 아까부터 젊은 총각이 계속 힐끔대길래 나 아직 안 죽었다고 생각했는데, 그게 아니었네!"

"언니도! 나 본 거라니까! 호호호."

우진은 목소리가 너무 컸다는 걸 깨닫고 얼굴이 붉어졌다. 그때, 평범한 아르바이트생이 입을 열었다.

"우리 언니요? 모델로 쓴다고요?"

"네? 아니요… 그게 아니라, 공부하는데 제가 생각한 옷이랑 잘 어울리실 거 같아서……."

"신기하네. 뭘 보고 우리 언니를… 모델 하기엔 작은 편인데."

"충분히 매력적이세요……."

"올! 언니, 언니 보고 매력적이래. 푸하하."

그때, 뒤에 있던 아주머니 무리에서 한 명이 같이 웃으면서 자리에서 일어섰다.

"너보다 훨씬 나은데, 뭘."

"헐! 내가 어때서! 엄마 힘들까 봐 학교 끝나고 가게도 도와주는데, 그게 지금 할 소리야?"

그제야 테이블에서 일어난 아주머니가 알바생들의 엄마이고, 커피숍의 주인이라는 것을 알았다. 물론 세 사람이 가족이라는 것도.

당사자에게만 말하는 것도 어려웠는데, 가족까지 모두 있을 줄이야.

용기를 내서 말을 했는데 아무래도 타이밍이 좋지 않았다. 게다가 당사자의 표정도 시큰둥했다.

"전 생각 없어요."

그때, 일어나 있던 아주머니가 카운터로 들어가더니 우진에게 미소를 보내고는 다시 알바생을 봤다.

"딸! 한번 해봐. 누가 알아? 슈퍼모델처럼 될 수도 있잖아."

"푸하하, 언니가? 나보다 키도 작은데! 언니는 그냥 남자 같잖아."

"넌 시끄럽고. 이런 기회가 쉽게 오는 줄 알아? 홀딱 벗고 있는 것도 아닌데. 누드모델은 아니죠?"

"아니에요! 모델이 아니라; 그냥 스케치만 할 거라서 평소처럼 계시면 돼요."

우진은 당황스러운 질문에 손까지 저었다.

"아니라잖아. 나이 먹으면 그려달라고 해도 싫다고 그래. 돈 주고 그려달라고 사정사정해야 된다?"

"난 싫다니까."

알바생은 더 이상 말을 섞기 싫다는 듯 뒤를 돌았다. 가게에 있는 사람들의 시선을 받던 우진은, 그럴 것 같았다는 생각에 포기를 하려 했다.

그런데 주인아주머니가 카운터에서 나오더니, 카운터 바로 앞의 의자를 빼고는 손가락으로 가리켰다.

"여기, 여기서 그려요."

"네?"

"쟤가 낯가림이 심해서 그래요. 구경해도 되죠?"

우진은 이래도 되는 건가 싶었지만, 엉덩이는 어느새 의자에 닿아 있었다. 그리고 다른 쪽에 있던 아주머니들까지 우진이 있는 테이블로 몰려들었다.

"오늘 좋은 구경하네. 디자이너가 그림 그리는 것도 구경하고. 안 그래?"

"호호, 미안해요. 조용하고 있을게요."

마치 아주머니의 일행이 돼버린 것 같았다. 아주머니들의 시선이 온통 우진에게 향해 있었다. 그 시선이 상당히 부담스러운데다가, 가까이에 많은 사람들이 있다 보니 어지러웠다.

우진은 최대한 아주머니들을 보지 않았다. 그리고 빠르게 태블릿 PC로 일러스트레이터를 켰다.

"신기하게 생겼네."

"그러게. 다른 거하고 조금 다른 거 같지?"

"TV 못 봤어? 요즘은 원래 다 저기다 그림 그리고 그래. 봐봐. 연필로 막 그리잖아."

입을 가려가며 조용한 수다가 계속되었고, 오히려 조그맣게 속삭이는 게 더 신경이 쓰였다. 그래도 시작을 해야 했기에 평소에 작업할 때처럼 펜을 들었다. 그리고 카운터에 있는 알바생의 모습을 찬찬히 살폈다.

팔뚝까지 내려오는 반팔로 된 바디컨 원피스였고, 반팔과 다르게 목은 반폴라 형식으로 올라와 있었다. 우진은 길이도 확인하려 자리에서 일어나기까지 했다. 그리고 허벅지까지 내려오는 것을 확인했다. 그러고는 곧바로 인체부터 그리기 시작했다.

알바생이 카운터에서 나오지 않았기에 우진은 앉았다 일어섰다를 반복해 가며 그렸고, 아주머니들은 옆에서 우진의 그림을 신기해하며 봤다.

"목이 긴 걸 어떻게 알았대?"

"그러니까 전문가지. 이 아줌마들 조용하고 봐. 방해하지 말고."

그러고 보니까 그려놓은 인체에서 목이 상당히 길었다. 아무래도 원피스가 목까지 올라오는 이유가 긴 목을 커버하기 위해서인 것 같았다.

이미 학교에서 배웠던 내용이지만 실제로 보니 무척이나 반가웠다. 그러다 보니 긴장이 약간은 풀어졌고 어느새 아줌마들의 소음이 잦아들었다.

일단 머리부터 시작되었다. 살짝 펌이 된 머리칼을 어깨까지 내려오게 그렸고, 검은 머리카락에 갈색을 섞었다. 그리고 그 뒤로도 하나하나씩 그려 나갔다.

카운터에서 나오지 않는 터라 다리가 아플 정도로 앉았다 일어났다를 반복하다 보니 어느새 스케치가 점점 완성되어 갔다.

검은색 원피스에 검은색 하이힐까지 그린 뒤, 우진은 제일 중요한 인피니티 패턴을 그리기 위해 손까지 풀었다. 그러고는 카운터에 있는 알바생이 뚫어질 정도로 쳐다봤다.

'겨드랑이부터 시작해 가슴 바로 밑까지 새겨진 패턴이 가슴을 받쳐주는 것처럼 보이는구나.'

그러고 보니 몸은 전체적으로 마른 편인데도 불구하고 상당히 탄력 있는 몸처럼 보였다. 다만 탄력 있어 보이는 몸에 비해 가슴이 상당히 빈약했다.

건강해 보이는 하체와 전혀 어울려 보이지 않았다. 그런데 가슴에 그려진 패턴으로 인해 가슴 볼륨감이 살아났다.

시선은 가슴에 꽂혀 있었지만, 새로운 것을 배우게 되는 것만 같아 묘한 흥분에 다른 것에 신경 쓸 시간이 없었다. 한쪽 가슴 부분을 완성시킨 우진은 태블릿 PC에 고개를 파묻었다.

대칭 무늬였기에 그냥 가져다 붙이자 정면이 완성되었다.

그리고 정면뿐만이 아니라 우측, 좌측, 뒷모습까지 전부 그리기 시작했다.

더 이상 보지 않아도 그릴 수 있었기에 우진의 고개는 들리지 않았고, 전부 완성시킨 뒤 스케치와 실물을 비교하기 위해 고개를 들었다.

그런데 카운터에 있어야 할 알바생이 보이지 않았다.

"어?"

우진이 주위를 두리번거릴 때, 옆에서 다시 아주머니들의 소리가 들렸다.

"미자 찾아요? 조금 전에 갔잖아요. 사람이 어떻게 옆에서 그렇게 떠들어도 못 들어요?"

"그러니까 이 정도 그림을 그리지. 이야… 이게 미자야? 너무 예쁘네. 그런데 좀 너무 사기 같지?"

"내 딸이 어때서!"

우진은 너무 집중하느라 얼마나 시간이 흘렀는지도 몰랐고, 알바생이 가버린 줄도 몰랐다.

우진은 선 채로 뒷머리를 긁적였다.

어려서부터 무엇을 하든 한번 집중하기 시작하면 옆에서 무슨 일이 일어나는지 모를 정도였다. 게다가 완벽해야 스스로 만족하는 성격이었다.

시간을 확인하니 무려 두 시간이나 지나 있었다.

멋쩍게 웃고 있을 때, 옆에서 또 다른 알바생의 목소리가 들렸다.

"헐, 대박! 이게 우리 언니라고? 무슨 만화를 그려놨어!"

"진짜 예쁘지? 네 언니가 맨날 추리닝만 입고 다녀서 그렇지, 꾸며놓으면 이럴걸?"

"말도 안 돼. 저기 오빠, 저도 하나만 그려주시면 안 돼요?"

"너 학원 갈 시간이잖아! 빨리 안 가?"

"와! 내가 가게 봐주나 봐라! 돈이나 줘!"

동생 알바생이 얼굴을 씰룩거리며 가게를 나갔고, 우진은 약간 아쉬운 얼굴이었다.

비록 동생이 평범해 보이긴 했지만 대놓고 그려도 되는 기회가 많을 것 같아 아쉬웠다.

하지만 큰 수확을 거뒀기에 만족해하며 정리를 시작했다.

그때, 테이블에서 카운터로 자리를 옮긴 아주머니의 목소리가 들렸다.

"안 바쁘면 나도 좀 그려주고 가요. 호호호."

"다음엔 나!"

"난 우리 애 밥 차려주고 올 테니까 제일 나중에!"

*   *   *

집으로 돌아온 우진은 미국에서 그렸던 바비의 옷도 다시 그렸다. 어쩌다 보니 태블릿에 담긴 스케치가 많아졌다. 비록 평범해 보이는 아주머니들의 옷이 반을 넘게 차지하지만, 바비의 옷과 알바생의 옷만으로도 충분히 만족스러웠다.

바비와 알바생의 옷은 다시 봐도 상당히 멋있어 보였다. 그러다 보니 더욱 스스로에게 의심이 갈 수밖에 없었다.

두 개의 사각형과 그 사이를 채운 인피니티 패턴.

유명 브랜드에는 각 회사의 브랜드를 대표하는 고유 패턴들이 있었다.

체크무늬나 꽃과 별과 이니셜이 조화되어 있는 패턴 등.

유명한 브랜드일수록 대표하는 패턴이 존재했다.

그리고 우진이 본 옷들 역시 분명 패턴이 존재했다.

하지만 아무리 찾아봐도 지금 보고 있는 패턴의 브랜드는 존재하지 않았다.

특허로 등록까지 하겠다는 말을 들었지만 정말 자신이 만든 건지 아니면 유명하지 않은 회사의 디자인을 자신도 모르게 베낀 건 아닌지 헷갈렸다.

그때, 우진의 핸드폰이 울렸다. 번호를 보니 국제전화였기에 최 교수라고 생각하며 전화를 받았다.

"네, 교수님."

—Hello. Can I speak to Woojin?

최 교수인 줄만 알았는데 처음 듣는 목소리였다. 우진은 무심코 한국말로 대답했다.

"누구세요?"

—English please.

그제야 우진은 영어로 대답을 했다.

"제가 임우진인데 누구세요?"

—오! 난 제프입니다. 제프 우드!

"제… 프… 우우우… 드……?"

─노노! 우우우드 말고 우드. 하하, 반가워요.

우진은 귀에서 전화를 떼고는, 제프의 번호를 알고 있을 리도 없건만 멍한 얼굴로 번호를 확인했다. 정신이 나갈 정도로 멍했기에 무슨 말을 하는지 귀에 들어오지 않았다. 그렇게 정신없는 통화가 이어졌고, 제프의 질문에 정신이 번쩍 들었다.

─이거 완전 마음에 들어. 그런데 문제가 있어요. 다름이 아니라… 이거 디자인 등록하려고 하는데 이름이 뭐죠?

"이름이요……?"

─이거 패턴 말이에요. 빼곡하게 그려놓은 거 보니까 시그니처 디자인 같은데, 이름 있죠? 혹시 생각 안 했어요?

우진은 대답하지 못했다. 지금까지 다른 사람의 것은 아닐까 생각하던 중이었는데 이름을 정했을 리가 없었다.

전화 너머에서는 그토록 존경하던 제프의 목소리가 끊임없이 들리고 있었다. 그리고 제프의 말에서 자신이 보는 디자인이 다른 사람의 작품이 아니란 것을 깨달았다.

─이 사람 이거 위험한 사람이네! 이런 걸 쓰레기통에 버리질 않나! 이런 디자인이 그냥 막 뽑혀? 그렇게 대단해? 아니지, 디자인만 보면 대단하지. 그래도 이 사람이!

*   *   *

화를 내는 건지 아니면 칭찬을 하는 건지 모를 목소리였지만, 우진은 그 버럭거림이 기분 나쁘지 않았다.

─나중에 변경은 가능하지만! 그래도 꼭 생각해 둬요. 알았어

요? 그리고 샘플 피팅 샷 찍어서 보낼 테니까 그렇게 알고요.

"네. 감사합니다……."

―당연하죠. 이게 다 그쪽한테 잘 보이려는 밑밥 작업이니까 많이 고마워하라고요. 몸 둘 바를 모를 정도로. 그리고 조만간 봐요.

제프는 상당히 당당하고 솔직했다. 장난이라고 여기기엔 너무 진지한 말들이었다. 우진은 끊어진 전화를 하염없이 바라봤다.

두근거리는 가슴이 약간 진정된 우진은, 조금 편해졌는지 안대에 손을 가져다 댔다. 어째서 자신의 눈에 그런 것들이 보이는지 알 수 없지만, 다른 사람의 작품이 아니란 것만으로도 마음이 한결 가벼워졌다.

만들어보고 싶다는 생각만 있었는데 이제는 정말 만들어봐도 될 것 같았다.

우진은 스케치가 담긴 태블릿 PC를 들어 올리고는 가만히 들여다봤다.

"만져볼 수 있으면 좋겠는데……."

말을 하다 말고 우진은 고개를 절레절레 저었다. 사람의 욕심이 끝도 없다는 생각을 하며 이것만으로도 감사하다고 생각했다.

우진은 노트북을 켜고선 학교에서 배웠던 대로 일러스트레이터를 실행한 다음 곧장 작업에 들어갔다.

본인이 전부 만들 생각이기에 혼자만 알아볼 수 있으면 됐지만, 우진의 성격상 부모님 공장에서 했던 대로, 그리고 학교에서 배웠던 대로 완벽하게 작업지시서를 작성했다.

치수를 잴 수 있으면 좀 더 수월한 작업이 될 텐데, 스케치만을 보고 그리려다 보니 생각보다 오래 걸렸다.

게다가 어떤 원단을 써야 할지 쉽게 판단이 서질 않았다.

학교에 있었을 때는 샘플을 모아둔 원단 스와치를 보유하고 있었기에 어떤 원단을 써야 하는지 참고할 수 있었다.

동대문이나 원단 시장에 가면 구할 수야 있겠지만, 지금 당장은 아무것도 없었기에 원단을 정하는 데 고민이 되었다.

그리고 원단에 맞는 실 종류 등 수많은 문제가 있었지만, 무엇보다 제일 큰 문제는 만들 장소가 없다는 점이었다. 제프가 칭찬한 자신의 디자인을 직접 만들어보고 싶었는데 시작도 하기 전에 막혀 버렸다.

이런저런 생각 때문에 작업은 당연하게 더뎌졌다. 그러는 사이 현관문이 열리는 소리가 들렸다.

"다녀오셨어요."

"어. 밥 먹었어?"

"아직이요."

"조금만 기다려. 밥 금방 차려줄게."

"괜찮아요. 제가 차려 먹을게요."

"그럴래? 그럼 엄마는 피곤해서 좀 누워 있어야겠다."

부모님이 내색하지 않으시려 하지만 분위기상 일이 제대로 안 풀린 것 같았다. 우진은 거실 바닥에 앉아 계신 아버지 옆에 앉아 조용하게 물었다.

"안 산대요?"

"응? 그건 아니고. 아무래도 한 번에 다 팔고 싶었는데 좀 힘

드네. 오히려 거의 새것이나 다름없는 기계들은 안 사려고 하더라. 오래됐어도 싼 걸 원해서 그것들만 팔았어. 창고 비용 내는 것도 상당해서 부피를 줄여야 했는데, 그래도 다행이지, 뭐. 반은 팔렸으니까 나머지는 그냥 나눠 팔면 금방 팔릴 거야. 왜, 아빠 걱정돼?"

우진은 살짝 미소를 지으며 고개를 저었다. 그동안 동대문에서 쌓은 인맥이라면 금방 해결하실 것 같았다.

"그래서 당분간은 네 엄마가 가게에 나가 있을 거니까, 엄마 걱정 안 하게 밥 잘 챙겨 먹어. 좀 전에도 오자마자 밥 먹었냐고 물어보는 거 봤지? 네 밥 챙겨준다고 집에 오게 만들지 말고."

우진은 고개를 끄덕이다 말고 아버지를 향해 고개를 돌렸다. 아버지만큼 오래 한 건 아니지만, 그동안 자신도 먹고 자는 시간을 빼면 전부 옷에 관한 공부를 했기에 수선 정도는 자신 있었다. 그리고 시간이 남을 때 작업을 할 수도 있다는 생각에 우진은 조심스럽게 입을 열었다.

"아버지, 가게 제가 봐도 될까요?"

"네가? 에이, 안 돼. 그냥 옷 만드는 거랑 달라. 힘들고."

"엄마도 피곤해하시고… 제가 가게 있으면서 할 수 있는 것만 하고, 못할 거 같은 건 엄마한테 말할게요."

"흠… 네 엄마가 나이 먹더니 힘들어하긴 하는데. 정말 괜찮겠어? 하긴, 거의 바지 밑단 줄이려고 맡기는 게 많긴 한데."

"네. 저도 그 정도는 할 수 있어요."

"원래 모양대로 맞춰서 오버로크 쳐야 하는데… 할 수 있어?"

아무리 디자인 공부를 하고 왔다고 해도 걱정이 되는 모양이었다.

수십 년을 옷 만드는 일에 몸담고 계신 아버지에 비하면 어린 애와 다름없었다. 그렇기에 우진은 아버지의 걱정을 이해한다는 듯 고개를 끄덕였다.

"참. 언제 이렇게 컸어. 그럼, 알바비는 못 주고! 대신 그날 버는 건 네가 다 가져가. 하하."

"괜찮아요."

"괜찮긴. 아무리 부모 자식 관계라도 줄 건 주고 해야 마음이 편하지. 받는 게 있어야 책임감도 생기고. 아빠 말이 맞지?"

우진이 피식 웃으며 고개를 끄덕이자 아버지가 우진의 어깨를 툭 치며 웃었다.

＊　　　　＊　　　　＊

며칠 뒤. 뉴욕 제프 우드 본사.

제프는 자신의 디자인실에서 한가운데 서 있는 마네킹을 보고 있었다.

우진의 디자인으로 만든 옷을 입힌 마네킹.

백 프로 수작업으로 했기에 분명 작업지시서대로 뽑혔다. 그런데 지금 옷은 바비가 입었을 때의 느낌이 아니었다.

우진의 스케치는 뉴 클래식풍이 확실한데, 만들어진 옷을 보면 그냥 촌스러워 보일 정도였다. 많은 모델들에게 입혀봤지만, 느낌이 애매했다.

분명 일반인인 바비보다 수많은 경력을 쌓은 모델들임에도 불구하고 바비에게 입혔을 때의 느낌이 아니었다.

그러다 보니 스스로도 혼란스러웠다. 아무래도 다시 확인을 해보는 것이 좋을 것 같았기에 바비를 부른 참이었다.

"선생님, 손님 도착하셨습니다."

"어, 들어와. 들어와."

그러자 바비가 디자인실에 들어오며 주변을 두리번거렸다.

"미안해요. 늦은 시간에 여기까지 오라고 해서."

"괜찮습니다."

"차는 조금 이따가 마시고, 이것부터 좀 입어보죠."

완성된 제품이라 입혀줄 필요가 없었다. 제프는 팔짱을 낀 채 옷을 하나하나 입는 바비를 바라봤다. 그리고 바비가 옷을 얼추 입고 나서야 제프는 옷매무새를 고쳐주었다.

그리고 한 발 떨어져서 바비를 위아래로 살폈다. 그러더니 고개를 젓고는 디자인실 문을 열고 소리쳤다.

"우리 모델 관리 라이너에서 하는 거 맞지? 지금 오라고 해. 헤어 담당이랑 메이크업하는 애들. 빨리 빨리 빨리!"

"지금 시간이면 다 퇴근했을 건데요?"

"전화해 봐! 안 된다고 하면 근처 헤어디자이너라도 찾아와."

제프는 방 안으로 들어오더니 바비를 봤고 바비는 이 자리가 어색한지 자신의 머리를 만지작거릴 뿐이었다. 한참이나 지났지만 여전히 앉지도 못하고 제프의 시선을 받고 있을 때, 누군가 도착했다.

세 사람이 들어왔고 제프는 세 사람에게 그림을 보여주며 한참 설명했다. 그러고 나서야 바비는 자리에 앉을 수 있었다. 바비가 앉자 곧바로 헤어디자이너가 바비의 머리를 만져보더니 놀란 듯 입을 열었다.

"머릿결이 엄청 건강하네. 관리받아요?"

"머리를 안 감아서… 기름져서 그런 거 같은데……."

"그거 빼고도 머릿결 자체가 좋아서, 조금만 자르고 간단히 펌만 해도 되겠네요."

바비는 지금 이 상황이 상당히 부담스러웠다. 앞에는 거울 대신 쪼그리고 앉아 있는 제프가 있었다. 계속 제프와 눈을 맞추고 있어야 했고, 태어나서 처음으로 한밤중에 파마까지 하고 있었다.

그렇게 한참이 지나서야 끝났다는 헤어디자이너의 말이 들렸고, 동시에 옆에 있던 사람이 얼굴에 면도 크림을 바르기 시작했다.

"자, 잠시만요. 면도도 하나요?"

"정리만 할 거예요. 걱정하지 말고 계세요."

그러더니 털 깎이는 소리만 들렸다. 오히려 머리카락을 자를 때보다 더 긴장되었다.

다행히 금방 끝났고, 곧이어 화장까지 받게 되었다.

모든 것이 끝나자 제프가 세 사람을 돌려보냈다. 그러고는 바비의 앞에 서더니 한숨을 크게 뱉었다.

"신기하네. 키는 원래 타고났다고 해도, 왜 모델들보다 더 빛나 보이지?"

말없이 한참을 보던 제프의 입이 열렸다.

"내일 오전에 좀 와줄 수 있어요? 피팅 샷 좀 찍어볼까 하는데. 저번에 말했죠? 이거 특허등록 할 때 필요하다고."

"내일이요……? 내일은 죄송하지만… 제가 약속이 있어서."

"무슨 약속이요!"

"딸 학교에 가야 해서……."

"아, 맞다. 저번에 그랬죠. 이 옷도 그래서 디자인해 준 거라고."

이해는 갔지만 빨리 일을 처리하고 싶은 마음이 컸던 제프는 아쉬워했다. 그러더니 팔짱을 끼고 사무실 안을 빙빙 돌기 시작했다. 바비도 양보할 수 없는 일이었기에 별다른 말은 꺼내지 않고 있었다.

그때, 제프가 걸음을 멈추고 바비를 바라봤다.

"내일 나도 같이 갑시다."

"네?"

"학예회 같이 가자고요. 오케이? 오케이. 그럼 준비를 해야 되니까. 아, 바비 씨는 이만 가도 좋아요. 내일 준비를 하려면 9시까지 여기로 다시 와요. 올 수 있죠?"

"네? 뭐… 그런데 학교까지 거리가 좀 있어서… 프린스턴이거든요."

"뉴저지? 오케이, 그럼 7시까지 와요."

생각할 필요도 없다는 듯 곧바로 말하는 제프의 말에, 바비는 어이가 없는 듯 멍한 얼굴이었다.

*　　　　*　　　　*

다음 날. 예쁜 하얀색 드레스를 입고 있는 아이의 얼굴엔 미소가 가득했다.

"마미, 대디 언제 온대? 오늘이라고 말했지?"

"말했어. 아빠가 바빠서 늦나 봐. 늦더라도 온다고 했으니까 걱정하지 말고. 그리고 줄리아한테는 엄마도 있고 여기 로빈도 있잖아."

"응. 로빈은 로빈이고. 아빠는 아빠고. 그래도 로빈도 대디니까 싫은 건 아니야."

똑 부러진 줄리아의 말에 로빈이라는 남자는 익숙한 듯 웃어넘겼다.

"나 노래 부르기 전에 왔으면 좋겠다. 엄마, 내가 전화해 보게 전화 좀 줘."

"엄마가 할게. 기다려 봐."

줄리아의 엄마는 마지못해 휴대폰을 꺼내서 전화를 걸었다.

"바비, 어디야? 오늘 잊은 거 아니지?"

─로사? 지금 좀 시끄러워서, 크게 말해줄래? 저기 제프 씨, 음악 좀 줄이면 안 돼요?

"어딘데 그렇게 시끄러워."

─뭐라고? 아 미치겠네. 내가 조금 이따가 전화할게.

바비의 전 와이프 로사는 못마땅한 듯 얼굴을 찡그렸다. 그렇지만 기대감에 들떠 있는 줄리아에게 내색할 순 없었다.

"지금 바쁜데 곧 오실 거야. 바비가 다른 건 몰라도 줄리아 말이라면 다 들어주잖아?"

"그렇지! 그래도 늦지 않으면 좋겠다."

한참을 기다렸고, 조금 있으면 학예회가 시작이었다. 옆에 있던 친구들의 부모님도 하나둘씩 오기 시작했고 그중 조금 전에 도착한 사람의 말이 들렸다.

"이 학교에 연예인 가족 있나? 학교 앞에 웬 검은색 트럭에서 촬영 팀 같은 사람들 내리던데?"

"에이, 설마."

"진짜로, 지금 사람들 엄청 기웃거리고 있어. 앞에 벤틀리도 세워져 있는데, 아마 거기에 타고 있는 거 같더라고."

그 사람의 말에 다들 고개를 갸웃거리면서도 기대하는 얼굴이었다. 그러자 로사가 딸 줄리아를 아냐는 얼굴로 바라봤다.

"난 몰라. 있을 수도 있지. 있으면 뭐, 그 사람도 자기 가족 보려고 왔을 텐데 괜히 가서 번거롭게 할 생각하지 말고 여기 있어."

"으이고! 쪼끄만 게 왜 이렇게 말을 잘할까."

"다 엄마 닮아서지!"

말은 그렇게 했지만 줄리아도 주변에서 들리는 말 때문에 궁금하긴 했다. 그때, 로사의 휴대폰이 울렸다.

─어디로 가야 해? 지금 도착했거든.

"어? 왔어? 길 따라 죽 올라오다 보면 강당 보여. 우리가 나가 있을게."

─알았어. 금방 갈게.

"어 알았… 그런데 바비. 혹시 오면서 연예인 봤어?

─연예인? 아니? 못 봤는데. 아, 그런데 손님이랑 같이 왔거든. 괜찮을까?

"참! 여기까지 손님을 데려오고 싶어? 몰라 아무튼 빨리 와."

전화를 끊자 이미 다 들었는지 줄리아가 웃는 얼굴로 벌떡 일어섰다. 그러더니 빨리 가자는 듯 손가락으로 문을 가리키며 한 발 앞장서 걸어갔다.

입구에서 길을 따라오면 첫 건물이 강당이었기에 줄리아는 고개를 빼가며 올라오는 사람들을 확인했다.

그때 저 멀리서 사람들에게 둘러싸여 이동하는 무리가 보였다. 검은 잠바를 입은 사람들이 한 사람을 둘러싸고 연신 사진을 찍어싸며 이동 중이었다.

"정말 연예인 왔나 봐! 누구지?"

"엄마! 좀! 아빠 오나 잘 봐! 또 몰래 뒤에서 보고 갈지도 모르잖아!"

그사이 검은 옷의 사람들에게 둘러싸인 사람이 강당 쪽으로 점점 다가왔다. 줄리아는 궁금해하면서도 아빠에게 미안했는지 힐끔 쳐다보고 고개를 돌렸다. 그런데 무리의 가운데에 굉장히 익숙한 얼굴이 보였다.

고개를 휙 돌린 줄리아는 놀란 듯 눈만 껌뻑거렸다. 무리의 중앙에 있던 사람은 하얀 이를 내보이며 손까지 흔들며 다가왔다.

"줄리아! 줄리아!"

"대디?"

줄리아는 앞에 있는 사람이 아빠가 맞나 확인하려고 뒤에 있던 엄마를 향해 고개를 돌렸다. 그리고 로사의 상당히 놀란 얼굴에서 아빠의 이름이 나왔다.

"바… 비……?"

그러자 줄리아가 뛰쳐나갔다.

"대디!"

＊　　　　＊　　　　＊

강당 안으로 이동한 바비는 상당히 곤란한 얼굴이었다. 딸의 공연을 지켜봐야 하는데, 자연스러운 모습을 찍어야 한다는 제프의 명령으로 강당 안에서도 사진을 찍히고 있었다.

그 때문인지 오해가 생겨 고작 옷감 배달 일을 하는 자신에게 사인까지 받아가는 사람도 생겼다. 그러다 보니 학교 관계자가 왔고, 제프는 자신의 이름으로 그 상황을 자연스럽게 넘겨 버렸다.

바비는 앞에서 보고 싶었지만 사람들과 딸에게 방해를 주는 것만 같아 강당 제일 뒤에 있을 수밖에 없었다.

"저기, 제프 씨……."

"오케이, 알아들었어. 여기까지. 그럼 이거 받고."

"차 키를 왜……."

"나 바빠서 먼저 가려고요. 그거 타고 와요. 난 먼저 갈 테니까."

"아니, 그러다 사고라도 나면!"

"그럼 물어내야지 뭐. 아무튼 뉴욕 오면 바로 와요. 오케이? 아 참, 모델비. 원래 바로 지급하는 게 아닌데 딸하고 식사하라고 주는 거니까, 그렇게 알고 고마워하고요. 갑니다."

바비는 어이가 없는 얼굴로 강당을 나가는 제프를 봤다. 그러고는 봉투를 확인한 바비는 침을 꿀꺽 삼켰다. 한 달 동안 일해야 벌 수 있는 돈이 담겨 있었다. 이런 큰돈을 자신이 받아도 되나 생각할 때, 뒤에서 익숙하던 목소리가 들렸다.

고개를 돌리니 전 와이프 로사와 로사의 남편이 보였다.

"바비, 뭐 하고 다니는 거야……? 무슨 영화배우라도 된 거야……?"

"어? 아닌데."

"저 사람 어디서 본 거 같은데. 지금 이게 무슨 상황이야?"

"아, 제프 우드 씨라고. 이 옷 찍으려고 그런 거야."

"제프 우드가 누군… 명품… 제프 우드? 진짜 제프 우드야? 진짜?"

바비는 멋쩍게 웃었다. 불같은 연애를 하고 한 달도 안 돼서 결혼까지 해버렸다.

서로에 대해 너무 몰랐고, 젊은 나이의 두 사람이 서로를 이해하지 못하다 보니 이혼까지 하게 된 것이었다.

로사에게 나쁜 감정은 없었다. 다만 잘살고 있는 로사에 비해 자신은 볼품없는 삶이었기에 부끄러웠는데, 오늘은 왠지 어깨가 으쓱거렸다. 비록 하루라곤 하지만.

"제프 우드가 왜?"

"별거 아니야. 이 옷 때문에."

"그 옷이… 제프 우드에서 만든 거야……?"

바비는 우진을 생각하더니 환하게 웃었다. 그러고는 로사를 보며 입을 열었다.

"그보다 더 대단해질 것 같은 사람?"

"그게 누군데?"

"있어. 그나저나 저기 줄리아 올라온다! 줄리아! 아, 맞다. 끝나고 식사 같이해도 돼?"

"어……? 어. 물론……."

"그래. 오늘 내가 살게. 맛있는 거 먹자."

바비는 씨익 웃으며 무대에 오른 딸을 향해 힘껏 손을 흔들었다.

＊　　　　＊　　　　＊

늦은 밤. 수선 가게를 닫으려고 정리 중인 우진의 표정이 좋지 않았다. 바지 밑단을 줄이고 받는 돈은 기껏해야 이천 원이었다. 생각보다 옷을 맡기는 사람이 많았고, 그러다 보니 하루 종일 일을 해야 했다.

하지만 정작 손에 들어오는 돈은 적었다. 물론 장사가 안 되는 것보단 좋지만, 기지개를 켜기도 어려울 정도로 좁은 곳에서 하루 종일 계신 아버지를 생각하니 왠지 마음이 무거웠다.

그때, 우진의 휴대폰이 울렸다.

"안녕하세요, 선생님."

─선생님은 무슨. 도면이랑 작업지시서 보내게 메일 주소 불러봐요. 아, 완제품도 보내야 하니까 집 주소도.

"아… 집 주소를 적어놓은 게……."

이사한 지 얼마 안 돼 집 주소를 외우지 못했다. 그런 우진에게 재봉틀에 붙은 스티커가 보였다.

"서울시 양천구 신정동… 우진 수선이에요."

―뭐야! 당신 숍 오픈했어? 이런 고마워할 줄도 모르는!

"아! 아닙니다. 아버지가 하시는 작은 수선 가게예요……."

―오, 깜짝이야. 잊지 말라고. 알죠? 당신이 스케치만 한 거. 원단 초이스부터 모든 걸 내가 했다는 거 절대 잊지 말라고!

"네. 감사하게 생각하고 있습니다……."

―당연히 그래야지.

자신이 할 말만 하고 끊어버리는 제프였고, 우진은 정신이 없는 통화에 무슨 대화를 한 건지 기억도 안 났다. 그러는 와중에도 궁금했다.

자신의 손으로 만들진 않았지만 유명한 디자이너의 손에서 태어난 자신의 디자인이.

아직 여건이 여의치 않아 직접 만들진 못했지만 자신도 조만간 만들 생각이었다. 지금도 원단만 있다면 기본 작업이라도 해 보고 싶었다.

하지만 이 좁은 곳에 원단이 있는 것도 이상했다. 그래도 얼마 안 있으면 자신의 디자인대로 뽑힌 옷을 받아볼 수 있기에 그나마 아쉬움이 덜했다.

그리고 제프가 보낸 옷이 도착하면 그때 부모님께 이런 일이 있다고 말해야겠다고 생각했다. 부모님이 좋아하실 게 눈에 보이는 듯했고, 우진도 자연스럽게 뿌듯한 얼굴로 변했다. 사고 후 자신의 앞길이 뻥 뚫린 것만 같았다.

그때, 수선 가게의 미닫이문이 드르륵 열렸다.

"저 오늘은 이만 문 닫… 어?"

우진은 흠칫 놀랐다. 며칠 전 커피숍에서 봤던 알바생이 앞에 서 있었다. 그때 주인아주머니가 말했던 것처럼 트레이닝복을 입은 채.

다행히 지금은 안대를 쓰고 있어서 고개를 돌리지 않아도 됐지만, 커피숍에서 있었던 소란이 떠올라 자신도 모르게 위축되었다.

"안녕하세요."

오히려 아무렇지 않은 알바생은 우진을 한 번 보더니 가게를 둘러봤다. 그러더니 등에 메고 있던 가방에서 무언가를 꺼냈다.

"이것 치맛단 줄이려고 하는데요."

"아, 네."

우진은 교복 치마를 건네받았다. 알바생이 혹시나 스케치했던 일로 왔을까 걱정했는데, 별 신경 쓰지 않는 모습이었다.

"얼마나 걸려요?"

"급하신가요? 지금 문을 닫으려고 하던 참인데."

"그래요? 그럼 내일 올게요. 길이는 옷핀 꽂아둔 만큼 줄여주심 돼요."

"네, 성함이."

"유미자요."

자신의 이름을 말하면서 고개를 돌리는 모습에 우진은 고개를 갸웃거렸다. 그러고는 종이에 이름을 써서 교복에 붙여놓았다.

*　　　*　　　*

며칠 뒤.

제프 우드 본사 대표이사실에 자리한 제프는 화를 참는 듯 얼굴이 벌게져 있었다.

"제프, 흥분하지 말고."

"내가 흥분 안 하게 생겼어! 도대체 왜 안 된다는 건데! 아무리 보는 눈이 없다고 해도."

그러자 사무실의 주인으로 보이는 사람이 숨을 크게 몰아쉬었다. 그러고는 테이블 위에 서류 하나를 툭 던져놓았다.

"제프, 네가 요새 뭘 그렇게 하나 싶어서 따로 조사 좀 해봤어."

제프는 테이블에 놓인 서류를 들어 올렸다. 그리고 첫 장을 펼치자마자 얼굴을 찡그렸다.

그 서류에는 파슨스에서 우진이 제출했던 작품들이 담겨 있었다.

당연히 쓰레기 같은 과제물을 보고 나온 판단일 것이다.

"우연한 거야. 그저 우연히 나온 디자인이라고. 그리고 난 보는 눈이 없어서 그런지, 저 마네킹이 입은 옷조차도 별로야. 네가 준비한 자료들만 봐도 많이 신경 쓰고 있다는 건 알지만, 거기까지만 해. 딱 거기까지."

"아… 미치겠네. 저걸 어떻게 설명해야 좋지! 사실 나도 잘 몰라. 제이슨 네가 조사했으니까 이번에 찍어놓은 사진도 봤을 거 아니야. 그걸 보면 그런 말 못 하지!"

"봤으니까 하는 말이야. 이상하게도 모델들도 소화해 내지 못하는 옷. 그런데 그 사진 속 한 사람만 제대로 소화하는 옷. 마치 데이비드 모리슨이 있는 헤슬처럼. 그래서 더더욱 안 된다는 거야. 우리는 팔리는 옷을 만드는 회사지, 맞춤옷을 만드는 회사가 아니야."

"그건 사이즈를 맞추면 되는 거고! 그리고 데이비드 그놈은 이상한 옷만 만든다고! 아무튼 내가 데리고 있겠다고. 데리고 있으면서 가르친다고."

"안 돼. 그런 건 학교에서 할 일이지. 정 디자이너를 뽑고 싶으면 유능한 사람으로 붙여주지."

"이런 빌어먹을!"

말이 통하지 않는 통에 제프는 버럭 화를 냈다.

제이슨은 아버지가 붙여준 전문경영인이자 회사를 같이 키운 친구 같은 사람이었다. 회사 지분이야 자신이 제일 많았지만 함부로 대할 수 없었다.

제이슨은 지금의 제프 우드를 있게 만든 일등 공신이었다. 그러다 보니 모든 주주들은 제이슨을 지지했고, 자신은 그저 시키는 대로 그림만 그리는 신세였다. 막상 이런 일을 또 겪고 나니 짜증이 밀려왔다.

"차분히 생각해. 만약에 그 친구가 잘된다고 해도 그때 가서 얘기해 봐도 되잖아. 그런 일은 없겠지만."

"짜증 나니까 입 다물어."

"화내지 말고 진정해. 처음부터 말도 안 되는 요구였어. 제프 우드란 이름 안에 개별 브랜드라니. 제프 우드란 이름의 가치를 저하시키는 일이 분명한데 가능하리라고 생각해? 그리고 내가 찬성한다고 해도 이사회에서 막힐 게 틀림없지."

그때, 제프의 휴대폰이 울렸다. 번호를 확인하니 자신의 팀원이 건 전화였다.

하지만 신경 쓰지 말고 받으라는 듯 어깨를 으쓱거리는 제이슨의 모습을 보자 열불이 난 제프는 전화기를 내동댕이쳐 버렸다.

제프는 화를 삭이려는 듯 말을 하지 않고 한참 동안 심호흡만 했다. 시간이 지나서 화가 좀 누그러들었는지 제이슨을 바라봤다.

"하긴 너도 힘없기는 나랑 마찬가지지. 됐다."

"알긴 아네."

말을 끝내고 일어난 제프는 프리젠테이션을 위해 상당히 공들인 자료를 거칠게 들어 올렸다. 자신이 무슨 말을 하더라도 받아들이지 않을 것이기에, 더 있을 필요가 없었다.

"나 당분간 찾지 마라."

"음, 거기까진 뭐. 너무 늦게 오진 말고. 머리 식힐 겸 디자인 떠올리러 갔다고 해두지."

제프는 사무실을 나서다 말고 고개를 돌려 제이슨을 보며 나지막하게 말했다.

"그 친구 놓치고 후회하지 마라. 나는 분명 말했으니까. 그리고 너 어깨 씰룩거리면 죽일 거니까, 그것도 하지 말고."

제프는 피식 웃는 제이슨을 뒤로하고 자신의 디자인실로 향했다. 자신이 회사에 없더라도 소속된 디자이너가 상당했기에 아무런 문제도 없었다.

차라리 회사가 작았더라면 자신의 의견이 반영될 텐데. 너무 커져 버린 회사에 짜증이 밀려왔다.

제프가 자신의 디자인실에 도착했을 때, 커다란 박스를 들고 있는 바비가 보였다.

"무슨 일로 왔어요? 차도 받았고, 무슨 볼일 있어요?"

"그게 이거 돌려드리려고요. 감사했습니다."

박스를 열어보니 조심스럽게 담긴 옷이 보였다.

"그 옷 당신 건데 왜 가져왔어요. 우진이 당신 입히려고 디자인한 옷인데."

"아… 그런가요? 그냥 받아도 되는 건지……."

"나한테 당연히 고마워해야 되는 건 맞는데, 우진한테 직접 말해요."

바비는 쭈뼛대더니 제프에게 조심스럽게 입을 열었다.

"저 선생님, 실례지만 전화번호를 알 수 있을까요?"

"하… 잠시만요. 에이! 액정 나갔네! 아, 짜증 나네."

제프는 액정이 깨진 휴대폰을 보더니 화가 더 올라오는지 자신의 머리까지 부여잡았다. 그리고 그걸 보고 있던 바비는 조심스럽게 한 발 물러섰다.

많이 만난 건 아니지만 지금까지 자신이 알고 있는 사람들 중 제일 미친놈이었다.

이번 일을 끝으로 더 이상 엮이면 안 되겠다고 생각할 때, 제프가 바비를 획 하니 쳐다봤다.

"미안해요. 화나는 일이 있어서."

"아닙니다… 저 그럼 이만 돌아가 볼게요."

"잠깐! 전화번호는 지금 모르고 주소는 아는데. 그거라도 알려줘요?"

"아… 네. 뭐……."

바비는 제프에게서 주소를 건네받았다. 마침 감사 인사를 하고 싶었는데 오히려 잘되었다고 생각했다. 볼일이 끝난 그는 인사를 하고 눈에 띄지 않게 사무실을 나섰다.

*　　　　*　　　　*

며칠 뒤.

생각보다 기계들이 잘 팔리지 않는지 아버지는 여전히 바쁘셨다. 그러다 보니 우진도 당연히 수선 가게를 지키고 있었다.

좁은 환경이 조금은 익숙해졌다. 오늘은 그나마 한가했기에 가게를 깔끔하게 정리해 놔서 전보다 넓은 느낌이었다. 여전히 좁았지만.

그런 좁은 곳에서 우진은 태블릿 PC를 펼쳐놓고 히죽히죽 웃고 있었다.

제프 우드란 이름으로 보낸 메일이었고, 그 안에 담긴 서류가 이유였다. 콧구멍까지 벌렁거리며 화면을 들여다봤다.

상표명이 없기에 자신의 이름으로 된 고유 디자인. 별거 아니지만 굉장히 뿌듯한 마음이었다.

드르륵.

"오늘도 총각이네? 우리 아들 바지 다 됐어?"

"아, 네. 잠시만 기다리세요. 성함이 재영 맞죠?"

"기억하네? 어떻게 젊은 총각이 이렇게 잘해? 티도 안 나네. 고마워. 이천 원이지?"

우진은 웃음으로 대답을 대신했다. 근처 상인들은 가게의 사정을 알고 있는지 가끔 먹을 것도 가져다주곤 했다.

그리고 지금 바지를 찾아간 분도 마찬가지였다. 우진은 돈을 돈통에 넣고는 행거에서 바지가 빠진 부분을 정리했다. 그러다 치마 하나가 눈에 들어왔다.

"자리도 없는데 빨리 찾아가지."

그때, 시장 끝에서 사람들이 버럭거리며 큰 소리를 내는 것이 들렸다. 꽤 소란스러웠기에 우진은 가게 문을 열고 시끄러운 쪽을 봤다.

"죄송해요, 죄송해요. 지나갈게요."

"아니! 시장에 그런 걸 들고 오면 어떡해! 거기 아저씨!"

"주소가 시장이라서요. 저도 배달이니까 이해 좀 해주세요. 길 좀 비켜주세요. 죄송합니다."

앞이 보이지 않을 정도로 박스가 쌓인 수레를 밀고 오는 사람은 연신 사과를 하면서 시장 안으로 들어왔다. 우진도 어느새 시장에 익숙해졌는지, 그 모습이 달갑지 않았다.

대부분 상인들은 다른 가게에 방해가 될까 새벽에 물건을 주문하기에, 지금 저 모습은 분명 매너 없는 행동이었다.

어떤 집에서 저런 일을 벌였나 지켜보는데 수레가 우진 수선 앞에 멈췄다.

배달하는 사람이 손에 들린 용지를 확인하더니 우진을 보며
말했다.

"임우진 씨?"

"네?"

"임우진 씨 맞죠?"

"네, 제가 임우진인데요……."

"휴. 여기다 사인 좀 해주세요. 그리고 이거 여기 내려놓아도
되죠?"

"그게 뭔데요……?"

"저야 모르죠."

우진은 혹시 제프가 보낸 건 아닐까 생각하며 박스에 붙은 송
장을 살폈다. 송장을 살펴본 우진은 고개를 갸웃거렸다.

미국에서 온 건 맞는데 보낸 사람이 제프가 아니었다.

제4장

바디컨 원피스

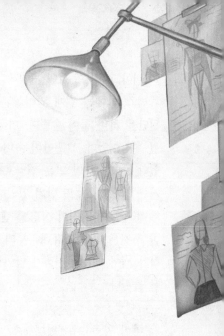

"바비? 내가 아는 바비 씨인가?"

바비가 주소를 알 리도 없었고, 안다고 하더라도 따로 뭘 보낼 정도의 사이가 아니었다. 그러다 보니 보낸 게 무엇인지 궁금하기보다 왜 이런 걸 보냈는지 궁금했다.

"수선집 아들! 그것 좀 어떻게 해. 사람들이 불편해하잖아."

"아! 죄송해요. 죄송합니다!"

앉아 있기만 해도 꽉 차는 가게에 커다란 박스들이 들어갈 리 없었다. 그렇다고 창고가 있는 것도 아니었기에 곤란했다. 다행히 시장 상인의 도움으로 잠시 가게 뒤편 주택에 놓을 수 있었다.

남의 집 좁은 마당에 상자를 옮겨놓은 우진은 제일 위에 놓인 상자부터 뜯었다.

"뭐야. 이걸 왜 보낸 거지?"

박스 안에는 길게 말아놓은 롤 원단이 가득했다. 우진은 롤 원단을 하나 들어 올렸다. 미국에 있을 때 받았던 것과 같은 트월 옷감이었다. 그뿐만이 아니라 종류별로 굉장한 양이 들어 있었다. 천연섬유인 면은 진공포장까지 해서 담겨 있었고, 값이 나가는 합성섬유들도 담겨 있었다.

이 정도면 가격이 상당할 텐데 분명 잘못 보냈을 거라고 생각한 우진은 곧바로 휴대폰부터 꺼내 들었다. 다행히 메일과 동기화가 되어 바비의 전화가 남아 있었고, 우진은 곧바로 통화 버튼을 눌렀다.

—헬로.

"바비 씨, 저 우진인데요."

—아, 미스터 임. 이 새벽부터 어쩐 일로?

급한 마음에 전화를 걸었기에 시차 생각을 못 했다. 그래도 이미 연결되었기에 우진은 조심스럽게 말을 했다.

"저 아무래도 국제우편을 잘못 보내신 거 같아요."

—아! 원단 도착했나요? 내일 전화드리려고 했는데, 생각보다 빨리 도착했네요.

"네?"

—저번에 드린 원단도 학교에 기부하고 가셨다고 들었어요. 그리고 제가… 이번에 너무 감사해서 따로 드릴 건 없고 해서.

"원단을요? 원단이 세 박스나 왔어요."

바비는 잠긴 목소리로 우진의 옷 덕분에 딸에게 멋진 아빠가 되었다는 것과 마크에게서 모델비까지 받은 얘기를 차분히 설명했다.

—전 도매가보다 더 싸게 구매했어요. 참 그리고, 혼방 섬유는 많이 나가는 걸로 보냈는데 마음에 드실지 모르겠네요. 옷값이라고 생각하시고 부담 갖지 마세요. 하하.

"그래도 될는지……."

—당연하죠. 그나저나 몸은 괜찮으시죠?

바비는 더 이상 얘기를 꺼내지 못하게 말을 돌려 버렸다. 그리고 간단한 안부를 묻는 대화가 이뤄지고 난 뒤에 전화를 끊었다.

주머니에 휴대폰을 넣은 우진은 상자를 바라봤다. 옷값이라기에는 과하단 생각이 들었다.

부담스러움에 한참이나 쪼그리고 앉아서 상자를 두드리던 우진은, 결정한 듯 자리에서 일어섰다. 그리고 바비에게 다시 고맙다는 메일을 보내고는 상자를 하나씩 뜯어봤다.

상자에는 바비가 말했던 대로 천연섬유와 합성섬유가 섞인 혼방 섬유들도 보였고, 친절하게도 함유량까지 표시되어 있었다. 아직 공부가 끝나지 않은 자신을 배려해서 보낸 것이 틀림없었다.

어떤 종류가 있는지 하나씩 살펴보던 우진은 안쪽에 비닐로 싸인 원단 한 절을 들어 올렸다. 면과 스판덱스가 섞인 검은색 천이었다. 그 원단을 보자마자 어울리는 옷이 떠올랐다.

그때, 뒤에서 자신을 부르는 소리가 들렸다.

"안대 총각! 가게 손님 왔어. 이잉? 거기 쪼그리고 앉아서 뭘 했길래 얼굴이 시뻘게졌대?"

"아, 아니에요. 금방 가요."

＊　　　　＊　　　　＊

가게 문을 닫고 몇 번이나 시장과 집을 오가며 원단을 옮겼다. 집에 계신 어머니가 놀라긴 했지만, 미국에 있을 때 알던 분이 보냈다고 하니 손수 정리를 도우셨다. 물론 우진은 어머니가 정리한 것을 다시 각까지 맞춰가며 정리했지만.

반나절을 정리하는 데 시간을 보냈기에 우진은 서둘러 가게로 향했다. 한 손에는 아까 봤던 원단을 들고, 등에는 학교에서 사용하던 도구가 담긴 가방을 메고.

"이걸로 원피스 만들어봐야겠다."

가게에 도착한 우진은 당장 작업을 시작하고 싶었지만 아쉽게도 손님들이 맡겨놓은 옷들이 먼저였다. 새 학기라서 그런지 대부분 교복이었다. 교복 재킷의 기장을 줄이거나 가뜩이나 작아 보이는 바지의 통을 줄이려고 맡긴 것들이었기에, 생각보다 시간을 많이 잡아먹었다. 그렇게 하나하나 수선하다 보니 어느새 저녁이 되었다.

우진은 시계를 한 번 본 뒤 자리에서 일어나 기지개를 켰다. 그러고는 가게 안을 둘러봤다. 깔끔하게 정리를 해놨지만 이곳에서 가위질이나 가능할까 싶을 정도로 좁았다. 하지만 다른 장소가 없었기에 아쉬운 대로 해야 했다.

그나마 자리가 있는 바닥에서 재단할 생각으로 의자를 가게 밖으로 빼냈다. 훔쳐가기라도 할까 걱정스러웠지만 유리문인 데다가 주변에 가게들도 있었기에 잘 살피면 괜찮겠지 싶었다. 우진은 바닥까지 깨끗하게 쓸고 닦기까지 한 뒤 신발까지 밖에 벗어놨다.

곧바로 재단을 하는 건 기계가 아니고선 불가능했기에 작업지시서에 맞게 패턴을 뜨기 시작했다. 패턴지도 없어서 테이프로 스케치북을 붙인 종이 위에 그리는 우진의 눈빛은 상당히 진지했다.

패턴을 가위로 오린 뒤 자리에서 일어서서 몸에 대봤다. 반 인치 정도 작게 만들었기에 허벅지 정도로 오는 게 적당했다. 그럼 아마 알바생의 무릎 바로 위까지 올라올 듯싶었다.

이번엔 재단 가위로 원단 두 마 정도의 길이를 잘라냈다. 한 마를 펼치기조차 힘든 공간이다 보니 접어서 자르고, 때론 일어서 가며 잘랐다.

결까지는 자세히 보지 못했지만, 원피스에서 통상적으로 사용하는 세로 결을 쓸 생각이었다.

그러다 원단 위에 조금 전에 떠놓은 패턴을 올리자 조금도 움직일 자리가 없었다. 잘못해서 천이 울어버리면 그대로 버려야 했다.

어쩔 수 없이 몸은 가게 밖에 두고 작업을 해야 할 것 같았다. 지나가던 사람들이 이상하게 보겠지만 어쩔 수 없었기에 가게 문을 여는데, 밖에 내놓은 의자에 누군가 앉아 있었다.

"누구세요?"

"헬로?"

우진은 자신을 향해 미소를 보이는 사람을 보며 고개를 갸웃거렸다.

가게에 외국인 손님이 온 적이 없으니 분명 손님은 아닌데, 이상하게 낯이 익었다.

어디서 본 것 같은데 쉽게 떠오르지 않았다.

우진은 고개를 갸웃거리며 영어로 물었다.

"저기, 뭐 수선하러 오셨나요?"

그러자 앉아 있던 남자의 얼굴에 미소가 사라지더니 자리에서 벌떡 일어났다.

"나야, 나! 참 나! 날 몰라요?"

"네……?"

"패션계의 세계적인 거장! 누구보다 먼저 새로운 디자인을 선보이는 패션계의 선구자! 디자이너들이 존경하는 디자이너 1위! 나라고!"

자신을 거창하게 소개하는 사람의 말에 우진은 눈을 끔뻑이며 바라봤다. 그러고는 이내 입을 쩍 벌린 채 손가락을 앞에 있는 사람을 향해 내밀었다.

"제프… 우드……?"

"그래요. 나! 어떻게 패션 공부를 한다면서 나를 한 번에 못 알아보지? 신기하네. 그쪽이 임우진?"

"네? 네… 맞습니다, 선생님."

"그래, 이제야 반응이 마음에 드네. 하마터면 서운할 뻔했네. 그럼 하던 거 계속해요."

우진은 갑자기 나타난 제프 때문에 너무 놀라서 오려놓은 패턴지를 들고 안절부절못했다.

본인이 소개한 대로 대단한 사람인 건 맞았다. 하지만 그런 사람이 왜 한국에 그것도 시장 한복판에 있는 건지 이해할 수 없었다.

자신 때문에? 그것도 수행원 한 명도 없이?

제프는 우진의 얼굴을 보며 말하지 않아도 안다는 듯 의자에 앉으며 말했다.

"그쪽 보러 왔어요. 그러니까 괜히 잡생각하지 말고 하던 일 끝내고 얘기해요. 그런데 패턴 디자이너도 없이 혼자 다 해요? 재봉사도 없고? 하긴, 사람 서 있기도 힘들겠네. 도와줄까요?"

"아… 아니에요. 나중에 해도 괜찮아서……."

"괜찮기는. 내가 제일 싫어하는 게 작업할 때 방해받는 건데. 딱 봐도 지금 내가 방해한 건데 내 마음이 편하지 않지. 빨리해요."

우진은 평소 존경하는 인물이 자신을 보러 왔다는 말에 어찌나 긴장이 되는지 말도 제대로 나오지 않았다.

제프를 이곳에 앉아 있게 해도 되는 건지 불안하기만 했다. 하지만 의자에 앉은 채 어서 작업하라는 듯 손을 들어 올리는 모습에 우진은 어쩔 수 없이 하는 시늉이라도 하려 했다.

그때, 학교 체육복을 입은 것 같은 학생이 가게 안을 기웃거렸다.

"바지 구멍 난 거 수선하려고 하는데요. 언제까지 돼요?"

"아, 지금은 곤란하고 내일 찾으러 오실래요?"

"내일 학교에 입고 가야 하는데… 그럼 다음에 올게요."

우진이 미안하다고 말하려 할 때, 제프가 학생이 들고 있는 옷을 가리키더니 무슨 대화를 했는지 물었다.

우진은 가게에 온 손님이라고 말하자, 제프가 활짝 웃으며 자리에서 일어나더니 학생의 교복을 달라고 손짓했다.

"우진이 작업하는 동안 내가 해주지."

"저 선생님… 재봉틀이 안에 있어서……."

"괜찮아. 여기 앉아서 하지."

우진이야 제프가 어떤 사람인 줄 알지만, 손님이 알 리가 없었다. 웬 외국인이 자신의 바지를 펼치고 있는 모습이었다. 그래서 손님은 불쾌한 얼굴로 제프를 보다, 다시 우진을 향해 말했다.

"그냥 다음에 올게요. 바지 좀 주세요."

자신이 존경하는 사람에게 이 말을 어떻게 전해야 하는지 참 난감했다. 그렇다고 손님에게 이 사람이 어떤 사람이라고 설명하기도 곤란했다.

"저기… 선생님. 다음에 오겠다고 하는데……."

"왜? 금방 해. 10분만 기다리라고 그래요."

그러더니 교복 바지를 든 채 캐리어에서 주섬주섬 무언가를 꺼냈다. 당연히 손님으로 온 학생은 불안한 얼굴이었다. 우진은 그 불안한 얼굴을 풀어주려고 말을 걸었다.

"실력이 좋으신 분이니까 맡겨주세요. 잘못되면… 물어드리겠습니다."

"진짜죠?"

명품 브랜드 제프 우드의 디자이너가 이 사람이라고 해도 믿지 않을 것 같았기에 적당히 둘러댔다. 그리고 제프를 봤다.

가방에서 대단한 것이라도 꺼낼 줄 알았는데 고작 바느질용 바늘 하나를 꺼냈다. 아무리 디자이너라고 해도 수선은 약간 달랐기에 걱정스러워하며 가게 안에 있는 자투리 천을 건네려 했다. 그런데 제프가 바지 교복을 뒤집더니, 학생을 보며 안으로 접힌 단을 잘라도 되냐는 듯 손가락으로 가위질을 하는 시늉을 했다.

허락이 떨어지자 바로 밑단을 잘라 버리더니 그 천을 비비기 시작했다.

그 천에서 실을 뽑아내고선 바느질을 시작했다. 보통 바지를 뒤집어 메우기를 하는데, 제프는 원상태로 메우기 시작했다. 마치 뜨개질을 하듯 구멍이 점점 메워졌다. 구멍을 지우개로 지우는 것처럼 보일 정도였다. 10분을 기다리라고 했지만, 재봉틀로 할 때보다 빠르고 완벽했다.

"와! 짱이다."

"그러게요……."

체육복을 입은 학생도 엄청 놀란 얼굴이었다. 다시 구멍이 안 나도록 안쪽에 자투리 천까지 대고는 작업을 끝냈다.

그런데 제프가 갑자기 다시 캐리어에서 작은 가방을 하나 꺼냈다. 그리고 그 안에서 무언가를 꺼내더니 교복 바지에 붙이려 했다.

"저 선생님. 그건 안 붙이시는 게……."

"왜. 내 마크 달아주겠다는데 싫대? 그럴 리가 없는데?"

"이게 한국에서 학생들이 입는 교복입니다……."

"아하, 어쩐지. 난 또 가난해서 이렇게 해진 걸 입는 줄 알았네. 오케이, 다 됐어."

하마터면 교복에 제프 우드의 로고를 붙일 뻔했다. 우진은 학생에게 바지를 돌려주었다.

"얼마예요?"

"3,000원이요."

학생은 신기한 듯 바지를 이리저리 살피더니 갔고, 남아 있던 제프는 태연하게 팔짱을 낀 채 우진을 봤다.

"그게 얼마야?"

"한 3달러 정도 됩니다……"

"뭐! 불러와! 내가 숨만 쉬어도 3달러는 넘게 버는데 고작 3달러? 다시 가져와. 구멍을 다시 내놓게!"

"선생님… 여기가 시장이라서. 전부 그 가격들이거든요……."

"시장? 당신은 왜 여기에 있는 건데?"

"여기가 아버지 가게라서……."

제프는 그제야 이해를 했다는 듯 고개를 끄덕거렸다. 그러더니 다시 작업을 하라는 듯 손을 들어 올렸다. 우진은 정신이 없었지만, 제프의 말을 거절하지 못하고 다시 원단이 놓인 곳으로 갔다.

원단을 가위질하려고 손을 올렸지만, 조금 전에 제프의 실력을 봐서인지 긴장이 되어 제대로 움직이지 않았다. 그러자 뒤에 보고 있던 제프가 의자에서 내려왔다.

"내가 가위질만 해줄게. 왜 그렇게 손을 떨어, 손을 떨긴. 날봐서 긴장한 건 이해하는데, 옷을 만드는 사람이 자신감 없으면 그게 옷에도 보이는 법이야! 디자이너라면 좀 더 강단 있게! 자신감 있게!"

가위를 뺏어가더니 패턴지를 원단에 올렸다. 그러고는 가위질을 하기 전 작업지시서를 확인하려는지 재봉틀 책상에 올려둔 태블릿 PC를 힐끔 올려다봤다. 그러고는 고개를 내리다 말고 다시 일어섰다.

"티셔츠가 아니야? 이거 스케치는?"

"네? 아… 넘기시면 있습니다."

스케치를 살펴보더니 태블릿 PC를 내려놓았다.

"호… 괜찮은데? 이 패턴으로 가슴을 돋보이게 해주고, 그렇다고 과하지도 않고. 센스 있어."

스케치를 한참이나 보던 제프는 고개를 갸웃거리더니 우진을 불렀다.

"이리 와봐."

"네?"

"이거 당신 시그니처 패턴 말이야. 이걸 여기에 어떻게 새기려고?"

"아… 열 부착이나…….."

"스판에 열 부착 한다고? 살찐 사람이 입으면? 그 부분만 땡땡해질 텐데?"

우진도 생각한 일이지만 실제로 이 옷의 주인을 보면 문제가 없어 보였다. 처음부터 방직 공장에 의뢰를 하는 것이 낫겠지만 군살 하나 없는 몸매였기에 열처리로 무늬를 붙인다고 해서 문제 되진 않을 것 같았다.

"마른 사람만 입는다면 몰라도. 당신 혹시 또 모델 보고 디자인 생각한 거야? 맞지? 내 말이 맞지?"

"아… 네."

그때, 제프의 뒤에 익숙한 얼굴이 보였다.

"치마 찾으러 왔는데요."

*   *   *

우진은 교복 치마를 찾으러 온 손님을 보고 당황한 나머지, 들고 있던 원단을 등 뒤로 숨겨 버렸다. 그러고는 급한 마음에 옆에 있던 제프에게 떠맡기듯 넘겨 버렸다.

"아직 안 됐어요? 맡긴 지 일주일은 된 거 같은데."

"아직… 헛! 그게 아니고 교복은 다 됐어요!

바디컨 원피스를 만드는 와중에 갑자기 방문한 미자의 등장에 우진은 말까지 꼬여 버렸다. 못된 짓을 하다 걸린 아이처럼 빨개진 얼굴로 말을 더듬으며 교복을 찾으려 뒤돌았다.

"잠시만요. 성함이, 성함이……."

"유미자요."

"그랬죠……."

우진은 교복 치마를 꺼내며 정신을 차리려 애썼다. 분명 잘못한 건 아무것도 없었기에 심호흡을 하고 교복을 꺼내서 건네주려 할 때 제프가 눈에 들어왔다. 자른 원단을 펼친 채 미자와 자신을 신기하게 바라보는 중이었다.

우진은 괜히 부끄러워져 붉어진 얼굴로 교복을 건넸다. 미자는 별다른 말을 하지 않고 교복을 살펴보더니, 들고 있던 비닐봉지에 대충 쑤셔 넣고는 가버렸다.

우진은 손에 쥔 지폐를 돈통에 넣으며 한숨을 쉬었다. 바보처럼 행동한 스스로가 한심스러웠다.

제프가 우진을 부르며 물었다.

"저 아가씨가 이 옷 모델?"

"아… 네."

"뭐야. 그런데 왜 그냥 가게 해? 왜 그렇게 서로 모르는 척하는 건데? 싸운 거야? 온 김에 한번 대보고 가라고 하지."

"네? 무슨 소리를."

"어차피 치수도 다 재봤을 거 아니야. 뭐가 부끄럽다고 그래. 뭐야, 그 반응은? 설마 진짜로 모르는 사이야?"

우진이 대답하지 못하자 제프는 어이가 없다는 듯 우진을 봤다. 그러더니 태블릿 PC를 우진에게 내밀며 물었다.

"이건 뭔데? 치수를 재봤으니까 작업지시서에도 써놨을 거 아니야. 그냥 프리로 썼다고 말하지 마. 저 사람은 몸매도 안 보이는 두꺼운 패딩인데."

"그게… 전에 커피숍에서 얇은 옷 입고 있었을 때 한 번 봤거든요……."

"한 번! 한 번? 그것도 대충 보고 이렇게 나온다고?"

왼쪽 눈으로 이미 봤다고 말할 수 없어서 얼버무린 대답에 제프는 우진을 상당히 의심쩍게 바라봤다. 그러더니 진지한 얼굴로 입을 열었다.

"내가 자존심이 상해서 안 물어보려고 그랬는데. 말 나온 김에 물어보지."

제프는 휴대폰을 만지더니 우진에게 건넸다.

"당신 말이야. 바비는 몇 번이나 봤어? 거기 있는 스케치."

"네……? 두 번째인가 봤을 때 그랬어요……."

진지한 제프의 모습에 우진은 조심스럽게 대답했다. 그러자 제프가 어이없다는 듯 헛웃음을 뱉었다.

"지금 보고 설마 했는데 진짜였네. 뭘까? 뭐지? 어떻게 한 번 보고 바비의 헤어스타일까지 상상해서 그린 거야? 게다가 그 옷들은 어떤 생각으로 그린 거고. 그냥 막 보여? 사람들을 보면? 그냥 캐리커처같이 과하거나 그런 옷이 아니야. 말 그대로 디자인! 디자인을 뽑아내는데, 어떻게 하는 거야?"

우진은 곤란함에 머리만 긁적였다. 제프의 눈빛이 부담스러울 정도였기에 우진은 살짝 고개를 돌렸다. 그러자 제프의 한숨 소리가 들려왔다.

"하긴, 자기 노하우를 가르쳐 주는 미친놈은 없지. 그럼 딱 하나만 더 물어볼게. 그것만 대답해 줘."

"네……?"

우진은 혼자 북 치고 장구 치는 제프의 말을 기다렸다. 그러자 제프가 자신의 옷매무새를 고치더니 입을 열었다.

"네가 보기엔 지금 난 어때? 내 옷을 만들려면 어떤 옷을 만들어줄 거 같아?"

우진은 제프를 조심스럽게 바라봤다. 지금 모습도 충분히 멋있는데, 왼쪽 눈에는 과연 제프가 어떤 모습으로 보일지 궁금해졌다. 그렇다고 갑자기 안대를 내리고 보면 이상하게 생각할 거 같았다. 그 때문에 대답을 못 하고 있었다.

"아, 참 답답하네. 왜 그렇게 말을 못 해. 그래서 디자이너 하겠어? 자기 의견도 못 내는 게 무슨 디자이너야. 때려치우… 진 말고. 좀 자신 있게 말해."

제프의 말에 용기를 얻은 우진은 괜히 안대를 만지작거리며 제프를 봤다. 안대에 신경을 쓰기보단 그저 어떤 말을 할까 기대하는 얼굴이었다.

우진도 안대를 조심스럽게 내렸다.

"뭐야! 왜 그래! 이봐, 우진!"

사람이 빛나 보인다는 얘기가 종종 있었다. 그런데 눈에 보이는 제프는 정말 빛에 감싸여 있었다. 잘못 본 건가 싶어서 눈을 깜빡여도 보고 비벼도 봤지만, 정말 제프에게서 빛이 났다.

게다가 어째서인지 다른 옷은 보이지 않았다. 제프가 입고 있는 옷 그대로였다. 처음 겪는 상황에 우진은 이마를 부여잡은 채 눈만 끔뻑거렸다.

"어우 답답해! 왜 말을 못 해."

"아……! 그게 아니라 너무 멋있으셔서요……."

"그건 나도 알지. 그런 당연한 얘기 말고."

우진은 좁은 곳에서 제프를 돌려가며 살폈다. 제프는 싫은 기색 하나 없이 우진의 손이 움직이는 대로 몸을 돌렸다. 그리고 한참을 살피던 우진은 고개를 갸웃거렸다.

비록 만질 순 없지만, 다른 옷들에서 보였던 것이 보이지 않았다. 지금까지 봤던 옷들에서 보인 인피니티 패턴. 그것이 제프의 옷에는 보이지 않았다.

"이상하네……."

"에? 이상하다고? 뭐가 이상하다고 그러는 거야. 설마 지금 이 옷이?"

"아! 아니에요."

"당연하지. 내가 만든 옷이 이상할 리가. 내가 직접 만든 건데. 세상에 한 벌밖에 없거든. 신발부터 이 재킷까지 하나도 빠짐없이. 심지어는 벨트까지! 전부 내 작품이거든."

다들 다르게 보이는데 왜 제프만 그대로 보이는 것인지 도무지 이해할 수 없었다. 게다가 저 아우라는 무엇인지. 제프가 특별하다고밖에 설명할 수 없었다.

"괜찮으니까 어려워하지 말고 말해봐."

"제가 뭐라고 할 말이 없는 것 같은데……."

"흠… 뭐 이해해. 아무래도 그렇겠지. 내가 워낙 완벽해야지."

제프는 당연하다는 듯 주머니에 한쪽 손을 꽂고 다른 손으로 태블릿 PC를 들어 올렸다.

"말 나온 김에 얘기 좀 해보자."

"네? 뭘요……."

"뭐? 당신하고 내가 할 얘기가 뭐 있어. 옷밖에 더 있어?"

"아……."

제프는 태블릿을 넘기며 말했다.

"이걸로 뭐 할 생각이야? 이 로고 패턴은 등록해 놨는데 아무것도 안 할 생각은 아니지?"

"그게… 제가 아직 학생인 데다가……."

"학생? 최 교수님 말로는 학교 때려치울 생각으로 온 거라고 들었는데, 잘못 안 거야?"

"그리고 일단 돈도 없고요……."

"돈? 하긴 뭘 하려고 해도 돈이 문제야. 뭐, 여기를 보면 돈이 여유 있을 거 같지도 않고."

우진은 약간 긴장하면서도 제프에게서 어떤 말이 나올지 기대하고 있었다. 최 교수에게 듣기로는 잘하면 제프 우드에 입사할 수 있을 거라고 했었기에 두근거리며 기다렸다.

그런데 계속 이상한 얘기만 하고 기다리던 얘기는 없었다. 그래도 이곳까지 자신을 보러 왔으면 분명 좋은 소식이 있을 거라 생각하며 기다릴 때, 제프의 입에서 드디어 회사에 대한 얘기가 나왔다.

"마음 같아서는 회사에 데려가고 싶은데, 대표가 싫다고 그러대? 그래서 나랑 대판 싸우고 내가 여기로 온 거야. 어떤 사람인지 얼굴이나 보려고."

"컥."

우진은 기대와 다른 말에 침을 삼키다 말고 사레까지 들렸다.

"왜? 우리 회사 오려고 그랬어?"

"아, 그런 것보다 기회가 된다면……."

"별로야. 그리고 내가 지금 네 스케치 보니까 그 재수 없는 놈 말이 맞는 거 같아. 그 자식이 돈 되는 건 기가 막히게 알아보거든."

기대가 컸던 만큼 실망감도 컸다. 이럴 거라면 왜 그렇게 칭찬을 했는지 존경하던 제프가 얄미울 정도였다.

고개가 저절로 땅으로 향했다. 자신이 보기에는 괜찮다고 생각했는데 결국 스스로의 만족이었다. 사실 왼쪽 눈이 보이는 게 신이 주신 선물은 아닐까도 생각했는데, 아무래도 아니었던 것 같았다.

"뭘 그렇게 침울해하는 건데? 뭐 의류 기업이라도 차리려고?"

"아니요."

"그래. 잘 생각했어. 그런 거보단 자기 숍을 갖고 하는 게 백 번 낫지. 실력이 없다면 모를까, 당신은 그게 훨씬 잘 어울려."

"네. 네……? 제가 숍을요?"

"그래. 우리 회사 대표 놈이 인정하긴 싫지만 눈이 좀 정확해. 그런데 네 옷에 대해 이상한 말을 하더라고. 다른 모델들한테는 어울리지 않고 한 사람에게 맞춘 것 같은 옷이라고. 지금 봐도 그렇고. 자, 생각해 봐. 뉴욕에 있는 우리 회사 옆에 숍 하나 딱 내고, 맞춤 정장처럼 그 사람한테 맞는 옷을 파는 거야. 정장만 취급하는 다른 곳과 다르게 캐주얼까지!"

말만 들어도 설레였다. 제프의 말에 빠져든 우진은 이미 이 작은 수선 가게가 뉴욕에 있는 숍처럼 느껴졌다.

"그런데 뭐 여기 보면 시간이 좀 걸릴 거 같네."

"아……."

계속 자신을 들었다 놨다 하는 통에 점점 존경하던 마음이 사라지고 이상한 사람이란 생각만 들기 시작했다. 돈 없다고 약 올리는 것도 아니고.

"우리가 오늘 처음 봤는데 돈 빌려주고 그럴 사이는 아니잖아."

"그렇죠."

"작은 숍이라도 있으면 내가 좀 도와주려고 했는데. 나중에라도 가게 차리면 연락해. 내 이름 빌려줄게. 알지? 내 이름 빌려주는 거면 성공한 거나 다름없다는 거."

"정말인가요?"

"그래, 뭐 일단 작은 가게라도 차려봐."

제프는 우진의 말을 기다렸지만, 곧바로 대답이 나오지 않았다.

제프는 못마땅한 얼굴을 하고선 시계를 한 번 보더니 자리에서 일어났다.

"조만간 다시 오도록 하지."

*　　　　*　　　　*

제프는 시장을 나서다 말고 보이지도 않는 가게를 돌아봤다. 그러고는 고개를 절레절레 젓더니 전화를 꺼냈다.

"최 교수님! 저놈. 원래 저렇게 자신감 없고 그런 놈이에요?"

―네? 누구를 말씀하시는지…….

"우진! 임우진 말이에요. 뭐라고 하면 어버버버. 패기가 없어, 패기가!"

―혹시 우진이를 만나셨나요?

"그럼요. 지금 한국인데."

최 교수는 어이가 없는지 한참이나 말이 없었다. 그러고는 우진에 대해 자신이 알고 있는 얘기를 조심스럽게 꺼냈다.

"그러니까 눈이 안 보인다고요?"

―네. 어렸을 때 실명을 한 모양이더라고요. 그래서인지 스스로 위축되는 경향이 있어 보였습니다. 학교 성적도 좋지 못했고, 더군다나 갑자기 집안 사정도 나빠졌나 보더군요.

"이상하네. 아까 분명 눈동자가 움직이는 거 보면 앞이 보이는 것 같았는데. 어쨌든! 보이든 안 보이든 디자인하는 데 한쪽 눈만 있음 됐지. 디자인이 마음에 들어서 도움 좀 주려고 그랬는데. 어휴."

─제프 우드에서 드디어 우진이를 스카우트하시려는 겁니까? 우진이도 내심 기대하고 있었을 겁니다, 하하.

제프가 이상한 소리에 얼굴을 찡그리는데, 우진과의 대화가 떠올랐다. 회사에 대한 얘기를 꺼냈을 때 고개를 숙이던 우진의 모습을 그저 자신감 없는 사람으로 판단했는데, 최 교수의 설레발이 있었던 모양이다. 하지만 제프는 그런 것은 크게 문제가 되지 않는다는 듯 입을 열었다.

"그런 건 아닙니다. 뭐 그거보다 좋을 거 같긴 한데."

─제프 우드보다 좋은 거요……?

"그런 게 있습니다. 불씨는 던져놨으니, 자기가 하려는 마음이 있으면 불씨를 살리든 하겠죠. 시작할 마음만 있다면 도와줄 생각이니까. 그런데 꼬락서니를 봐서는 그 마음도 없을 것 같지만."

─…우진이 좀 잘 봐주십쇼.

"봐주긴. 내가 보모도 아니고. 나중에 전화드리죠."

제프는 전화를 끊은 뒤 괜히 전화를 했다고 생각했다. 그저 실력만 놓고 보고 싶었는데, 왠지 감정이 뒤섞여 버릴 것 같았다.

*   *   *

다음 날이 되어서도 제프의 말이 머릿속에서 떠나질 않았다.

얼마 정도 크기의 숍이어야 하는지 생각해 봤지만, 지금 사정으로는 수선 가게만 한 곳을 얻기도 힘들었다. 학비도 못 내는 형편이었다.

게다가 집안 사정을 뻔히 알고 있었기에 부모님께 도움을 청할 수도 없었다. 아버지는 아직도 장비들이 처분되지 않아 바쁘셨기에, 그런 말을 꺼낸다는 것 자체가 죄송했다.

게다가 어제 본 제프가 도움을 줄지 아닐지도 판단이 서지 않았다. 디자이너들 중에는 괴팍한 사람이 많았다. 제프는 지금까지 자신이 본 디자이너들 중에 최고로 이상한 사람이었다. 최 교수가 예전에 괜히 또라이라고 한 게 아니었다는 걸 깨달았다.

그럼에도 부러웠다. 자신만만한 행동들.

무엇을 하더라도 행동 하나하나에 자신감이 넘쳤다.

성격은 닮고 싶지 않았지만, 그 모습들은 우진에게 크게 다가왔다.

그런 제프의 모습을 생각하던 우진은 마음 한쪽에서 제프의 옆에 나란히 서 있는 자신을 상상했다.

"하… 정신 차려라. 정신 차려."

오늘 따라 손님도 없었다. 가만있으면 계속 그런 생각이 날 것 같았기에 우진은 할 일을 찾으려 두리번대다가 어제 잘라놓은 패턴지를 발견했다.

어차피 가게에 손님도 없고 문 닫을 시간도 되었기에 우진은 어제와 마찬가지로 바닥을 청소했다.

이거라도 만들면 쓸데없는 생각이 없어질 것 같았다.

패턴에 대고 원단을 가위질했고, 우진의 손에는 원피스 모양의 원단 두 장이 들려 있었다. 당장 무늬도 넣을 수 없었기에 대충 느낌만 보자는 생각으로 재봉틀에 올려놓았다.

재봉틀로 박을 곳이라고는 어깨선과 겨드랑이부터 내려오는 밑단밖에 없었기에 금방 할 수 있었다.

무늬가 없어서인지 그냥 검은색 원피스였다. 원피스를 손으로 흔들어보는데 제프가 했던 말이 떠올랐다.

"설마 열 부착으로 무늬 붙이면 늘어나는 거 아니겠지?"

한번 의심을 시작하자 점점 걱정이 되었다. 손으로 옷을 잡아당겨 봤지만 전체적으로 얼마나 늘어나는지 잘 보이지 않았다.

어느 정도 신축성이 있는지 직접 입어보는 게 제일 확인이 빠르겠다고 생각한 우진은 옷을 가만히 보더니 머리에 옷을 끼워 넣었다.

우진은 원피스를 내리고 자신의 배를 봤다. 이 정도라면 크게 걱정하지 않아도 될 것 같았다.

우진은 만족스러운 얼굴을 하고선 무늬가 붙여질 자신의 겨드랑이부터 가슴 밑까지를 쓰다듬었다.

그때, 열려 있는 가게 문으로 말소리가 들려왔다.

"디자이너 오빠?"

*   *   *

고개를 돌리니 커피숍에서 봤던 유미자와 교복 입은 학생이 가게 앞에 서 있었다.

우진은 두 사람의 찌푸려진 얼굴을 보고 황급하게 가슴에서 손을 떼고는 원피스를 벗었다. 그러고는 어정쩡하게 인사를 하자, 유미자의 동생 미숙이 가게를 둘러보고는 입을 열었다.

"디자이너 공부한다더니 여기서 하는 거예요?"

약간 빈정거리는 듯한 말투에 기분이 그다지 좋지 않았다. 그래도 손님이기에 진상 손님 정도로 생각하고 넘기려 할 때, 여학생의 신음 소리가 들렸다.

"왜 때려!"

"말투 고쳐라. 뒈질라고."

"아니! 궁금해서! 디자인 공부한다고 하더니 여기 있길래!"

"그럼 공손하게 물어봐야지. 어디서 싸가지 없게. 그깟 치마 하나 맡기러 와서 뭐 왕이라도 된 거 같아? 엄마가 알면 넌 뒈졌어."

"아! 진짜, 짜증 나."

미자는 미숙의 등을 손바닥도 아니고 주먹으로 때렸다. 그러고는 빨리 볼일을 보라는 듯 고갯짓으로 가방을 가리켰다. 그러자 미숙이 한 번 노려보더니 가방에서 치마를 꺼냈다.

"스커트 밑단 해진 것도 수선돼요?"

"아, 네. 물론이죠."

우진은 교복 스커트를 받아 들고는 살펴봤다. 접어서 꿰매 입었던 모양인지 바느질이 풀리면서 밑단이 해져 버렸다. 게다가 바느질을 직접 했는지 밑단에 구멍이 숭숭 나 있었다. 하지만 이 정도는 가게에 있으면서 자주 봐왔기에 오래 걸리는 수선은 아니었다.

"금방 해드릴게요……."

"그럼 여기 있어도 되죠?"

"아, 네……."

우진은 수선을 시작했고 자매는 여전히 투덕거렸다. 왼쪽 눈을 통해서 보인 미자는 지금까지 본 사람 중에 제일 섹시했는데, 지금 들리는 말투는 상당히 거칠었다. 매치가 전혀 되지 않았다.

수선이 거의 끝나가고 있었지만, 여전히 두 자매는 티격태격했다. 사실 티격태격하기보다는 일방적으로 동생이 혼나는 모습이었기에 속은 시원했지만 가게 앞에서 저러고 있으니 신경이 쓰였다.

"전 괜찮으니까 다투지 마세요. 그리고 여기는 아버지 가게거든요. 아직 학생이라."

"봤지? 저 오빠가 괜찮다잖아! 그런데 학교 어디예요? 서울에 있는 대학교? 지방대?"

"미국에서 다녔어요."

"올! 유학생! 미국 어디! LA? 또 미국에 뭐 있지?"

"뉴욕에 있었어요."

조금 전까지만 해도 변태 취급하던 여학생이 쪼그리고 앉아 질문을 쏟아냈다.

"뉴욕이면 우리 오빠들 사진 걸어놓은 타임스퀘어 있는 데?"

"하하, 같은 맨해튼이긴 한데, 그 근처에는 자주 가진 못했어요."

"올… 맨해튼… 발음 쩌네. 완전 새롭게 보이네. 그렇지, 언니."

유학생이란 말에 선망 어린 눈빛으로 변한 미숙의 모습에 우진은 괜스레 어깨가 으쓱해졌다.

게다가 미숙의 말투에서 지금은 군대에 가 있는 친구들이 떠올라 우습기도 했고 반갑기도 했다. 미소를 지으며 친절하게 답해주었다.

"그럼 막 옷도 만들고 그랬어요? 인스타에 사진 올려놓은 거 있죠? 오빠 인스타 주소가 뭐예요?"

"SNS를 안 해서……."

우진은 말을 하다 말고 제프가 메일로 보낸 사진이 떠올랐다. 재봉틀을 멈추고는 태블릿 PC에 담긴 사진을 찾은 뒤 미숙에게 보여주었다.

"이게 뭔데요?"

"최근에 디자인한 옷인데……."

"와……."

미숙은 바비의 모습이 담긴 사진을 보며 입을 벌렸다. 그 상태로 우진을 한 번 쳐다보더니 고개가 다시 태블릿 PC로 향했다.

"이거 잡지 찍어놓은 거 아니에요? 그냥 잡지에 있는 화보 같은데? 뻥이죠?"

"제가 찍은 건 아니고요. 아는 분이 찍어주셨어요."

"진짜요? 언니 이거 봐봐. 장난 아니야. 이 사람 유명한 모델이에요? 엄청 멋있는데?"

"아, 모델은 아니고… 하하."

미숙은 미자에게까지 사진을 보여준 뒤 다시 우진을 보며 호들갑을 떨었다. 우진은 기분이 좋으면서도 멋쩍은 감이 있어 괜히 수선하는 척을 했다.

"다른 사진은요? 여자 옷은 없어요? 나한테 어울릴 만한 옷 같은 거? 맞다! 저번에 커피숍에서 그렸던 그림! 그것도 이런 것 처럼 만드는 거예요?"

우진은 자신도 모르게 옆에 놓아둔 원피스에 고개가 돌아갔 고, 여학생의 시선도 자연스레 따라왔다.

"설마… 저거예요? 저건 완전 별로다. 그림으로 봤을 땐 완전 대박이었는데. 그런데 원래 만들다가 막 입어보고 그래요? 너무 변태 같던데……."

"그게 아니라 확인해 볼 게 있어서요. 사실 무늬가 들어가야 하는데, 옷감이 얼마나 늘어나는지 확인해 보려고 했던 거예요."

"올, 실험 정신. 무늬가 뭔데요? 보여주세요!"

"저번에 커피숍에서……."

"기억 안 나요. 보여주세요! 언니도 안 보고 갔잖아요."

생각해 보니 당사자만 못 본 스케치였다. 우진은 미자의 의견 도 들어볼 겸 머쓱해하며 스케치를 보여주었다.

"언니 이거 봐. 이게 언니래, 크큭. 진짜 예쁘지? 우리 언니랑 조금 다른 부분이 있긴 한데. 크큭, 인정. 오빠는 인정!"

미자도 말은 없었지만, 스케치가 마음에 드는지 자신의 머리 칼을 쓰다듬었다.

"그럼 저기 저 옷이 이렇게 변하는 거예요? 이 옷 만들면 내가 피팅 모델 해줄까요? 나 정도면 괜찮지 않아요? 나 팔로워 만 명 인데. 그리고 우리 언니 성격에 이걸 입을 리도 없고! 내가 해줄 게요!"

그때 뒤에 있던 미자가 태블릿을 건네주며 입을 열었다.

"네가 자꾸 말시키니까 기다리게 되잖아."

"내가 뭘! 오빠 그럼 이 옷도 매장에 걸리는 거예요?"

"아, 매장은 없어요… 하하……."

"매장 없어요? 하긴 요즘은 인터넷으로 많이 파니까. 어디서 팔려고요? 내가 홍보해 줄게요! 대신 난 좀 싸게! 히히."

순간 우진은 깨달았다. 매장이 없더라도 옷을 팔 수 있는 공간이 있었다. 여학생이 말한 인터넷이야말로 지금 자신에게 가장 적당한 장소였다.

그때, 뒤에 있던 미자가 동생에게는 말이 통하지 않자 우진을 보며 말했다.

"저기요. 아직 멀었어요?"

"아, 다 됐습니다. 여기요."

미숙은 우진이 보는 앞에서 치마를 대보더니 만족한 듯 엄지를 치켜세우고는 계산을 했다. 그리고 무언가를 또 말을 하려 할 때, 미자가 못 말린다는 듯 먼저 발길을 돌렸다.

"언니! 같이 가! 오빠 나중에 봐요!"

우진은 자매가 가고 난 뒤, 혼자 의자에 앉아 생각에 잠겼다. 한참을 생각하던 우진은 머릿속이 복잡했다. 인터넷만큼 좋은 곳은 없었는데, 문제점이 한두 가지가 아니었다.

일단 자금이 가장 큰 문제였다. 재고도 없이 쇼핑몰을 열 순 없었다. 하지만 재고를 쌓아놓고 옷을 만들 수도 없었다. 개개인이 다른데 재고가 있을 리가.

그리고 지금까지 디자인한 옷이라고 해봐야 쓸 만한 옷은 두 벌이 다였다.

바비와 미자의 옷.

하나는 제프가 만들었고, 하나는 아직 완성도 안 됐다. 쇼핑몰을 열고 두 벌을 판다는 것 자체가 말도 안 되는 일인데, 어제 제프가 말한 대로라면 한 사람에게 맞춰진 옷이란 느낌이라고 했다.

"휴… 숍이 있었으면 찾아오는 손님들 보고 만들어주면 되는데… 어?"

우진은 문득 좋은 생각이 났지만 과연 그것이 가능할까 고민되었다.

*　　　　*　　　　*

호텔에 있던 제프는 소파에 앉아 스케치 중이었다. 우진이 앞에 있어서 말은 하지 않았지만, 우진의 옷에 들어간 무늬가 상당히 인상적이었다. 사각형 모양의 무늬를 때로는 크게 그렸고, 때로는 얇게 늘어뜨려 끈처럼 보이게 디자인했다.

자신이 만든 로고도 많았지만, 우진이 만든 무늬처럼 다양한 변화를 주면서도 안정적이진 못했다. 우진이 만든 패턴은 변형이 자유로워 한계가 없어 보였다.

마치 네모와 네모 사이에 새겨진 인피니티 기호처럼.

우진이 스케치한 원피스를 보고 자신의 디자인에도 저런 식으로 무늬를 새겨보면 어떨까 생각해 봤지만, 사각형이 새겨진 것보다 안정적으로 보이진 않을 것 같았다. 지금 그린 스케치만 보더라도 조잡한 느낌이 들었다.

그러다 보니 우진이 앞으로 어떤 옷을 만들지 궁금했다. 어떤 식으로 영감을 떠올리고 어떤 식으로 디자인할지 보고 싶었다.

그런데 연락이 없었다. 전화해서 '시작해 보려고 하는데 어떻게 해야 할까요'라고만 물어도 당장 달려갈 텐데.

그때 휴대폰이 울렸고, 급하게 들어 올리던 제프는 전화번호를 확인하더니 인상을 찡그렸다.

"왜 전화했어!"

─확인하러. 한국이지?

"뭐야, 어떻게 알았어. 내 뒷조사도 하는 거야?"

─하하, 뻔하니까. 한국에서 괜한 일 만들지 말라고 연락한 거야.

"이… 이 자식이. 야! 제이슨!"

─여기저기 돌아다니다가 언론에 노출되지 말고 조용히 호텔에 있다가 와.

제프는 전화를 끊으려다가 화를 삭이려는 듯 심호흡을 했다.

"내가 뭐 하나만 물어보자."

─안 돼.

"뭘 줄 알고!"

─뻔하지. 그 디자이너 부추기려고 하는 거잖아. 네가 뭘 하려고 하는지 모르겠는데, 그건 성공 가능성이 없어. 차라리 너 대신 내가 있었으면 도움이 됐을 테지. 너도 알잖아. 의류산업이 디자이너 하나로 만들어지는 게 아니라는 거. 디자이너는 이름을 빌려주는 거고, 나머진 말 그대로 사업이야. 그리고 그 친구를 회사로 데려오면, 가뜩이나 널 안 좋게 보는 무리들이 많은데 그 디자이너가 그런 환경에서 마음 편하게 지낼 수 있을까?

제프는 자신을 속속들이 들여다보는 제이슨이 얄밉기는 했지만 모두 사실이었다.

"나도 안다, 알아."

—투자할 생각도 말고. 내가 봤을 땐 숍을 차려도 금방 사라지게 될 거야. 차라리 데이비드에게 소개를 해주든가.

"그 자식은 아니라니까! 네가 잘 몰라서 하는 소리야. 하, 답답하네."

—당연히 디자인은 네가 나보다 잘 알겠지. 난 팔리는 것만 보니까. 디자이너로선 어떨지 몰라도 우리에겐 필요 없어. 그리고 괜히 그 디자이너하고 같이 공동으로 숍 차리고 그럴 생각 하지 마. 만약 그러면 회사 이름으로 소송 건다.

"뭐! 내 이름으로 세운 회사가 나한테 고소하는 게 말이 돼?"

—돼. 그러니까 하지 마. 그냥 쉬다 와.

오래 봐왔기에 회사 내에서 자신을 제일 잘 알고 있기도 했고, 자신도 제이슨에 대해 잘 알고 있었다. 꽉 막힌 제이슨은 한다면 하는 사람이었다.

그리고 그 배경엔 지금 자신의 위치를 만들어주다시피 한 아버지가 있다는 점도.

사업 초기 때만 해도 마음이 맞는 친구였다. 자신이 디자인한 제품으로 제이슨이 회사를 키워 나갔고, 그걸 지켜보는 재미도 쏠쏠했다. 그런데 너무 커져 버렸다.

이런 걸 원하고 디자이너가 된 것이 아니었는데.

분명 그걸 제이슨도 알 텐데.

그때, 제이슨의 목소리가 들려왔다.

―그 디자이너가 정 숍을 차리고 싶어 한다면 온라인 매장을 차리는 걸 추천한다. 자금도 없다면서. 온라인 매장이 추세이기도 하고, 무엇보다 실패했을 경우 손실이 적으니까. 접을 때도 번거롭지 않고 빠르고.

"온라인 매장?"

―나머진 알아서. 괜히 아버님 귀에 들어가지 않도록 잘 쉬다 와.

자신의 할 말을 하곤 끊어버리는 제이슨이었고, 제프는 피식 웃었다. 제이슨 딴에는 할 수 있는 최고의 도움을 주었을 것이다.

"온라인 매장이라… 아! 열받네. 내가 이렇게까지 도와주려고 하는데. 전화가 와야 도와주든지 말든지 할 거 아니야!"

*   *   *

며칠 뒤.

아직은 부모님께 말할 단계가 아니라는 생각에 말을 꺼내지 못했다.

혼자 어떻게 시작을 해야 하는지 알아봤다. 가진 게 없다 보니 준비할 것도 없었다. 인터넷이다 보니 사업자등록도 일단 시작하고 20일 이전에만 신청하면 되었다. 해보는 수밖에 없었다.

우진은 일단 원피스부터 완성시키기로 마음먹었다. 처음에 생각했던 패치를 제작해 열 부착으로 무늬를 붙이려고 했지만, 막상 주문하려 하니 업체에서 소량 주문을 받으려 하지 않았다.

가만히 생각하다가 직접 인쇄를 하기로 마음먹었다.

감광기도 없었지만, 방법은 있었다. 학교 수업 중에서 해봤기에 실크스크린 재료를 사와 직접 만들기까지 했다. 비록 말리느라 오래 걸렸지만, 만들고 나니 뿌듯했다.

우진은 인피니티 패턴이 새겨진 실크스크린을 원피스 위에 올려놓았다.

"염색이 잘되려나 모르겠네. 잘됐으면 좋겠는데."

한 번에 인쇄를 할 수 있는 크기가 아니었기에, 여러 번에 걸쳐서 해야 했다. 다행히 가게에 조그마한 다리미는 있었다. 우진은 한 부분을 인쇄하고 다리미로 잉크를 굳히는 일을 반복했다.

그렇게 한참 동안 작업을 반복했고, 가슴 밑 부분 인쇄를 끝으로 모든 작업이 끝났다. 학교에서 가끔 해왔지만, 학교와 다르게 장비도 없는 곳에서 장비를 직접 만들어가며 만든 완성품에 뿌듯함마저 들었다.

우진은 마지막 부분까지 다림질을 마치고 원피스를 들어 올렸다. 인쇄가 잘되었는지 확인이 필요했다.

검은색 스판에 금색의 무늬가 새겨진 바디컨 원피스.

앞에서 보기에는 성공적으로 된 것 같았지만, 멀리서도 확인해야 했다.

가게가 좁았기에 우진은 가게 밖으로 나가서 안에 걸어둔 원피스를 살폈다.

대충 천을 집어넣어 볼륨감을 만들었지만, 볼륨을 제대로 살리지 못했다.

마네킹이 없는 것이 아쉬웠다. 아무래도 직접 입어보고 사진을 찍는 것이 제일 좋을 것 같았다.

가게로 돌아온 우진은 원피스를 들고 팔을 끼기 시작했다. 살짝 조이는 감이 있었지만, 길이나 사이즈는 몇 번이나 확인했기에 문제 되지 않았다. 우진이 확인하고 싶은 것은 인피니티 패턴이 잘 새겨졌는지였다. 그리고 조그만 거울로 자신의 가슴 부분을 살폈다.

약간 늘어나 보였지만, 미자가 입는다면 문제가 없을 것 같았다. 거울을 한참이나 보던 우진은 자신도 모르게 가슴에 손을 올렸다. 무늬 때문인지 가슴이 이상하게 커 보였다. 남자임에도 불구하고.

그때 밖에서 들리지 않았으면 하는 목소리가 들렸다.

"야야, 도망가지 마. 저 오빠 변태 아니야."

*   *   *

우진의 고개가 빠르게 돌아갔다. 그러자 미숙과 그 친구들로 보이는 교복 무리가 있었다.

"아… 오해예요."

"알아요! 와… 며칠 전에 봤던 옷이 그거예요? 엄청 섹시한데?"

우진은 완성된 원피스를 조심스럽게 벗어서 내려놓았다. 그리고 여학생들을 보았는데, 다행히 변태로 오해받지는 않는 듯했다.

"뭐 맡기시려고요?"

"친구가 치마 맡긴다고 해서 일부러 여기까지 왔어요, 히히."

"아! 감사합니다."

"그런데 그 옷 다 만든 거예요?"

우진은 뒤에 놓인 원피스를 한 번 보곤 미소를 지었다. 관심을 보여주는 것만으로 고마운 마음이었다.

"다 만들긴 했어요."

"얼마예요! 제가 사고 싶은데!"

"네……? 아직 가격이……."

"아, 싸게 해줘요! 내가 살게요!"

"그런데 고등학생이 입기에는 너무 야할 거 같은데……."

우진은 조심스럽게 의견을 꺼내놓았고, 미숙의 친구들도 같은 생각이었는지 미숙을 말렸다. 그리고 만약 판다고 해도 얼마를 책정해야 하는지 생각해 보지 않았다. 무엇보다 미숙이 아닌 미숙의 언니인 미자에게 입혀보고 싶었다.

"내가 입으려고 하는 거 아니거든요. 우리 언니 봤죠? 우리 언니 주려고!"

"네……? 미자 씨요……?"

"어? 우리 언니 이름 알아요? 아무튼! 그런 게 있거든요! 이유는 묻지 말고! 팔아주세요. 네? 내가 우리 학교 애들 전부 여기로 오라고 할게요. 네?"

우진은 이마를 긁적였다. 거짓인지 진실인지 판단하기 어려웠지만, 미자를 생각하던 중이었기에 고민이 되었다. 그러다가 우진은 조심스럽게 입을 열었다.

"저… 그럼 혹시 입은 모습을 제가 볼 수 있을까요?"

"우리 언니가 입은 모습이요? 발차기나 안 당하면 다행일 거 같은데. 사진은 찍어줄 수 있어요!"

"그래요?"

우진은 또다시 고민을 하다가, 입은 모습이 너무 궁금했기에 고개를 끄덕거렸다.

"알았어요. 그럼 사진은 꼭 보내줄 수 있죠?"

"오케이!"

여학생은 씨익 웃더니 손을 내밀었고, 우진은 원피스를 천에 한 번 싼 뒤 조심스럽게 봉지에 담았다. 그리고 여학생의 손에 걸어 주었다.

"그런데 얼만데요?"

"일단… 피팅해 보는 거라서 돈 받기가 그래요."

"올, 좋은데? 오빠, 전화번호랑 이름 뭐예요?"

"저요……?"

"번딸 아니거든요?"

"번딸……?"

"번호 따려는 거 아니거든요! 사진 보내달라면서요. 번호 싫으면 톡 아이디 불러요."

우진은 미숙의 전화에 직접 번호를 찍어주었다. 그러자 미숙이 곧바로 전화를 걸었고, 우진의 휴대폰이 울리는 걸 확인하고서 입을 열었다.

"유미숙. 내 이름이에요. 아, 맞다! 얘들 치마 내일까지 되죠?"

"물론이죠."

"옷핀 꽂아놨어요!"

미숙은 치마를 모아 우진에게 건네더니 곧장 사라져 버렸다.

*　　　　　　*　　　　　　*

유미숙은 신발을 던지듯 벗어놓고는 곧장 소리치기 시작했다.

"언니! 언니! 야, 유미자, 어디 있어!"

"시끄러워. 왜 오자마자 난리야."

"히히. 언니, 이거 봐봐! 이거 수선 가게 오빠가 만든 거! 완전
예뻐. 볼래?"

미숙은 원피스를 들어 올려 자신의 몸에 걸치더니, 그걸로 부
족했는지 교복을 훌렁훌렁 벗어 던지고 원피스를 입기 시작했
다. 그러고서 언니에게 자랑하듯 허리 라인을 쓸어내리더니 빙
빙 돌았다.

"미친년, 네가 그걸 어디서 입으려고. 그것만 입고 나가봐. 머
리털 다 밀어버릴 거야. 당장 안 벗어?"

"왜! 그냥 집에서 입을 거거든? 언니도 입어볼래?"

"쯧쯧. 곱게 미쳐야지."

그래도 궁금하긴 했는지 미자는 미숙의 모습을 바라봤다. 잠
시 쳐다보고 고개를 돌리자 미숙의 정면이 보였다. 미자는 놀란
얼굴로 벌떡 일어났다.

"이 미친년! 고딩 주제에 뽕은!"

"아! 놔! 아파!"

"어? 뽕 아니야? 너 가슴 커졌어?"

"아니거든! 아, 진짜 무식하게 힘만 세서. 어우, 아파라."

미숙은 언니를 한 번 노려보더니 거울 앞으로 다가갔다. 그리고 거울을 살피던 미숙은 빠르게 양손을 자신의 가슴에 얹었다.

"어머, 뭐야! 왜 이렇게 커? 내 가슴이 왜 이래? 옆으로 보면 그대론데 완전 이상하네. 언니, 언니가 한번 입어봐!"

"됐어. 그런 거 안 입는 거 몰라?"

"아, 좀 입어봐! 맨날 추리닝만 입고 다니니까 차이지!"

"닥쳐."

유미자는 잠깐 흔들리는 듯하더니 관심 없다는 듯 고개를 돌렸다.

"입어봐. 응? 언니 잘 사는 거 그 새끼 보라고 인스타에 올리자. 어차피 집에서 입고 찍는 건데 뭐 어때!"

"됐거든?"

"왜! 그 새끼가 언니더러 여자로 안 느껴진다고 그랬다며! 아! 때리지 말라고! 네가 술 처먹고 말한 거거든? 그래서 바람까지 피웠고, 그 새끼 마주칠까 봐 학교도 나가기 싫다고! 언니, 그 학교 가려고 얼마나 노력했어! 맨날 다리가 허리만 해지도록 뛰어다녔잖아."

"이년이……."

미자는 옛 생각이 나는지 입술을 깨물었다. 그러고는 약간 흔들리는 눈빛으로 미숙을 봤다. 그러자 미숙은 기회를 놓치지 않고 몰아치기 시작했다.

"입어봐. 입어보고 이상하면 벗으면 되잖아."

"아, 진짜 귀찮게 하네."

"응? 입어보라니까?"

"한 번만 입어보는 거니까 더 이상 귀찮게 하면 죽는다?"

미숙은 미자의 마음이 바뀌기라도 할까 봐 급하게 원피스를 벗었다.

"옷 벗고 입어야지. 뭐 해!"

미자는 못 이기는 척 고개를 젓고는 옷을 홀러덩 벗어버렸다. 그러고는 티셔츠를 입듯 거친 동작으로 원피스에 목을 넣었다.

"왜 이렇게 붙어. 내복 같은 걸 어떻게 입어."

미자는 무릎 위까지 올라오는 원피스가 불편한 듯 밑으로 잡아당기며 '됐냐'란 얼굴로 미숙을 봤다. 그런데 미숙이 자신을 보며 침을 꿀꺽 삼키는 것이 보였다.

"언니… 완전 섹시해. 시상식 같은 데 나오는 연예인 같아……."

"지랄은."

"가슴 봐. 앞뒤가 똑같던 가슴이 불룩해 보여… 엄청 예쁜데……?"

놀리려고 하는 말인 줄 알고 미숙에게 발차기를 하려 할 때, 거울 속에 비치는 자신이 보였다. 거울 속에는 동생이 말했던 대로 굉장히 섹시한 자신이 있었다.

화장은 원래 잘 하고 다니지 않기에 지금도 민낯이었는데, 스스로 보기에도 아름답다고 느낄 정도였다.

게다가 옷으로 살짝 덮여 있는 자신의 콤플렉스인 두꺼운 허벅지까지 아름다워 보였다. 가장 자신 없던 가슴 역시 적당히 봉긋해 보이는 게 너무 예뻐, 자신도 모르게 손을 올려 가슴에 얹었다.

"봐… 언니. 그렇게 된다니까. 진짜 예쁘다. 그 오빠 엄청 실력 있나 보다… 그렇지?"

*　　　　*　　　　*

며칠 뒤.

수선 가게에 있는 우진은 펜을 들고 심각한 얼굴로 종이에 무언가를 적고 있었다. 시작부터 완벽하게 하고 싶었기에 부족한 부분을 적어나갔다. 그런데 하나를 생각하면 거기에 딸린 문제점이 줄줄이 나왔다.

그리고 무엇을 하더라도 이름이 있어야 했는데 자신에게는 이름이 없었다. 종이에 꽉 찰 정도로 이름을 나열했지만, 정작 마음에 드는 건 없었다. 그러다 제프 우드처럼 자신의 이름으로 해볼까 생각했다. 이름이 부끄럽거나 이상하진 않았지만, 브랜드명을 소개할 때는 왠지 촌스럽게 느껴질 것 같았다. 마치 '우진이네' 이런 느낌이었다. 요 며칠 잠도 못 잘 정도로 고민 중이었기에 머리까지 지끈거렸다.

최고의 브랜드명은 대표할 수 있는 로고에 어울리는 이름이어야 했다. 소비자에게 인식시키는 데 가장 중요한 것은, 로고만으로 단번에 어떤 회사의 제품인지 알아보는 것이었다. 하지만 우진은 그럴 생각이 없었다. 지금 자신이 봐온 옷들만 해도 옷 자체에 로고는 없었고, 대신 어디 부위라도 사각형의 인피니티 패턴이 있었다.

"무한대… 이상하다. 한문으로 쓰면 더 이상한 거 같고……."

이름에 대해서 한참 생각할 때, 며칠 전 사라지고 연락이 없던 제프에게서 전화가 왔다.

―헬로.

"네, 선생님, 안녕하세요."

―인사는 됐고, 나 돌아가기 전에 연락한 거야. 어떻게, 생각해 봤어?

"그게… 어떻게 해야 할지 몰라서……."

―하… 답답하네. 뭘 어떻게 해. 모르면 물어보든지! 알아볼 생각도 안 하고 그러고 있는 거야? 하려고 하는 의지가 없어, 의지가.

"그런 게 아니고요… 시작은 하려고 하는데 문제점이 많아서요."

―뭐? 하겠다고? 숍 구했어? 아니지, 내가 지금 갈 테니까 같이 가. 하하, 제이슨 자식, 네가 틀렸어. 인마!

"네? 숍은 아니고……."

뚜뚜―

우진은 끊어진 전화를 보며 이마를 긁적였다. 갑자기 왜 그렇게 신난 목소리로 당장 오겠다는 건지 모르겠지만, 제프에게 물어보고 싶었던 것들이 있었기에 잘됐다고 생각했다. 그리고 제프가 오기 전 종이에 적힌 이름 중에 괜찮은 이름을 추려놓으려했다.

잠시 뒤, 수선 가게의 문이 열렸고 제프가 환한 미소를 지은 채 우진에게 손을 내밀었다.

"잘 생각했어! 하려는 의지가 있어야 도와주든 말든 할 거 아니야! 하하, 숍이 어디야. 크기는! 지금 가보자."

"그게……."

"아! 맞다. 가게 봐야지? 몇 시에 끝나지? 끝나고 바로 가자. 내가 도와줄게."

"저, 선생님."

제프는 숍을 구했다고 생각했는지 자신의 일처럼 반겼고, 우진은 그 모습에 당황스러웠다.

인터넷으로 시작한다는 말을 하면 안 될 것 같은 분위기였다.

하지만 우진은 사정도 여의치 않았고, 무엇보다 나름대로 생각해 둔 것이 있었다.

"여기보단 크지?"

"그게 인터넷으로……."

"인터넷으로 구했어? 그래도 직접 가봐야지. 자기 숍인데."

"인터넷으로 시작하려고요."

그러자 제프가 잠시 생각을 하는 듯 눈동자를 굴리더니 우진을 바라봤다.

"내가 아는 인터넷? 검색하고 전 세계인이 하나가 되는 인터넷? 제이슨이 말한 온라인 매장?"

"제이슨이 누군지 잘……."

"하… 아무튼 있어. 그래, 뭐 요즘은 인터넷으로 판매를 많이 하니까. 그래도 작업실이랑 공장, 부자재는 어떻게 하기로 했어."

"그게……."

우진은 제프를 한 번 보고는 조심스럽게 입을 열었다.

"제가 지금 여유가 없어서 작업실이나 공장은 무리거든요. 그래서 생각한 게 최대한 재고가 없도록 하는 방법이에요. 고객에게 주문을 받으면 직접 찾아가서 고객이 어울릴 만한 옷을 추천하고 제작하는 게 어떨까… 제작은 여기서 제가 직접 만들고요."

제프는 어이가 없는지 콧방귀를 뀌었다. 제이슨이 말했던 온라인이긴 한데, 지금 내세운 플랜으로는 망하기 딱 좋아 보였다.

"넌 시작도 안 했는데, 톱 디자이너처럼 하려고 하네?"

"네……."

"자기 숍 가지고 있는 디자이너들이야 한 벌 만들면 수익이 엄청나지. 그런데 넌? 그래, 백번 양보해서 옷을 잘 만들었다고 쳐. 그럼 그 옷을 너 혼자 만드니까 시간이 엄청 들어가겠지. 많이 만들어봐야 일 년에 10벌? 그것도 많아. 그럼 얼마를 받아야 할까! 분명 비싸겠지? 돈 많은 사람들 중에 아는 사람이라도 있어? 그리고 있다 치더라도 네가 그 사람들이 이용하는 숍보다 잘 만들 자신 있어?"

우진도 생각하던 문제점 중 하나였기에 그저 고개만 끄덕였다.

"하… 나도 사실 그런 거에 대해 잘 몰라. 대부분 회사 일이니까. 그래도 개인 숍은 거의 비슷하게 돌아갈 거야."

제프는 시작도 하기 전부터 안 된다고 말하는 자신이 왠지 제이슨과 비슷하다는 느낌을 받았다. 아마 제이슨이 자신을 볼 때 비슷한 느낌은 아닐까 하는 생각이 들었다.

"혹시 선생님은 어떻게 시작하셨는지 알려주실 수 있나요……?"

"나? 난 부모님이 차려주신 회사에서 시작했지. 나랑 비교하지 마. 난 어려움이라고는 겪어본 적 없는 사람이니까."

제프는 직접 나서서 도와주고 싶었지만, 제이슨이 나서지 말라고 했다. 만약 자신도 우진과 같은 처지로 시작을 해야 했다면 어땠을까 생각해 보니 도무지 답이 나오지 않았다.

"우리 회사는 안 되고… 개인 숍에서 일 좀 해볼래? 힘들긴 해도 경험도 쌓이고 돈도 모으고… 에이 됐다. 이건 못 들은 걸로."

그때, 우진의 휴대폰에 메시지가 도착했다. 하지만 제프와 중요한 대화를 하던 중이었기에 나중에 확인하려 했다.

"뭐 해. 메시지 오면 봐야지."

제프는 말을 툭 뱉고는 다시 생각에 잠겼다.

우진은 조심스럽게 휴대폰의 잠금을 풀었다.

메시지를 보낸 사람은 기다리던 미자였기에 곧바로 메시지창을 열었다. 그리고 그곳에는 수십 장의 사진이 있었다. 제일 나중에 보낸 것부터 터치한 우진은 얼굴을 찡그렸다. 얼굴은 없이 몸매만 나오도록 한 사진이었다.

분명 자신이 만든 옷인데, 본 것과 달랐다. 가슴이 너무 도드라져 과할 정도로 느껴졌다. 그러다 보니 잘못 만들었나, 하는 생각부터 들었다.

하지만 그 위에 보낸 메시지를 보고 안도의 한숨을 내쉬었다.

[내가 더 잘 어울리는 듯.]

　우진은 그제야 미숙이었단 것을 알고는 위로 올려 사진을 클릭했다. 그러자 부자연스러운 얼굴을 하고 있는 미자가 보였다.
　이상한 표정임에도 불구하고 옷 자체는 완벽했다.
　왼쪽 눈을 통해 본 모습과 똑같은 모습에 팔뚝에 소름까지 올라왔다.

제5장

준비 중

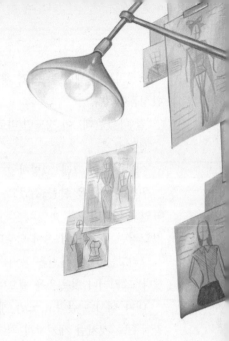

　온라인 매장에 대해 생각하던 제프는 갑자기 말이 없어진 우진을 봤다. 무엇을 보길래 심각한 대화를 하던 중에 정신을 놓고 있는지 궁금했다.

　고개를 살짝 내밀자, 우진의 휴대폰 화면이 보였다. 제프는 곧장 우진의 휴대폰을 뺏듯이 낚아챘다.

　"와우, 이거 스케치로 봤던 원피스잖아. 패턴도 완벽하고. 가만 보자… 이거 인쇄한 거야? 엄청 깔끔하게 나왔네."

　우진도 자신의 손으로 만든 원피스가 이렇게까지 완벽하게 일치할 줄은 몰랐다. 바비의 옷을 사진으로 본 적은 있지만, 직접 만든 것이 아니었기에 왠지 자신이 만든 것이란 느낌이 들지 않았다. 하지만 원피스는 하나부터 열까지 모두 자신의 손으로 만든 작품이었다.

스케치부터 패턴을 뜨고, 재단과 재봉을 하고 무늬까지 새긴 완성품이었다.

"잘 나왔는데? 이 정도면 바로 팔아도 되겠어."

"진짜요?"

"어, 좋은데? 그래. 그렇게 좀 자신감 있게 다니라고! 하하."

우진은 주먹을 불끈 쥐었고, 제프는 피식 웃고는 다른 사진을 확인 중이었다.

그러던 중 제프의 손이 멈추더니 고개를 갸웃거렸다.

그러고는 다시 사진을 올리는 것처럼 보였고, 그 행동을 반복했다. 그러더니 헛웃음을 뱉으며 입을 열었다.

"내가 티셔츠 같다고 느낀 게 이래서였구나. 무늬가 바스트를 받쳐주는 것처럼 새겨져서 착시처럼 바스트가 상당히 커 보이네. 허… 스판이라 가능한 거긴 한데… 스케치로 볼 때랑 또 다르네. 잘하면 괜찮겠는데?"

"네?"

"그렇잖아. 이거 잘하면 잘될 거 같은데? 바비도 짧아 보이는 다리를 디자인으로 커버해 버렸고, 이 여자 가슴도 무늬로 커버해 버렸잖아. 이 원피스는 내가 입어도 가슴이 커 보이겠다."

"……."

정작 우진은 깨닫지 못했던 것이었다. 팔리는 디자인만 배우다 보니 개인보다 대중에게 중점을 두고 배웠다. 그렇다 보니 평균적인 몸매의 사람들에 맞춰 디자인해 왔다.

그런데 왼쪽 눈에 보이는 것은, 대중적인 디자인은 물론이고 단점까지 보완해 줄 수 있는 디자인이었다.

그 사람에게 제일 잘 어울리는 옷.

그리고 단점을 가려주는 옷이라면 분명히 팔릴 것 같았다.

우진은 온라인으로 하려던 일이 잘될 것 같은 느낌을 받았다.

"신기하단 말이야… 아무튼 바비도 그렇고. 이 여자도 잘사는 것 같진 않네. 도움이 될 만한 사람이 아무도 없네."

우진도 고개를 끄덕였다. 본인의 위치가 부자나 유명한 셀럽을 만날 위치가 아니었기에 당연한 일이었다. 그렇지만 지금까지 왼쪽 눈으로 봤던 사람들에게 감사한 마음이 있었다.

그 사람들이 아니었으면 제프도 이곳에 있지 않았을 테고 무엇보다 하고 싶던 디자이너란 꿈을 이어나갈 수 없었을 것이다.

"내가 봐선 성공은 확실한 거 같아. 다만 자리를 잡는 데 꽤 오랜 시간이 걸릴 거야. 그걸 견디느냐 못 견디느냐는 네 마음가짐에 달렸고."

"시작은 해보고 싶어요."

"그래? 그렇단 말이지. 오케이. 난 일단 내일 미국으로 돌아가야겠다."

"네……?"

제프가 도와준다는 말이 결정하는 데 큰 역할을 했는데, 갑자기 미국으로 돌아간다고 말하자 가슴이 철렁했다.

"기다려. 연락할 테니까. 맞다, 브랜드 이름이 뭐야?"

"그게 아직 생각 중이에요……."

"이름도 안 정했어? 전에도 내가 말했을 텐데."

"아직 마음에 드는 이름이 없어서요."

우진은 고민의 흔적이 가득한 종이를 조심스럽게 내밀었다.

"뭐라고 써 있는지 내가 어떻게 알아."

제프가 한글을 알 리가 없다 보니 이름을 하나하나 설명해야 했다.

"그건 Custom made. Custom made clothes……."

"맞춤옷이란 말은 좀 빼면 안 돼? 완전 촌스러운데. 어휴… 이건 뭐라고 써놓은 거야?"

계속 이어진 질문에 제프는 고개를 저었다. 그러고는 펜까지 집어 들고 상당히 빠르게 선을 그어댔다.

우진도 제프의 손에 따라 해석만 해주었다.

"패션 C.M.C, 우진. 인피니티. 인피니티 C.M.C……."

"어휴, 이름이 하나같이 다 이상하네. 더 생각해 봐."

우진은 멋쩍은 듯 뒷머리를 긁었다. 그러자 제프가 피식 웃더니 자리에서 일어났다.

"가시게요?"

"그럼 가야지. 그런데 그 안대는 언제까지 하고 있는 거야? 눈 안 보이는 건 부끄러운 거 아니니까 자신 있게 다니라고. 차라리 선글라스를 끼고 다니든지. 그게 뭐야. 패션 한다는 사람이 어깨도 축 처져선."

제프는 피식 웃고는 가게를 나섰고, 우진은 자신의 안대에 손을 올렸다. 최 교수에게 들어서 알고 있는 모양이었다. 그리고 제프의 말대로 언제까지 안대를 하고 있을 순 없었다.

*　　　　　*　　　　　*

며칠 뒤.

아버지가 다시 가게에 나가셨고, 우진은 오랜만에 동대문에 다녀왔다. 언제까지 안대를 할 수는 없었기에 인터넷에서 봤던 렌즈를 구매했다.

하지만 우진은 정작 사 온 렌즈는 책상에 반듯하게 올려놓고 쳐다보지도 않았다. 그저 정신없이 동대문 원단 시장에서 구매해 온 옷감을 정리 중이었다.

바비가 보내준 원단이 있었지만 필요한 원단은 없었다. 그렇기에 어쩔 수 없이 구매를 해야 했다.

우진이 원단을 구매한 이유가 있었다. 어떤 느낌으로 온라인 매장을 꾸며야 할까 고민을 했고, 당연히 다른 홈쇼핑 홈페이지부터 개인이 운영하는 홈쇼핑까지 모두 방문했다.

그 홈페이지들을 보면서 느끼는 것이 있었다. 다들 상품을 올려놓고 판매를 하는데 자신은 그렇지 못했다.

그렇다고 지금까지 만든 옷이라고 해봐야 두 벌이 다였다.

바비가 입었던 옷과 유미자가 입은 원피스.

홈페이지를 만들고 딸랑 그 두 사람의 옷만 올려놓기엔 너무 없어 보였다.

들어왔다가도 장사가 안 되는 곳이라고 생각하고 나갈 것 같았다.

그렇기에 다른 작품들이 필요했고, 우진이 선택한 사람은 가장 가까이에서 볼 수 있는 부모님이었다. 두 분 모두 캐주얼한 정장 스타일. 아직 쌀쌀하지만, 곧 있으면 봄이기에 당장 입어도 문제가 되지는 않을 것 같았다.

이번만은 부모님의 치수까지 재놨기에 다른 옷을 만들 때보다 작업이 빨랐다.

잘라놓은 패턴과 원단을 매치해서 정리해 두었고, 정리가 끝난 원단을 보자 약간 가슴이 떨렸다.

통장이 바닥을 보이고 있는 상태에다가 소매여서 다소 비싸게 사야 했기에 최소의 원단만 사왔다.

실수를 해선 안 됐다. 원단과 함께 놓인 미리 떠놓은 패턴을 들어 올렸다. 그리고 가위질을 하려 할 때, 방문이 열리면서 어머니가 들어오셨다.

"아들, 뭐 해? 엄마 옷 만드는 거야? 괜찮다니까. 매일 가게 보느라 힘들었을 텐데 좀 쉬지."

자세히는 말씀드리지 못했지만 치수를 재야 했기에 옷을 만들어 드린다고만 말했다.

"엄마가 도와줄게."

"괜찮아요. 혼자 할 수 있어요."

"줘봐. 엄마가 이 짓만 30년 했어. 이 패턴대로 자르면 돼?"

어머니 옷을 만드려는데 직접 옷을 자르시려고 하자 우진은 난감했다. 그래도 들어오신 이유가 느껴졌다.

아들이 괜히 자신의 옷을 만드느라 고생하는 것 같아 도와주러 오신 것 같았다. 그렇기에 가위를 들고 웃고 계시는 어머니의 말을 거절할 수 없었다.

어머니의 가위질이 시작되었다. 자주는 아니지만 공장에 개인 디자이너가 샘플 제작을 하려고 찾아올 때가 있었다. 스케치만 들고 찾아오는 경우가 많았고, 어머니는 패턴도 뜨지 않고 재단

할 때도 있었기에 지금 작업은 전혀 문제가 되지 않았다.

벌써 팔이 들어가는 암홀을 재단한 어머니는 씩 웃으시더니 재단한 부위를 살피며 말했다.

"혼방이야? 면에다 폴리에스테르 조금 섞인 거 같은데? 색은 엄청 예쁘네. 아들, 스케치 좀 보여줘 봐."

"다 만들면 보여 드릴게요."

"뭐 어때, 엄마인데."

우진이 대답하지 않자 어머니는 씨익 웃더니 재단을 이어 하셨다.

예전엔 몰랐는데 지금 보니 어머니의 실력이 상당하단 게 느껴졌다.

원단도 손으로 만져보곤 어떤 원단인지 단번에 알아차리셨고, 그 원단으로 어떤 옷을 만들지도 예상하셨다. 우진은 어머니와 함께하면서 오히려 배우는 것처럼 느껴졌다.

"다 했네! 이 블라우스 엄마 거야?"

"네, 맞아요."

"예쁠 거 같네. 예인이 결혼식 갈 때 입으면 딱이겠네."

어머니의 도움 덕분에 생각보다 빨리 끝났다. 우진은 남은 원단을 정리하고 부위별로 따로 모아두었다.

"으이구, 어떻게 이건 변하질 않아. 너 그렇게 하면 나중에 결혼해서 마누라가 피곤하다고 그래."

학교에서도 그럴 시간에 디자인 하나라도 더 그리라는 말도 가끔 들었다. 하지만 깔끔하게 정리가 되어야 마음이 편했기에 고치기가 쉽지 않았다. 우진은 멋쩍게 웃고는 옷감에 인피니티 무늬를 새기려고 실크스크린을 꺼냈다.

"이것도 만든 거야? 공장 계속했으면 공장에서 찍으면 됐을 텐데……."

"괜찮아요. 만드는 데 얼마 안 걸렸어요."

"이것도 도와줄게. 어떻게 찍으면 돼?"

"그건 제가 할게요. 나중에 완성되면 보여 드릴게요."

염색도 도와주신다는 걸 겨우 막았다. 어머니는 알았다며 나가셨고, 방에 남은 우진은 무늬를 인쇄하려고 황토색 재킷의 팔부분을 바닥에 놓았다.

"아무리 봐도 신기하단 말이야……."

왼쪽 눈으로 본 옷에는 어깨부터 손목까지 줄처럼 얇은 무늬가 단 한 줄만 새겨져 있었다. 그런데 그 줄만으로 어머니의 팔이 다소 가늘게 느껴졌다.

하지만 블라우스나 바지에 분명 어떤 무늬가 새겨져 있을 것 같은데 안까지는 볼 수가 없어 그것까지는 확인하지 못했다.

아버지의 경우는 조금 달랐다. 슈트를 입을 때 행거치프를 꼽는 가슴 주머니에 옆으로 누운 무늬가 새겨져 있었다.

지금까지는 대부분 외투에만 보였다. 그런데 아버지가 입은 옷에서는 안에 입은 얇은 니트에서 인피니티 무늬를 발견할 수 있었다.

라운드넥 형태인데도 마치 V넥처럼 보이도록 무늬가 얇게 새겨져 있었다. 그 때문에 다소 짧아 보이는 목이 커버되는 것처럼 보였다. 다른 곳은 보이지 않았지만 그것만으로도 많은 공부가 되었다.

우진은 태블릿 PC에 그림을 그려가며 나중에 사용할 목적으로 정리까지 해두었다. 아직 몇 가지 없었지만 점점 쌓여갈 것이기에 언젠가는 분명 도움이 될 거라 믿고 있었다.

*   *   *

제프는 미국에 돌아온 날부터 일주일이 지난 오늘까지 매일처럼 제이슨의 사무실에 방문했다. 제프는 자기 집이라도 되는 듯 소파에 드러누워 있었고, 제이슨은 그런 제프를 신경도 쓰지 않는 듯 쳐다보지도 않았다.

"제이슨."

"왜."

"도와줘."

"하… 도대체 뭐 때문에 그러는 거야?"

일주일째 반복되는 대화였다. 제이슨은 들어보고 싶은 생각도 없었고, 도와줄 이유도 없었기에 신경을 끄려 했다. 자신이 아는 제프가 끈질길 리가 없었기에 길어야 며칠이라고 생각했다.

그런데 벌써 일주일이라는 시간이 지났음에도 제프의 행동에 변화가 없었다. 그러자 제이슨도 약간 흥미가 들긴 했다.

"들어보기만 할 테니까 말해봐."

"오케이! 좋아, 좋아! 이리 와서 앉아봐."

제이슨이 소파에 앉자 제프가 씨익 웃으며 입을 열었다.

"마음 같아서는 한국에 숍을 차리고 싶었는데 네가 아무것도 하지 말래서 아무것도 안 했어."

"잘 생각한 일이야."

"네가 말한 것을 들어줬으니 너도 내 부탁을 들어줘야 공평하지 않겠어?"

"뭐? 허 참. 그래, 말도 안 되는 거래 같지만 일단 들어볼 테니까 얘기해 봐."

제프는 한참 동안 우진에 대한 얘기를 꺼냈다. 단점을 커버할 수 있는 디자인을 바로바로 뽑아낸다는 얘기를 들었을 때는 잠시 흥미가 동하긴 했지만 그걸로 끝이었다.

제이슨은 제프가 그저 자신이 하고 싶었던 디자이너 생활을 우진을 통해 느끼려 하는 것 같다고 생각했다.

"그래서 어떻게 하려고. 한국에서 생활하겠다고?"

"노! 절대 아니지."

"그럼?"

"빌려줘."

"결국 돈 말하는 거였어? 네가 말한 걸 들어도 별로 당기는 제안은 아닌데?"

"돈 말고! 사람!"

제이슨은 사람이란 말에 의아하게 바라봤다. 그러자 제프가 씨익 웃으며 제이슨을 손가락질했다. 혹시나 하고 얼굴을 찡그리며 입을 열었다.

"설마 나?"

"당연히 넌 안 되지. 회사 지켜야 하잖아."

"그럼!"

"나한테 너 같은 사람, 우진한테 붙여줘. 네가 잘 알고 있잖아."

제이슨은 어이가 없는지 제프를 보며 헛웃음을 지었다. 어떤 경영인이 구멍가게를 경영하려고 한국까지 가려고 할까.

어이없는 부탁이었다.

제이슨이 더 들을 필요도 없다는 듯이 자리에서 일어나려 하자, 제프가 손목을 잡았다.

"그 부탁 들어주면 이번 파리 오트쿠튀르에 내가 메인으로 나간다!"

제이슨은 자신의 손목을 잡은 제프를 향해 고개를 돌렸다. 그렇게 부탁할 땐 싫다고 내빼더니 그걸 빌미로 거래를 해왔다. 하지만 회사 이미지와 제품의 격을 높이기에 제프가 참여하는 것보다 나은 것은 없었다. 당연히 고민되었고, 잠시 생각하던 제이슨은 고개를 끄덕이며 입을 열었다.

"가는 김에 밀라노도?"

"무슨 밀라노! 파리만 하더라도 6개월밖에 안 남았는데, 그거 준비하기도 벅차!"

"오케이. 한번 알아보지. 내 생각엔 MD가 좋을 거 같다."

"오케이. 그런데 너… 밀라노는 찔러본 거지? 대답해. 내가 어깨 으쓱거리지 말라고 했지! 나 분명 파리만 간다고 했다!"

*　　　*　　　*

제프 우드의 대표실. 제이슨은 제프의 부탁을 들어주려고 다방면으로 사람을 알아봤다. 하지만 적당한 사람이 없었다. 어느 정도 이름이 있다면 모를까, 시작도 안 한 숍에 총괄 자리로 가

달라고 부탁하기가 어려웠다.

그렇다고 경험도 없는 사람을 보내면 제프가 가만있지 않을 것이다. 고민해도 답이 안 나와 머리가 아파왔다.

그때, 오전에 비서가 놓고 간 서류철이 보였다. 복잡한 머리를 일로 식히려 서류를 펼쳤고, 그 안에 있는 내용에 미간이 꾸겨졌다.

〈북유럽 총괄MD 매튜 카슨 퇴사 신청서〉

회사 입장에서 놓쳐선 안 되는 인재였다. 유럽 모든 나라의 론칭을 떠맡아 한 사람이었고, MD 팀의 기둥이나 다름없는 사람이었다.

"이 사람은 왜! 아, 머리 아프다."

퇴사 신청 사유를 보니 아주 짤막했다.

휴식.

휴식이 필요하다고 적혀 있었다. 제이슨은 서류에 휴가 처리를 하라고 적어놓고 서류를 덮었다.

"나도 좀 쉬고 싶다. 제프 따라서 한국에나 다녀올… 오."

제이슨은 다시 서류를 펼치더니 인터폰을 눌렀다.

"MD 팀 매튜 씨 좀 올라오라고 해주세요."

*　　　　*　　　　*

그동안 소파를 점령하고 있던 제프 대신 굉장히 여리여리해 보이는 백인 남성이 앉아 있었다.

"이번 달을 끝으로 회사를 그만두시죠?"

"네, 그렇게 됐습니다. 너무 바쁘게 살아서 여행도 좀 하고 싶고 이제 좀 쉬고 싶어서요."

"이해합니다. 매튜 씨와 MD 팀이 고생하는 건 회사 전체가 알고 있습니다."

백인 남성은 제이슨을 보며 옅은 미소를 지었다. 그리고 그 미소와 다르게 고개를 천천히 좌우로 흔들었다.

"이미 인수인계도 다 끝낸 상태고요, 정말 좀 쉬고 싶습니다."

"네, 그러시겠죠."

매튜는 도대체 제이슨이 무슨 꿍꿍이로 저럴까 궁금했다.

용건도 꺼내지 않고 그저 수고했다고만 말하고 있었다.

지금까지 사직서를 내도 대표를 만나는 경우가 많지 않았다. 그래서 대표실에서 찾는다는 말을 들었을 때는 인정받는다는 느낌에 내심 기분이 좋기도 했다. 하지만, 그동안 죽어라 일만 했기에 정말 휴식이 필요하던 참이었다. 그래서 회사를 그만둔다는 생각은 변함없었다.

"그럼 어디로 여행을 가실 생각이십니까?"

"아직 계획해 놓은 곳은 없지만, 유럽부터 가볼 생각입니다. 일 때문에 그렇게 많이 갔으면서도 관광은 한 번도 해본 적이 없어서요. 이번에 핀란드만 해도 가서 죽어라 일만 하다 왔습니다."

"하하, 덕분에 얼마 전 핀란드에서도 성공적으로 론칭한 거 기억합니다. 유럽도 좋죠. 정말 볼 곳도 많고 의미 있는 곳도 많고.

그렇지만 유럽 말고 좋은 곳도 많죠. 제가 한 곳 추천해 드리면 안 되겠습니까?"

"네?"

"한국. 세계 10대 도시 서울이 있는 한국은 어떻습니까?"

매튜는 그럴 줄 알았다며 고개를 저었다.

"한국이 포함되어 있는 아시아는 따로 팀이 있는데 그 팀에게 시키시죠."

"시키다뇨, 하하. 그냥 한국에서 여행하시면서 쉬엄쉬엄 틈이 날 때 작은 가게에 조언을 해주셨으면 합니다."

"가게요?"

"네, 개인 디자이너의 숍입니다. 그것도 온라인으로만 운영하는."

"디자이너 이름은요?"

"임우진."

어느 정도 이름이 있으면 자신이 모를 리가 없는데 완전 생소한 이름이었다. 그런 생소한 디자이너를 제프 우드의 대표가 직접 봐준다는 것이 이상하게 느껴졌다. 그는 마치 직업병처럼 우진의 이름을 외우려고 몇 번이나 되새겼다.

"제프가 눈여겨보는 디자이너입니다. 따로 MD를 구해서 보낼 수도 있지만, 그러면 제프가 가만있지 않을 것 같아서. 하하, 매튜 씨라면 제프도 두말하지 않을 거라 부탁드리는 겁니다. 휴식도 취하시고, 여행도 하시고. 사실 제프의 기대와 다르게 시작과 동시에 끝날지도 모릅니다."

"그렇게 말씀하시면 제 커리어에 오점이 생기는 건데 그걸 제가 할 리가 있습니까?"

"하하, 그래서 말씀드리지 않았습니까. 여행 가서 잠시만 봐주
시라고. 소속은 제프 우드, 이곳에서 파견 처리 해드리겠습니다.
월급도 파견 수당까지 해서. 한번 생각해 보시죠. 디자이너에 대
한 자료는 이미 메일로 보내났습니다."

매튜는 처음부터 자신을 생각하고 있었던 것 같은 제이슨의
모습에 기가 막혔다. 보낸 자료를 봐야 알겠지만, 그래도 손해 보
는 일은 아니라는 생각에 고개를 끄덕이며 일어났다.

매튜가 나가자 제이슨은 곧바로 휴대폰을 꺼냈다. 그리고 전
화를 걸었지만, 받지 않는 통에 다시 다른 곳으로 전화를 걸었
다.

"제프 디자인실에 있습니까?"

─네, 대표님. 바꿔 드리겠습니다.

잠시 뒤, 상당히 까칠한 목소리가 들려왔다. 그 목소리로 보아
한참 작업 중이었다는 것을 알 수 있었다.

제이슨은 작업을 방해했다고 괜한 불평을 할까 봐 곧바로 전
화를 건 이유부터 밝혔다.

"사람 구했다."

─뭐! 누구? 이상한 놈 구한 거 아니지?

"아니야, 많이 신경 썼어."

─누군데. 내가 아는 사람이야?

"우리 회사 MD 팀 팀장이던 매튜. 매튜 카슨."

─우리 회사 매튜? 그 매튜가 간다고 해? 하하하, 대박이잖아.

다른 때였다면 나중에 전화하라며 당장 끊어버렸을 제프가

오히려 반기는 모습이 신기했다.

아무리 따로 조사해 봐도 별다를 것 없는 우진에게 무엇을 본 것인지 이해하기 어려웠다.

"파견 형식으로 보낼 거야."

―어쨌든 가는 거잖아. 일단 매튜가 시작만 하면 끝장을 보려고 하니까! 하하.

"시작을 안 할 수도 있는 거고."

―재수 없는 소리는. 그런데 좀 걱정은 되는데… 그 사람 아직도 막 혼자 오해하고 그러진 않지? 그래도 뭐, 괜찮겠지. 아무튼 고마워.

"고맙기는. 디자인 언제쯤 나와. 컬렉션 두 작품부터 뽑아줘."

뚜뚜뚜―

제이슨은 끊긴 전화를 보며 피식 웃었다.

*　　　*　　　*

우진은 완성된 옷이 담긴 상자를 조심히 부모님께 내밀었다. 비록 광고용으로 만들었지만, 그 어느 때보다 신경을 써서 만들었고, 왼쪽 눈으로 봤을 때와 똑같이 나왔다.

부모님은 상자를 열더니 안에 놓인 옷을 들어 올리셨다. 오랫동안 공장을 운영해서 그런지 제봉된 부분부터 먼저 살폈다.

"잘 만들었네. 실력 좋네! 하하."

"그러게. 엄청 예쁘네. 엄마는 너무 마음에 든다. 색도 딱 엄마 스타일이야."

우진은 멋쩍은 듯 바라보고 있었고, 부모님은 곧바로 방에 들어가셨다. 그러고 잠시 후 상하의 전부를 갈아입고 나오셨다.

"정말 마음에 드는데? 예전에 양복 가게에 맞춘 것보다 더 마음에 든다. 그때 엄청 비싸게 주고 맞췄는데. 당신, 그때 얼마 줬지?"

"그때가 언젠데. 우진이 태어나기 전 얘기를… 참. 우진아, 엄마 어때? 엄마 엄청 날씬해 보이지?"

우진은 모델을 감상하듯 보다가 조그맣게 박수까지 보냈다.

바비나 유미자처럼 화려하거나 굉장하다는 느낌은 아니었다. 그렇다고 해도 지금까지 본 부모님의 모습 중에 제일 세련되어 보였고, 가장 어울리는 옷처럼 보였다.

그리고 옷만 있을 때보다 주인이 입고 있을 때가 확실히 옷이 더 빛나 보였다. 우진은 부모님의 모습을 만족스러운 얼굴로 보다가 이내 조그맣게 목을 가다듬었다.

"고마워! 우리 아들이 만들어준 옷도 입고. 예인이 결혼식 날 자랑해야겠다."

"언제 이렇게 컸는지. 참. 우진아, 고맙다. 공부도 열심히 했다는 게 이 옷으로도 충분히 느껴진다. 이 정도라면 팔아도 되겠어. 하하."

"저 아버지, 엄마. 그래서 그런데… 한국에 있을 동안 옷을 좀 팔아보려고 해요……."

우진은 혹시나 부모님이 자신들 때문에 고생한다고 생각하실까 봐 조심스러웠다. 그런데 부모님은 생각보다 옷이 마음에 드셨는지 환하게 웃고 계셨다.

"생각보다 어려울 텐데. 생각할 것도 많아. 원단 가게랑 공장은 아빠가 터줄 수 있지만, 사업자도 등록해야 하고. 요즘은 인터넷 판매도 많이 하니까, 그것도 따로 등록해야 하고."

"그렇게 거창하게 하겠어요? 그냥 경험 삼아 해보려고 하는 거겠지."

"하긴 어렵긴 해도 경험을 쌓는 것도 좋지. 네 성격상 오랫동안 생각하고 결정했으니까 얘기를 했겠지?"

우진의 성격을 잘 파악하고 계신 아버지는 미소를 지으며 입을 열었다.

"많이 생각하고 말했을 것은 분명하니까 반대는 안 하마. 그래도 아빠가 도움이 될 수도 있으니까 어떻게 할 건지 말해봐. 도와줄 수 있는 건 최대한 도와줄게."

다행히 반대하시지 않는 부모님이셨다. 우진은 생각했던 것들을 조심스럽게 꺼내자, 부모님은 재밌을 거 같다고 생각하셨는지 마구 웃으셨다.

"하하하, 그런데 그렇게 하면 장사는 안 되겠는데? 그래도 아들 공부하는 데는 도움되겠어."

"그래도 기특하잖아요. 열심히 해봐. 엄마가 도와줄게."

"그런데 가게는 구했어? 가게 구하려면 돈이 있어야 할 텐데……."

부모님은 말씀을 하시다 말고 서로를 바라보셨다. 그러고는 동시에 고개를 끄덕거리시더니 우진에게 입을 열었다.

"이번에 기계들 거의 다 팔아서 밀린 월급도 다 주고 남은 돈이 백만 원 정도밖에 안 된다. 그거라도 보태줄 테니 자금으로

써. 학비는 알아서 준비해 줄 테니 걱정하지 말고."

우진은 갑자기 돈을 보태주신다는 말에 손을 저었다. 집안 사정을 뻔히 아는데 그 돈을 쉽게 받을 수 없었다.

"옷값이라고 생각해. 맞춤옷이라고 해도 비싼 감은 있지만. 하하, 항상 보내던 계좌로 보내놓을 테니 나중에 확인하고."

우진은 감사하기도 하고 부담스럽기도 했다. 하지만 아버지가 이미 하신 말씀이니 거절한다고 해도 억지로라도 주실 것이 분명했다. 그렇기에 우진은 멋쩍은 미소로 고개를 숙여 인사를 했다.

"감사해요. 벌어서 갚을게요."

"갚기는. 그리고 우진아."

"네."

"아빠가 딱 한마디만 더 할게. 아무리 경험을 쌓는다고 해도 지켜야 할 건 지켜야 하는 거 잊지 마. 디자이너도 먹고살려면 옷을 팔아야 하는 건 알지?"

"네."

"그럼 장사를 하는 것과 마찬가지라고 생각해. 사업과 장사를 하면서 가장 중요하게 여겨야 하는 건 약속과 사람이다. 약속은 아빠가 항상 중요하게 말했고, 직접 보면서 자랐으니까 알고 있을 거야. 알지? 그리고 사람들, 거래처들과 약속을 지키다 보면 사람들에게 신뢰가 쌓인단다. 그럼 언제가 되었든 네가 하려고 하는 일에 분명히 도움이 될 게다. 당장 앞에 보이는 이득만 좇으려고 사람들과 관계를 소홀히 하면 언젠가 후회하는 법이야. 이것만 기억해."

우진은 고개를 끄덕였다. 그동안 기계를 처분하러 다니신 이유도 직원들의 밀린 월급을 지급하려고 한 것임을 알고 있었다. 어려서부터 직원들을 가족처럼 여기고 아끼셨던 분이기에 우진도 아버지가 하신 말씀이 마음에 와닿았다.

*   *   *

며칠 뒤.

아버지를 대신해 수선 가게로 나온 우진은 손님이 없는 틈을 타 가게 밖을 살폈다. 렌즈가 상당히 뻑뻑한 느낌이긴 했지만, 안대를 빼고 있어도 어지럽지 않았다. 앞이 보이지 않는 것은 익숙하니 상관없었다. 만족한 우진은 휴대폰을 꺼냈다.

아직 완벽하지 못해 비공개로 설정해 놓은 SNS 계정이었다. 처음부터 홈페이지를 만들기보다는 SNS를 이용해 시작할 생각이었다.

제프에게 의견을 물어보고 싶었지만, 아직까지 연락이 닿질 않았다.

자신과 비교할 수 없는 사람에게 계속 연락을 하기도 껄끄러웠고, 그저 막연히 기다릴 순 없었기에 준비 중이었다.

현재까지 게시물은 부모님의 사진이 전부였다. 부모님께 드린 옷의 상세 사진까지 찍어 올려서 사진은 꽤 되었다. 홈페이지를 만들 능력도 없거니와 어디에 맡길 비용도 없었다.

그래서 우진은 자신이 할 수 있는 방법으로 최대한 꾸미고 꾸몄다.

얼마나 휴대폰을 만지고 있었는지 배터리가 없다는 알림이 떴다. 우진은 휴대폰을 충전하는 동안 숍에 필요한 것들을 정리했다. 하지만 무엇을 하더라도 돈이 문제였다. 심지어는 원단을 사러 가는 교통비도 걱정되었다.

그때, 갑자기 가게 문이 열렸다.

"어서 오세요… 헬로?"

이 동네에선 외국인 자체를 흔히 볼 수 없었는데 제프에 이어 또 다른 백인이 보였다. 그것도 가게를 찾아온 외국인이었다. 어째서인지 불편한 얼굴로 자신을 한 번 훑어보곤 가게를 힐끗 쳐다봤다.

"임우진 씨, 맞습니까?"

"네? 네… 제가 임우진 맞는데. 어떻게 오셨어요?"

"잘못 찾아온 줄 알았네. 반갑습니다. 난 매튜. 매튜 카슨입니다."

"네……?"

*   *   *

우진은 좁은 가게를 비집고 들어서는 사람의 모습에 적잖이 당황했다. 이름은 어디서 들어본 것 같았다. 하지만 기억이 나지 않았기에 자세히 살펴봤다. 남자임에도 상당히 여리여리해 보였고, 키도 서양인치고는 굉장히 작았다.

캐리어까지 끌고 들어오다 보니 가게 안에 서 있을 장소도 없었다. 매튜는 다시 가게를 살펴보더니 자신의 캐리어에 앉았다.

좁은 가게인지라 거의 얼굴을 맞대고 있는 것처럼 느껴졌다. 우진은 혹시 손님인가 싶어서 조심스럽게 입을 열었다.

"뭐 맡기실 건가요……?"

"네? 어라? 제이슨 씨한테 얘기 못 들었어요?"

"제이슨이요? 잘 모르는데… 혹시 잘못 찾아오신 건."

"아까 임우진 씨 맞다면서요. 제대로 찾아왔는데. 얘기를 안 했나?"

우진은 자신이 아는 사람 중에 제이슨이란 이름을 떠올려 봤지만, 기억에 없는 이름이었다.

"그럼 제프 씨는 아세요?"

"제프 씨요? 제프 우드요?"

"하하, 맞나보네요. 정말 잘못 온 줄 알고 깜짝 놀랐네요. 제프 우드에서 파견 온 사람입니다."

"파견이요?"

얼이 나간 우진은 이게 무슨 소리인가 싶었다. 그러자 매튜가 차분히 설명을 했고, 우진은 그제야 제프가 보낸 사람이라는 것을 알았다.

"아직 숍 시작도 안 하셨죠?"

"네, 아직인데……."

매튜는 고개를 끄덕거리더니 가게를 둘러봤다.

"일단 여기는 좁아서 움직이기도 힘드니까 나갑시다. 근처에 조용하게 얘기 나눌 만한 곳 있나요?"

*   *   *

근처 커피숍으로 자리를 옮긴 매튜는 몇 번의 연결을 걸쳐 제프와 통화를 했다. 우진이 전화를 건네받자, 제프는 자세한 설명도 없이 그저 매튜를 믿으라는 말을 하고는 끊어버렸다.

"확인되셨으면 얘기 좀 해보죠."

"네. 그런데 제가 궁금한 게 있어서요."

"말씀해 보시죠."

"왜 저한테 매튜 씨 같은 분까지 보내면서 도와주려고 하시는지……."

"흠… 그건 직접 물어보는 게 맞지 않을까요? 제가 그분 생각을 전부 아는 것도 아니고요."

매튜는 말이 끝나기 무섭게 자리에서 일어섰다. 그러고는 카운터에 가서 말도 통하지 않을 텐데 손짓 몸짓을 해가며 펜을 구해왔다. 우진은 궁금했던 질문을 했을 뿐인데 자신이 뭔가 실수를 한 건가 생각했다.

"빨리빨리 시작하죠."

"네?"

"지금부터 묻는 거에 대답해 주세요. 자료는 받았는데 누락된 게 있어서요. 지금 자본금은 얼마나 됩니까?"

"백만 원 조금 넘어요. 아, 천 달러 정도."

우진은 약간 부끄러웠지만, 여기서 부끄러워하면 왠지 아버지께 죄송해질 것 같아 최대한 당당하게 말을 했다. 그리고 매튜도 별로 상관하지 않는다는 듯 고개를 끄덕거리며 질문을 이어나갔다.

"그렇군요. 그럼 작업실은 아까 봤던 그곳인가요?"

"거기는 아버지 가게고, 작업실은 없어요. 집에서 하려고요."

"오프라인 매장은 아예 없고, 온라인도 SNS를 통해서만 하시겠다는 건 맞죠?"

"네."

"그럼 거래처는 어떻게 하시려는 겁니까?"

우진이 따로 걱정한 것들을 적어놓은 종이 가장 처음에 적어둔 부분이었다.

"대량 주문을 할 수 있는 형태가 아니라서 소매로 가능한 곳을 알아보고 있어요."

"그렇군요. 물론 신발이나, 액세서리 같은 건 디자인하지 않으시겠죠?"

신발이나 모자 같은 것들이 보이긴 하지만, 만들어본 적도 없었고 만들 수 있는 상황도 아니었다.

"아직 만들 수 있는 상황이 아니라서요."

종이에 열심히 써 내려가던 매튜는 콧바람을 내뱉었다.

"지금 봐서는 전부 소매로 구매하실 것 같은데. 그럼 단가가 올라가서 옷값이 상당히 비싸질 수 있습니다. 그리고 전부 다 혼자 하신다고 그러셨으니 직원도 물론 없겠죠?"

"네."

매튜는 질문을 계속했고, 질문들은 하나같이 직설적이었다. 대부분 우진이 걱정하던 것들에 대한 문제였다.

매튜는 청문회라도 되는 듯 끊임없이 질문을 던졌고, 한참이 지난 뒤에야 펜 뚜껑을 닫으며 우진을 봤다.

"잘 알았습니다. 지금 문제점이 한두 가지가 아니네요."

"네."

유학 초기에 회화가 익숙지 않아 낙제를 한 과목이 전략적 관리와 설계였다.

물론 우진은 그 뒤로 혼자 공부했고, 성격상 아는 정도로 끝내지 않고 책 내용을 외울 정도였다. 그래서 문제점은 이미 알고 있는 상태였기에 매튜의 반응으로 기분이 나빠지진 않았다.

우진은 따로 적어놓은 내용을 꺼내 테이블에 올려놓았다. 한글로 적어놨기에 하나씩 가리키며 매튜에게 설명했다.

"가격경쟁이 가장 큰 문제 같아요. 아무래도 원단하고 부자재를 소매로 구매해야 돼서 단가가 비싸질 거 같거든요."

"알고 계셨네요. 그럼 해결책도 생각하셨나요?"

"사실 옷을 잘 만드는 방법밖에는 해결책이 없어요… 제가 하려고 하는 가게가 맞춤옷이거든요. 그런데……."

우진은 예전에 제프에게 말했을 때, 지적받았던 기억 때문에 잠시 머뭇거렸다.

"말씀해 보시죠."

"네, 제가 하려고 하는 숍이 좀 특이해요. 고객이 원하는 옷이 아니라 제가 추천해 주고 만들어주려고 하는 숍이거든요."

"코디와 디자인을 같이하시겠다는 말씀이시군요. 물론 실력이 받쳐준다면 가능한데……."

매튜는 입맛을 다셨다. 본인 역시도 문제점이 많다는 것을 알고 있었다. 우진은 구매 단계가 가장 비활성화된 곳이 SNS란 것도 조사했고, 그 해결책 역시 옷을 잘 만드는 법밖에 없다고 했다.

전부 옷을 잘 만드는 것으로 해결할 생각이었다.

매튜는 아무리 봐도 무리라는 생각이 들었다.

회사에서 받은 자료를 보면 성공 가능성이 제로였다. 디자인 같지도 않은 디자인들이었다.

게다가 아직 학생으로 알고 있는데, 자신을 왜 이런 곳에 보냈는지 도무지 이해되지 않았다.

"혹시 최근 작업하신 옷이 있으십니까?"

"아, 네. 얼마 전에 만든 옷이 있거든요. 잠시만요."

우진은 부모님께 만들어준 옷을 보여주었고, 매튜는 약간 놀랐다. 보고받은 자료와는 완전 딴판이었다. 그렇지만 딱히 특별하진 않았기에 여전히 망할 것 같다는 생각은 변하지 않았다.

"이 작품이 전부라면 희망이 보이지 않네요. 아, 사진에서 보이는 옷 자체는 괜찮아요. 맞춤옷이라고 해도 틀이 있는 건데 그 기본적인 틀도 잘 지키고 있고, 그 틀 안에서 조합도 꽤 잘하셔서 차별성도 보이고요. 물론 유행과는 거리가 있지만, 그걸 감안하고 보더라도 괜찮아요. 하지만 그 정도로는 시중에 나와 있는 제품들과 큰 차이가 없습니다. 만드신 옷만 해도 단가가 상당해 보이는데. 얼마나 들었습니까?"

"원단을 받은 것도 있고, 최소한으로 구매해서 좀 싸게 만들었어요. 6만 원 들었거든요. 아! 한 60달러요."

6만 원도 인쇄에 필요한 잉크값이 반을 차지했다. 매튜는 너무 싼 가격에 약간 당황했다. 사진으로 봐서 정확하진 않지만, 원단이 그렇게 싸구려처럼 보이지도 않았다.

"그렇군요. 그럼 그건 둘째 치고, 이걸 혼자 만드신다고 하셨으니 최소 열흘은 걸리셨을 거라고 생각합니다. 그럼 단가가 어쩔 수 없이 올라가겠죠."

"하루 걸렸어요."

"네? 공장에서 찍은 겁니까?"

"아니에요. 패턴부터 재봉까지 전부 하루 걸렸어요. 아, 팔 부분에 염색은 실크스크린으로 해서 미리 만드는 데 시간이 좀 걸렸네요."

매튜는 어이가 없었다. 불가능한 일은 아니지만, 분명 쉬운 일도 아니었다.

하지만 믿지 않자니 혼자서 밤새워 가며 만드는 사람을 알고 있었다.

지금 뉴욕에 있는 사람.

혹시 제프와 비견될 미래를 봤기에 사전에 포섭할 계획인가 하고 생각했다. 자신이 보기에도 자료에서 본 실력과 지금의 실력을 비교해 보면 상당히 빠른 속도로 늘고 있었다.

"제가 그런 문제들을 해결하려고 온 건데, 솔직히 말씀드리면 저도 해결책이 딱히 보이지 않습니다. 그래도 하시겠다면 제가 한국에 있는 동안은 최선을 다해 돕겠습니다."

"네?"

"업무니까 부담스러워하지 않으셔도 됩니다. 일단 제 소개를 제대로 하죠. 제프 우드의 유럽 전체를 관리하던 MD 매튜 카슨입니다. 패션 경향 조사부터 론칭까지 모든 경험이 있고 최근 핀란드에서 제프 우드를 성공적으로 론칭했습니다. 그 밖에도……."

당장에라도 미국으로 가버릴 줄 알았건만, 남아서 자신의 소개를 하고 있었다. 들으면 들을수록 굉장한 사람이 왜 자신의 옆에 있는 것인지 이해가 가지 않았다.

매튜는 다시 펜 뚜껑을 빼고 혼자 무언가를 열심히 적기 시작했다. 그러고는 한참 뒤에야 고개를 끄덕이더니 머리를 들었다.

"아, 그러고 보니까 정작 중요한 것을 몰랐네요. 브랜드 이름이 뭐죠?"

우진은 한글로 적어놓은 이름들을 전부 영어로 옮겨 적은 뒤 매튜에게 보여주었다.

"이름에 인피니티가 왜 이렇게 많은 거죠?"

"아, 그게… 제 이름으로 등록된 패턴이 있는데 그게 인피니티 기호를 사용해서 만들었거든요."

"특허등록도 하셨습니까? 그럼 최소 일 년은 준비하셨단 건데… 왜 이렇게 준비가……."

"제프 씨가 해주셨거든요."

매튜는 지금까지 대화 중 가장 놀란 얼굴로 변했다.

"이상하네… 그분이 그럴 분이 아닌데. 보고서에 왜 그게 빠졌지? 아무튼 그렇다면 이 이름이 제일 적당해 보이네요. 'I.J, Jin's'이든 'Jeans'이든 진의 인피니티 정도 되겠네요. 일단 멋있거나 눈에 쏙 들어오는 게 가장 좋습니다. 어떠십니까?"

매튜는 휴대폰에 있던 이름들을 조합해서 새로운 상표명을 말했고, 우진도 그 이름이 생각보다 괜찮게 들렸다.

왠지 이름의 의미가 자신의 한계가 없다고 말하는 것처럼 느껴졌다.

"좋은 거 같아요."

"네, 그럼 다음으로 넘어가죠. 아까도 말씀드렸다시피 SNS 말고 I.J만의 사이트가 필요합니다. SNS는 홍보로만 사용하는 편이 좋습니다. 그건 제가 할 수 있습니다. 그리고 선생님께서는 우습게도 고객이 있어야 시작을 할 수 있는 특이한 경우다 보니 지금 가장 필요한 건 고객이네요. 그럼 고객을 끌어들여야 하는데, 아까 보여주신 옷만으로는 홍보할 내용이 너무 적습니다. 혹시 다른 작업을 하신 건 없으십니까?"

아직 허락을 구하지 못한 바비와 미자의 사진이 있었다. 우진은 태블릿 PC에 저장했던 사진을 매튜에게 보여주었다. 그리고 바비의 사진을 본 매튜는 팔짱을 끼고 턱에 손을 올렸다.

"음……."

말없이 한참이나 보더니 다음 장으로 넘기고 또다시 한참이나 말이 없었다. 그러던 매튜가 고개를 들어 우진을 보며 고개를 갸웃거렸다.

"선생님 작품이 맞습니까? 전문가가 작업해 준 거네요. 굉장히 좋네요……."

"그게 아직 그 사진에 있는 분에게 허락을 안 구했거든요. 그것도 전부 제프 씨가 찍어주신 거라……."

"그래요? 신기하네. 그분이 무슨 바람이 불어서… 아무튼 제프 씨가 구한 모델이면 몸값이 꽤 나갈 텐데. 아무래도 무리겠네요."

"아니에요. 그분은……."

우진은 갑자기 자신을 선생님이라고 부르는 매튜의 말에 뒷머리를 긁적이며 바비에 대해 설명했고, 매튜의 얼굴은 점점 알 수 없다는 표정으로 변해갔다.

"전문 모델도 아니고 그냥 원단 배달하는 사람이라고요……? 이런 사람이 왜……? 그럼 이분께 물어보면 된다는 말씀이시죠?"

"아직 물어보진 않았지만 허락해 주실 거 같아요."

매튜는 고개를 끄덕이고는 바비의 사진을 넋 놓고 바라봤다. 그러다가 다음으로 넘기더니 자신의 머리를 비비며 태블릿에 얼굴을 파묻었다. 확대도 해보고 줄여도 보더니 고개를 번쩍 들었다.

"이 원피스! 이것도 선생님이 디자인하신 겁니까?"

"아, 네."

"이 원피스는 모델이 직접 입은 사진은 없습니까?"

"있긴 있는데……."

"보여주시죠!"

우진은 휴대폰 대화창에 저장된 사진을 띄운 뒤 매튜에게 보여주었다. 그러자 사진을 보자마자 매튜가 헛웃음부터 지었다. 그 헛웃음이 한 번으로 끝나는 게 아니라, 우진을 한 번 보고 또 사진을 보고 반복하며 계속 나왔다.

"저기, 선생님. 이분도 제프 선생님이 붙여주신 겁니까?"

"아니요. 이분은 그냥 제가 보고 그린 건데……."

우진의 말이 끝나기도 전에 매튜가 자세를 고쳐 잡고는 앞으로 다가왔다.

"이분도 일반인은 아니겠죠……?"

"맞아요. 저기, 저분이신데."

우진은 카운터를 가리켰고, 매튜의 고개가 손가락을 따라 천천히 돌아갔다. 한참 동안 두리번거리던 매튜가 양손을 들어 올리며 모르겠다는 얼굴로 입을 열었다.

"어디 누굴 말씀하시는 건지."

"저기 카운터에서 일하시는 분이요. 유니폼 입고 계신 분이거든요. 그 옆에 분은 어머니시고."

매튜는 다시 카운터를 보더니 표정이 일그러진 채 고개를 돌렸다.

"장난하시는 건 아니시죠? 지금 저 사람하고 사진 속에 이 사람하고 같은 사람이라고요?"

"네, 맞는데."

매튜는 우진의 얼굴을 들여다봤다. 상당히 진지한 얼굴이었기에 거짓말 같지는 않았는데 도저히 같은 인물이란 생각은 들지 않았다.

잠시 고민하던 매튜는 휴대폰을 들고 자리에서 일어섰다.

"어어! 어디 가세요. 매튜 씨!"

*　　　　*　　　　*

매튜는 우진이 말릴 틈도 없이 카운터로 가더니 다짜고짜 휴대폰을 내밀었다. 그나마 말을 많이 섞어본 미숙이라도 있으면 좋았을 텐데, 오늘은 미숙 대신 자매의 어머니가 자리하고 있었다.

"미자야, 뭐라는 거야? 쏘리, 쏘리. 노 잉글라쉬… 어? 이거 미자 너 아니야?"

미자는 휴대폰을 힐끔 보더니 우진을 향해 얼굴을 찡그렸다. 그러더니 한숨을 푹 내쉬고 나서야 입을 열었다.

"미숙이 이년이……."

"어머, 어머. 너 맞아? 진짜 이게 내 딸이라고? 그런데 어디서 본 거 같은데? 아, 저기 저 디자이너 총각이 그려준 그림이랑 똑같은 옷이네! 맞지! 엄마 말이 맞지?"

아무래도 미숙이 몰래 사진을 보낸 것 같은 상황에 우진은 멋쩍은 얼굴로 카운터 앞에 섰다. 아무래도 설명을 해야 할 것 같은 상황이었지만, 주인아주머니의 호들갑에 끼어들 틈이 보이지 않았다.

"넌 엄마한테 먼저 보여줘야지! 그런데 어떻게 이런 옷을 입고 사진 찍을 생각을 했대."

"아니라니까."

"아니기는! 이거 너 맞는데! 뒤에 배경도 우리 집인데. 기왕 옷 입은 김에 좀 나가서 찍지 그랬어. 참! 저번에 그림 보니까 머리 긴 게 예쁘던데 머리도 좀 기르고!"

"참 나. 엄마 진짜 우리 엄마 맞아? 이걸 입고 어딜 가."

"으휴… 그런데 왜 저 외국인이 너한테 이걸 보여주는 거야?"

미자가 알 리가 없었다. 그러자 주인아주머니는 우진을 향해 고개를 돌렸다.

"이분은… 그러니까 저를 도와주시러 오신 분인데……."

말을 하다 말고 어떻게 설명해야 하는지 난감했다. 이에 매튜를 봤고, 매튜는 여전히 미자에게서 눈을 떼지 못하고 있었다.

"저기 매튜 씨. 이분이 모델이 아니라서요… 그냥 부탁한 거라서……."

"오케이, 혹시 사진 보정한 건 아니죠? 볼륨이 완전 다른 사람처럼 보이는데."

"아니에요. 아마도 패턴 때문에 그럴 거예요."

매튜는 주인아주머니의 손에서 핸드폰을 낚아챘다. 그러더니 사진을 비교해 가며 미자의 가슴을 뚫어져라 보는 통에 우진은 상당히 난감했다.

매튜가 자신의 팔을 잡고 혼자 뭐라고 중얼거렸지만, 카운터에 있는 모녀의 불쾌해 보이는 얼굴 때문에 그 말이 귀에 들어오지 않았다.

"…하잖아……! 굉장하잖아! 뷰티풀!"

갑자기 크게 소리를 지르는 매튜의 목소리에 우진은 물론이고 모녀까지 화들짝 놀랐다. 그러다 매튜가 갑자기 우진을 향해 고개를 휙 돌렸다. 우진은 매튜에게서 아까보다 상당히 공손해진 듯한 느낌을 받았다.

매튜는 자신을 믿으라는 듯 고개를 끄덕거리더니, 재킷 주머니를 뒤적거리다가 명함을 꺼내 카운터에 올려놓았다.

"안녕하세요. 제프 우드의 MD 매튜 카슨이라고 합니다. 현재는 'I.J'에서 선생님의 일을 도와드리고 있습니다. 잠깐 시간 좀 내주실 수 있겠습니까?"

"쿨럭……."

이름을 정한 지 한 시간도 안 되었는데 'I.J'를 제프 우드란 이름과 함께 소개해 동급처럼 말하고 있었다. 그것도 매우 당당한 얼굴로.

우진은 왠지 부끄러워서 통역도 못 하고 있었다. 하지만 사진을 쓰려면 미자의 허락을 구해야 했다. 우진은 'I.J'라는 말은 빼고 자신을 보고 있는 모녀에게 말했다.

"저기, 제가 사진을 좀 사용했으면 해서요……."

*　　　　　*　　　　　*

카운터 근처에 자리한 우진은 멍한 얼굴로 매튜를 봤다.

"빨리 통역 좀 부탁드립니다."

"아니, 무슨 촬영을……."

"필요합니다."

단지 미자의 사진만 사용하려고 했는데 매튜는 촬영까지 새로 하려 했다. 지금 벌이는 일을 어떻게 해결하려고 하는지 겁까지 날 정도였다. 야외 촬영을 하겠다느니, 머리를 사진처럼 붙이겠다느니. 아무리 봐도 지금 자신이 가지고 있는 자금으로는 무리였다. 모델비로만 자본을 전부 쓸 수는 없었다.

아무리 봐도 제프 우드에서 부족함 없이 일하다 보니 자신의 사정을 생각하지 못하는 듯했다.

우진은 모녀를 앞에 두고 어색한 얼굴로 매튜에게 조그맣게 속삭였다.

"저… 아무리 봐도 제가 가진 자금으로는 무리예요."

"걱정하지 마시고 통역해 주셨으면 합니다. 이 작업이 자리를 잡는 데 큰 도움이 될 거라고 확신합니다. 반드시 선생님께 필요한 작업입니다. 그리고 앞으로 IJ를 대표하실 얼굴이신데 당당하게 말씀하시죠."

만난 지 몇 시간 되지도 않은 사람의 말을 믿어도 되는 건지 혼란스러웠지만, 힘 있게 들리는 목소리에 왠지 그렇게 될 것 같은 기분마저 들었다.

우진은 가슴을 한 번 쓰다듬고 매튜의 말처럼 당당해지려고 허리를 폈다.

"제 옷을 입은 미자 씨를 촬영하고 싶어요. 솔직히 말씀드리면 제가 당장 시작하는 단계라 모델비를 많이 드리진 못해요. 대신 좋아하는 스타일을 말씀해 주시면 거기에 맞춰서 옷을 만들어 드리는 건 어떨까요?"

"그럴 생각 없다고 아까도 얘기했잖아요. 옷이 예쁘니까 전문 모델을 구하시는 게 좋겠어요."

주인아주머니가 없었다면 벌써 자리에서 일어났을 미자였다. 하지만 계속된 제의에 지쳐갔고, 테이블에 있는 네 사람 중 세 명의 시선을 받고 있기에 부담스러웠다. 아니나 다를까 더 이상 자리에 못 있겠는지 그녀가 일어나려 했고, 마음이 급해진 우진은 진심을 다해 말을 꺼냈다.

"그 옷은 미자 씨만을 위한 옷입니다!"

사실을 말했지만, 앞에 있는 주인아주머니의 표정이 잠시 놀란 듯하더니 이내 야릇하게 변했다. 눈을 가늘게 뜨고 입가엔 미소가 가득인 얼굴을 하고서, 팔꿈치로 옆에 있는 미자를 쿡쿡

찌르기까지 했다.

"우리 딸 안 죽었네? 호호."

"무, 무슨 말을 그렇게 해. 이봐요! 무슨 말을 하는 거예요!"

우진은 그제야 그녀들이 자신이 뱉은 말을 다른 의미로 받아들였다는 걸 알아챘다.

"아! 그게 아니라… 그 뜻이 아닌데!"

"호호호. 디자이너 총각 웃기네. 괜찮아. 뭐, 요즘 애들은 그런 게 좋은 거지."

"아, 그런 게 아니라요. 제가 하려는 가게가 고객에 맞춰서 제작을 하는 거라서 그 옷이 한 벌뿐이라는 거예요. 누가 주문을 하면 또 모를까, 그 전까지는 그 한 벌이라는 뜻으로 말한 거거든요……."

우진의 설명이 끝났지만 아주머니는 그저 웃고만 있었다. 옆에 있는 매튜가 상황이 어떻게 돌아가는 거냐고 설명을 해달라는 통에 더 정신이 없었다.

미자는 아무래도 할 생각이 없어 보였다. 하지만 우진은 숍을 하기로 어렵게 결정한 만큼 포기할 수 없었다. 그렇지만 아버지께 보고 배운 것은 일한 만큼 지불하고 받는 것인데, 현재로서 줄 수 있는 것이 너무 없었다.

한참을 고민하다 우진은 조심스럽게 입을 열었다.

"부탁드려요. 제가 지금 당장은 드릴 수 있는 게 없어요. 그래서 미자 씨가 원하실 때마다 제가 옷을 만들어 드리겠습니다."

"이야, 딸. 이제 옷은 안 사도 되겠다."

우진이 현재로서 할 수 있는 최고의 조건을 내걸고 미자의 얼굴을 살폈다. 하지만 원래 표정이 없는 건지 아니면 조건이 시원치 않다고 생각하는 것인지 표정을 읽을 수 없었다.

그때, 미자가 처음으로 먼저 입을 열었다.

"대신 조건이 있어요."

"네! 말씀하세요."

"얼굴은 안 나왔으면 좋겠어요."

우진은 얼굴이 안 나와도 괜찮을까 생각하며 매튜에게도 설명했다. 그러자 매튜가 고개를 절레절레 저으며 우진의 귀에 속삭였다.

"얼굴이 나와야 합니다. 사진 촬영뿐만이 아니라 영상도 촬영해야 하는데 그건 무리입니다."

"영상이요?"

"당연히 해야죠. 영상 촬영에 포커스를 맞출 생각인데. 요즘은 사진 촬영만으로 살아남기 힘듭니다."

우진은 다시 설득을 해야 하는 것도 문제였지만, 모든 것이 다 돈이 들어가는 게 문제였다.

대출을 알아봐야겠다는 게 아니라 대출이 가능한가, 라는 생각이 들 정도였다.

그때 커피숍 문이 열리면서 미숙이 뛰어왔고 오자마자 카운터에서 미자를 찾았다. 미자가 보이지 않자 가게를 두리번거렸다.

"손님이랑 있으니까 이따가 얘기해."

"어? 디자이너 오빠도 있었네."

갑자기 오더니 자리를 잡는 미숙이었다. 우진은 왠지 상대편에 한 명이 더 늘어난 것 같은 기분에 어색한 인사를 했다. 그러고는 조심스럽게 대화를 이어나갔다.

"아무래도 얼굴은 나와야 할 것 같아요."

"그럼 못 할 거 같은데요."

"뭘 못 해? 언니 뭐 해?"

미숙이 대화에 끼어들자 주인아주머니가 구박을 하며 조용하게 설명해 주었고, 그 얘기를 들은 미숙은 주먹을 불끈 쥐며 대화에 끼어들었다.

"언니 해! 한다고 그래!"

"야, 좀 끼어들지 말고 옷이나 갈아입고 카운터에 있어."

"하라니까! 멍청아!"

미숙이 적인 줄만 알았는데 아군이었다는 생각에 우진은 자신도 모르게 미숙을 응원했다. 그때 미숙이 휴대폰을 꺼내더니 미자에게 보여주었다. 그런데 미자의 얼굴색이 점점 붉어지기 시작하더니 앞치마에서 휴대폰을 꺼냈다. 그리고 그 휴대폰을 보던 미자의 얼굴이 이제는 붉어지다 못해 터질 것처럼 변했다.

"이걸 왜 올렸어!"

"아니, 뭐 어때! 잘 나왔으니까 올렸지……."

우진은 그저 조용히 두 사람을 바라봤다. 무슨 대화를 나누는지 알 수 없었지만, 아무래도 대답은 다음에 들어야 할 것 같은 분위기였다.

그 순간 얼굴이 붉어진 미자와 눈이 마주쳤다.

"해요. 언제 촬영하면 돼요?"

"네?"

"촬영한다고요. 어떻게 하면 되는 건데요."

우진은 갑자기 허락하는 미자의 행동에 오히려 당황했다. 홧김에 한다는 것 같았기에, 이걸 받아들여도 되는지 쉽게 납득이 가지 않았다.

"안 해요?"

"아니요! 해요. 아… 감사합니다."

아무래도 자세한 얘기는 다음에 하는 것이 좋을 것 같았기에 매튜에게 가자고 눈짓했다. 그러자 매튜도 어떻게 된 상황인지 물었고, 우진은 간략하게 설명했다.

"오케이, 잘됐네요. 그런데 왜 일어났어요? 지금부터 시작인데."

"다음에요."

"지금 얘기하고 가죠."

분위기상으로 분명 이상하다는 걸 느낄 법한데도, 매튜는 그걸 못 느낀 모양이었다.

나가서 얘기하자고 말을 했지만 요지부동인 매튜였다.

우진이 비록 영어로 말하긴 했지만 분위기에 대한 얘기를 미자 앞에서 했다.

"오케이, 분위기를 바꿔서 일 얘기를 해보죠."

"그럴 때가 아니라고요!"

우진은 자신도 모르게 버럭거렸고, 그제야 매튜는 우진을 보며 피식 웃고선 자리에서 일어섰다.

"제프 선생님이 눈여겨보고 있다고 하더니 성격도 비슷하시군요. 선생님도 화가 많으신 편인데. 디자이너가 정신노동이 심하다 보니 충분히 이해합니다."

아무래도 제프도 매튜 때문에 화를 낸 것 같지만 우진은 어서 나가는 편이 좋을 것 같다는 생각에 서둘러 자리를 비워주었다.

＊　　　　＊　　　　＊

다른 가족보다 먼저 집으로 돌아온 유미자는 휴대폰을 보고 있었다. 그녀는 휴대폰을 쥐고 있는 손을 부르르 떨고 있었고, 떠는 와중에도 화면을 밀어 올려 메시지를 확인했다.

[서인대 사회체육학과 16학번.]

같은 동기들과의 단체 대화방에 자신의 사진이 올라왔다. 미숙이 SNS에 사진을 올렸고 자신의 계정에까지 남겨놓았다. 동기들 중 한 명이 그 사진을 봤는지 단체 대화방에까지 올려 버렸다.

평소 친하게 지내는 친구들은 난리가 났다. 예뻐졌다는 말부터 몸매 관리했냐는 말까지 온갖 칭찬으로 도배되고 있었다. 문제는 사진이 퍼지기 시작했다는 점이었다.

학과 SNS에 올려 같은 과 학생들이 전부 볼 수 있게 되었는데, 거기에 달려 있는 댓글 하나가 신경을 거슬리게 했다.

―손동훈: 누구냐, 넌ㅋㅋ 군대 가기 전에 얼굴이나 보자.

아무것도 아닌 댓글임에도 볼수록 화가 났다. 그리고 댓글 밑으로 엄청난 수의 댓글이 달렸고, 대부분 장난처럼 단 댓글이었다.

만약 친한 동기가 그랬다면 신경은 쓰였어도 이렇게 화가 나진 않았을 것이다. 하지만 손동훈이라는 사람이 문제였다.

자신을 차버린 사람. 더 이상 학교에서 마주칠 자신이 없어서 휴학까지 하게 만든 사람이었다. 먼저 좋다고 고백하더니 이별도 먼저 통보해 버렸다. 처음 이별 통보를 받았을 때는 매달리고 또 매달려도 봤지만 돌아오는 건 차가운 말뿐이었다. 그 후 연락을 받지 않는 건 물론이고, 방학이 시작된 순간부터는 얼굴을 볼 수도 없었다.

사랑이 식어서 떠날 수는 있지만 적어도 자신만큼 힘들었으면 좋겠다고 생각했고, 후회했으면 좋겠다고 생각했다.

그럼에도 불구하고 쉽게 잊지 못한 미자는 그나마 사진이라도 보려고 손동훈의 SNS에 매일같이 방문했다. 얼마 뒤, 새로운 연인이 생긴 사진까지 볼 수 있었다.

그러던 중 여행을 가서 찍은 듯한 사진을 보게 되었고, 거기에 적혀 있는 글을 보고 나서 미련을 버릴 수 있었다.

100일 기념 여행이란 글.

자신과 헤어진 지 2달도 채 안 됐는데, 100일 기념이란 글과 사진을 보며 미련이 분노로 바뀌었다.

그런 놈이 아무 일도 없던 것처럼 장난스럽게 말을 걸고, 다른 사람들에게까지 놀림거리로 만들었다.

한 학년 선배였기에 사실을 아는 동기들도 차마 뭐라 하진 못하고 메시지로 위로를 했지만, 화는 쉽게 가라앉지 않았다.

어차피 군대를 가기에 앞으로 부딪힐 일은 없겠지만, 그래도 자신도 잘 살고 있다는 것을 보여주고 싶었다.

미자는 휴대폰을 내려놓고 앞에 놓인 원피스를 내려다봤다.

*   *   *

며칠 뒤. 자정이 지난 시간임에도 우진은 커피숍에 자리했다.

미자가 커피숍이 아닌 다른 곳에서는 절대 촬영하지 않겠다고 한 이유도 있었지만, 무엇보다 주인아주머니가 커피숍이 닫는 시간이라면 촬영을 해도 된다고 허락했기 때문이었다.

촬영은 내일이었지만 매튜는 물론이고 미자 모녀 세 사람도 늦은 시간임에도 함께였다. 모두가 모여 있는 앞에서 매튜가 제일 먼저 한 일은 파견 근로계약서를 꺼내는 것이었다.

하지만 우진이 사업자등록이 되어 있지 않았기에 임시로 계약을 맺을 수밖에 없었다. 그래도 임시로나마 계약을 하자, 일을 제대로 시작하는 것 같은 느낌까지 들었다.

"외국에 있었다고 하더니 영어도 잘하시네요. 우리 미숙이 과외 좀 해줬으면 좋겠네."

"아! 엄마!"

"으휴. 알았어! 소리 지르기는. 그런데 시간이 좀 늦었으니 빨리했으면 좋겠는데……."

우진이 통역해 주자 매튜는 곧바로 테이블에 내일 촬영에 필요한 소품을 올려두었다.

미자에게도 미리 말했기에 패딩 속에 원피스를 입고 있었다.

우진도 실제로 원피스를 입은 미자의 모습을 처음 보기에 왼쪽 눈의 렌즈를 빼버린 상태였다.

"그럼 잠시 세팅 좀 해보겠습니다."

매튜는 갑자기 세팅을 한다고 하더니 들고 왔던 가방에서 무언가를 조심스럽게 꺼냈다.

"가발이에요?"

"피스입니다. 5핀 한 개, 3핀 두 개, 2핀 두 개 구입했습니다. 여기 영수증."

머리에 부분, 부분 붙이는 헤어피스를 상당히 많이 올려놓았다. 과연 가격이 얼마일까 하고 떨리는 마음으로 보니, 5만 원이 약간 넘는 금액이었다.

일단 금액은 만족스러웠다.

하지만 사놓고 이상하면 헛돈을 써버린 게 되어버렸기에, 우진은 피스를 빗고 있는 매튜에게 물었다.

"해보신 적 있으시죠?"

"네, 자주 하죠. 보통 직원들이 하지만 저도 익숙하니까 괜찮을 겁니다."

매튜는 피스를 들고 주섬주섬 일어서더니 미자에게 다가갔다. 우진은 미자가 혹시 싫다고 할까 봐 걱정했는데 어쩐 일인지 잠자코 있었다. 다만 미숙과 주인아주머니만 엄청난 호들갑을 떨고 있었다.

"이거 어디서 샀어요? 이거 우리 미용실 할 때 쓰던 거보다 좋네?"

"미용실 하셨어요?"

"커피숍 하기 전에 이 자리가 미용실이었어요. 어디서 구했는지, 결도 엄청 좋아 보이네."

우진은 졸지에 통역사가 되어버려서 입이 아플 정도로 계속 통역을 해야 했다.

그사이 매튜는 앉아 있는 미자의 뒤로 이동했다. 그러고는 미자의 머리에 손을 넣어 이리저리 만져보더니 위로 끌어 올려 상투를 튼 모양처럼 만들고는 고무줄로 묶어버렸다.

해봤다는 게 거짓말이 아니었다는 듯, 그는 빠른 속도로 미자의 뒤통수부터 피스를 붙이기 시작했다.

하나하나 붙이기 시작하더니 어느새 전부 붙였다. 그러고는 미자의 상투를 풀고선 손으로 거칠게 비벼 헝클어뜨렸다. 그러자 피스와 머리카락이 섞이면서 자연스러워 보이기 시작했다.

매튜는 손에 에센스까지 발라 미자의 머리카락에 발라주고 나서야 한 걸음 물러섰다.

우진은 여러모로 놀라고 있었다. MD라는 직업이 이런 일을 하는 사람이 아닐 텐데, 매튜는 상당히 익숙해 보였다. 그리고 그 매튜의 손길을 받은 미자 역시 머리가 길어졌을 뿐인데 분위기가 변해 있었다. 한층 성숙해 보였고, 왼쪽 눈을 통해서 보는 것과 크게 차이가 없었다.

그 때문에 우진은 원피스 입은 모습까지 빨리 확인하고 싶었다.

"잠바 좀 벗어주시겠어요?"

"네."

미자는 일어서더니 롱 패딩을 벗었다. 그러자 패딩 안에 입고 있던 원피스가 보였다.

우진은 그 와중에도 오해를 받을까 조심스럽게 손으로 눈을 번갈아 가려가며 살폈고, 자신도 모르게 미소를 지었다.

아름다웠고, 섹시했다.

오른쪽 눈으로 봐도 원피스였고, 왼쪽 눈으로 봐도 원피스였다.

정말 너무나 아름다운 모습에 우진은 자신도 모르게 박수까지 쳤다. 그리고 미자에게 피스를 붙여준 매튜는 미자의 모습에 넋이 나간 듯 입을 벌리고 있었다.

"오 마이 갓……."

"언니! 너무 예쁘다……."

"내 딸 맞아……?"

다들 정신 나간 듯한 모습에 미자는 부끄러운지 애꿎은 팔뚝만 쓰다듬었다.

우진은 상당히 만족스러운 미소를 지으며 미자를 보고 있다가 뭔가 이상함을 느꼈다. 양쪽 눈으로 보니 같은 옷을 입은 미자가 두 겹처럼 보였다.

자세히 보니 분명 차이가 났다. 우진은 곧 그것이 키 차이 때문이라는 것을 알았다.

고개를 내려보니, 왼쪽 눈으로 볼 때는 전체에 구멍이 뚫려 있는 하이힐을 신고 있는 것과 달리, 지금 미자는 하얀색 스니커즈 운동화를 신고 있었다.

그것까지 생각을 못 했다. 패션은 머리부터 발끝까지라고 누누이 배워왔음에도 현재 자신은 너무 미숙했다.

그때, 매튜가 정신을 차렸는지 원래 자리로 오더니 가방을 주섬주섬 뒤지기 시작했다. 그러고는 박스를 꺼내놓았다.

"선생님이 신발은 제작을 안 하셔서 스케치와 최대한 비슷한 걸로 구매했습니다."

"아……."

우진은 너무 감사했다. 제프가 왜 매튜를 보냈는지 조금씩이나마 알 것 같았다.

우진은 떨리는 마음으로 상자를 열었다. 상자 안에는 하이힐이 놓여 있었다. 우진의 스케치와는 조금 다르긴 하지만 현재로서는 어쩔 수 없었다. 이것만 해도 감지덕지였다.

*   *   *

다음 날. 매튜의 디지털카메라를 든 우진은 미자를 촬영하다 말고 주변을 힐끔거렸다. 자정이 넘었기에 가게에 손님이 없어야 하건만 테이블에는 손님들이 상당히 많았다. 오히려 낮보다 사람이 많았다.

"우리 딸 모델 데뷔한다고 그랬더니 다 구경한다고 해서요. 방해 안 하고 조용히 구경만 할게요."

전에 봤던 아주머니들도 있었고, 근처 가게들에서 일하는 분들도 있었다.

우진은 약간 부끄러웠다. 아직 온라인 매장을 정식으로 오픈

한 것도 아닌데 주인아주머니가 자신을 디자이너라고 소개했다.

수선집에서 봤었는지, 수선집 아들이라고 말하는 분도 있었다.

부모님과 아는 분들도 계셨는지 자신이 해외에서 공부하고 왔다는 것까지 알고 있었다. 게다가 외국인인 매튜까지 일을 돕다 보니 어느새 해외파 디자이너가 되어버렸다.

약간 부담스러웠지만, 그보다는 그 옷을 입은 미자가 걱정되었다.

카메라에 담기는 미자를 보던 우진은 피식 웃어버리고 말았다.

미자는 말도 통하지 않는 매튜에게 붙잡혀 머리를 상투 튼 것처럼 고정해 놓고선 메이크업을 받고 있었다. 분명 주변이 신경 쓰이는 얼굴이었지만, 알아듣지도 못하는 말을 쉴 새 없이 뱉으며 얼굴을 가까이 대고 있는 매튜 때문에 입을 다물고 있는 것처럼 보였다.

메이크업을 끝냈지만 전과 큰 차이는 없었다. 메이크업만은 매튜도 자신의 분야가 아니라고 했다. 하지만 왼쪽 눈으로 보는 미자의 얼굴은 평소와 다름없었기에 상관없었다.

매튜는 이어서 헤어피스를 붙이기 시작했다. 커피숍에 있던 모두가 그 모습을 신기하게 지켜봤다.

우진도 매튜가 시킨 대로 카메라에 그 모습을 담으려고 열심히 촬영했다. 어느새 헤어피스를 전부 붙였다. 역시 어깨까지 내려오는 머리카락이 상당히 잘 어울렸다.

가게에 있던 사람들도 마찬가지였는지 예쁘다고 소곤거리는 소리가 들렸다.

"자, 다 됐습니다. 이제 패딩 벗으시고 카운터 앞쪽으로 잠시 서주시죠."

우진은 마치 스태프처럼 매튜의 말을 빠르게 통역했다. 그러자 미자가 부끄러운지 가게 안을 한 번 둘러보고는 마지못해 패딩을 벗기 시작했다.

그와 동시에 가게 안에 조용히 소곤대던 사람들이 큰 소리로 감탄사를 터뜨렸다.

"이야!"

"어머, 어머. 미자 봐! 어머!"

심지어는 박수까지 치는 사람도 있었다. 우진은 사람들의 탄성이 마치 축복해 주는 것처럼 느껴졌다. 이런 반응이라면 머지 않아 가게를 낼 수도 있을 것 같았다.

미자는 하이힐을 신어본 적이 없는지 상당히 엉성한 걸음으로 테이블 앞으로 이동했고, 그 때문에 잠시 웃음소리가 들리기도 했다.

미자는 카운터 앞에 도착하더니 어정쩡한 자세로 서서 이쪽을 바라봤다.

매튜는 우진의 카메라를 건네받더니 우진에게 입을 열었다.

"선생님, 말씀하시죠."

"네?"

"작품에서 표현하려고 했던 의미라든가. 모델이 좀 더 작품을 녹여낼 수 있도록 필요한 요구를 하시면 됩니다."

단지 왼쪽 눈으로 보였기에 만든 것인데 의미가 있을 리가 없었다.

옆에 있는 매튜는 계속 작품이라고 하며 치켜세우고 있었고, 뒤에 있던 사람들은 어떻게 촬영을 할까 궁금해하고 있었기에 부담감이 이만저만이 아니었다.

그러다가 자신을 보고 있는 미자와 눈이 마주쳤다.

"그럼 그냥 자연스럽게 움직여 보시겠어요……?"

"이렇게요……?"

전문 포토그래퍼가 있었다면 알아서 했을 테지만, 하나부터 열까지 직접 해야 했고, 디자이너와 모델이 둘 다 초보이다 보니 생기는 일이었다.

그러다 보니 포즈에 진척이 있을 리가 없었다. 그 모습을 보던 매튜가 턱을 괴며 입을 열었다.

"선생님, 좀 어색한 것 같습니다. 아무래도 모델 경험이 없어서 그런 것 같은데. 영상에서 뽑아 쓸 거라서, 아주 잠깐만이라도 자연스럽게 보이면 됩니다."

"네……."

이미 알고 있는 얘기를 심각한 얼굴로 얘기하는 매튜였다. 아무래도 포즈를 취하는 건 무리일 듯싶었다. 어차피 영상에서 사진을 뽑아 쓸 생각이었기에 차라리 자연스럽게 움직이는 모습을 찍는 게 나을 것 같았다.

"저, 그냥 좀 자연스럽게 움직여 보실래요? 평소처럼요."

"이 옷 입고 평소처럼요……? 가게에서 하는 일이라고는 커피를 만드는 것밖에 없는데."

"아! 그게 좋겠네요. 커피 만들어보세요."

미자는 불편한 듯 원피스를 한 번 쓰다듬더니 절뚝거리며 카운터 안으로 들어갔다. 그러자 매튜도 카메라를 들고 좁은 카운터로 따라 들어갔다.

"뭐 드실래요?"

"네?"

"평소처럼 하라면서요."

"아! 전 아메리카노 주세요."

"3,000원입니다."

"네?"

너무 평소 같은 모습에 우진은 마지못해 계산까지 했다. 그래도 아까보단 훨씬 자연스러웠다. 그때, 매튜가 곤란한 듯 화면을 보더니 고개를 들어 천장에 달린 조명을 쳐다봤다.

그러자 옆에 있던 미숙이 재빠르게 카운터의 불을 전부 켰다. 그제야 화면이 잘 잡히는지 매튜는 미숙을 보며 엄지까지 내밀었다.

그 이후로는 일사천리였다. 어차피 영상을 찍는 것이기에 포즈를 취할 필요도 없었고, 그저 커피 만드는 모습을 찍고 청소하는 모습을 찍을 뿐이었다.

하지만 한 거에 비해 시간이 훌쩍 지나가 버렸다. 어느새 2시간이란 시간이 지났고, 별것 없는 현장 모습에 가게에 있던 손님들도 하나둘씩 돌아갔다.

"선생님, 이만할까요? 이제 영상편집만 하면 될 것 같습니다."

"괜찮을까요?"

"네, 작품이 워낙 좋아서 문제없습니다."

계속 작품이라고 하는 통에 부끄러웠지만, 싫지는 않았다.

우진의 얼굴엔 가벼운 미소가 생겼고, 그런 얼굴로 미자에게 수고했다고 말을 했다.

"이렇게 커피만 만들다 끝나도 되는 거예요?"

"충분히 많이 찍었어요. 도와주셔서 감사합니다. 그리고 아주머니, 가게에서 촬영하게 해주셔서 감사합니다."

"괜찮아요. 덕분에 매상도 오르고. 호호, 그럼 우리 미자 사진은 언제 나오는 거예요?"

주인아주머니의 질문에 미자도 솔깃한지 우진을 봤지만, 매튜가 작업을 하기에 우진도 알 수는 없었다.

"작업을 해봐야 알 것 같아요."

"그럼 혹시… 사진 나오면 제 개인 SNS에 올려도 돼요?"

"네, 물론이죠."

*   *   *

미국 뉴욕. 오후 업무를 보던 제이슨은 회사로 걸려온 전화에 약간 걱정되었다.

한국으로 간 매튜였다. 한국은 아마 새벽일 텐데 이 시간에 전화한 걸 보면 좋은 소식은 아닐 것 같았다.

간 지 얼마 되지 않았음에도, 아무래도 못 하겠다는 말을 하려는 것 같았다. 눈치 없는 매튜라면 곧바로 제프에게도 말할 것이었다.

다독여야겠다고 생각하며 전화를 연결했다.

"네, 매튜 씨, 한국은 지금 새벽 아닙니까?"

―네. 지금 숙소 들어와서요.

"지금요? 무슨 일 있으신가요?"

―아니요. 촬영 때문에 지금 들어온 건데요.

분명 한국은 새벽일 텐데 무슨 촬영을 했다는 건지 쉽게 이해가 가지 않았다. 그때 매튜의 말이 이어졌다.

―그거보다 저한테 주신 선생님 정보 때문에요. 자료에 누락된 게 너무 많은데, 전부 주신 거 맞습니까?

"네? 무슨 선생님을… 혹시 임우진이라는 사람 말하는 겁니까?"

―네, 선생님에 대한 정보가 너무 없는데.

제이슨은 자신이 잘못 들은 건가 싶어 귀까지 후볐다. 회사 내에서도 매튜에게 선생님이라는 호칭을 듣는 디자이너는 제프를 포함해 세 명뿐이었다.

항상 디자이너라고 부르거나 이름을 부르는 매튜가 선생님이라고 부르는 모습에 적잖이 놀랐다.

―회사가 선생님에 대해 모를 리도 없을 텐데 저한테 왜 숨기는 거죠? 제가 알면 안 되는 거라도 있는 건가요?"

제이슨은 어이가 없었다. 워낙 눈치가 없는 매튜였기에 곧 망할 거라는 말까지 해가며 붙여놨는데 이상한 오해를 하고 있었다.

그것보다 도대체 뭘 보고 매튜가 저러는지 궁금했다. 제프에 이어 매튜까지 저러니, 임우진이란 사람에게 분명 무언가가 있는 것 같았다.

돈 냄새가 났다. 그렇다면 제프의 부탁으로 매튜를 보낸 것이 최고의 선택이 되는 순간이었다.

그리고 매튜가 꺼낸 촬영이라는 말을 보면, 우진의 작품을 촬영했을 것 같았다.

"매튜 씨, 오늘 미스터 임 촬영 현장에 다녀오신 겁니까?"

―네, 제가 거기 말고 갈 데가 없죠.

"그럼 오늘 촬영한 제품이 괜찮았습니까? 촬영본은 무리겠죠?"

―네? 무슨 소리… 아…….

제이슨은 매튜의 '아' 소리에, 분명 그가 뭔가 오해를 했음을 직감했다. 아니나 다를까 매튜의 목소리가 차가워졌다.

―이제 보니 절 스파이로 보내신 거군요?

"하… 아닙니다. 못 들은 얘기로 하시죠."

―실망했습니다. 의류업계의 대들보나 다름없는 우리 제프 우드의 대표 자리에 있는 분이 그런 생각을 하실 줄은 몰랐습니다.

"큼, 그런 거 아닙니다."

역시 매튜와 말을 오래 섞어선 안 됐다. 제이슨은 오해를 풀려고 했지만, 매튜는 기분 나쁜 목소리로 다음에 전화를 한다며 끊어버렸다.

"다들 대표를 개똥으로 아네. 하……."

제이슨은 끊어진 전화기를 한참이나 바라보더니 책상을 손가락으로 두드렸다.

아무리 지금 당장 필요한 인력이 아니라고 해도, 없는 것보다는 있는 게 백배는 나았다.

만약에 확실한 사람이라면 없는 자리를 만들어서라도 데리고 있어야 했다.

한참이나 고민하던 제이슨은 인터폰을 눌렀다.

"스카우트 팀 좀 보자고 해주세요."

아무래도 제대로 조사를 해야 할 것 같았다.

*　　　　　*　　　　　*

며칠 뒤.

밤에 수선 가게에 나와 있던 우진은 휴대폰을 물끄러미 보고 있었다. 바비에게 사진을 써도 된다는 허락까지 받았건만, 촬영 이후로 매튜가 연락이 안 되고 있었다.

자신이 편집 자체를 할 줄 몰랐기에 매튜가 맡았다. 그래서 모든 것들이 매튜에게 있었고, 우진은 기다려야만 했다.

그때 잠잠하던 휴대폰이 드디어 울렸다. 우진은 급하게 받았다. 상대는 기다리고 기다리던 매튜였다.

반가운 목소리로 가게에 있다고 알리자 근처에서 전화를 걸었는지 목소리가 들리며 가게 문이 열렸다.

가게로 들어오는 매튜의 모습에 우진은 할 말을 잃었다.

며칠 동안 뭘 했는지 가뜩이나 마른 사람이 더 말라 보였다.

백인의 피부임에도 다크서클이 턱까지 내려와 거무죽죽해 보일 정도였다.

그럼에도 하얀 이를 내보이며 씨익 웃는 매튜였다.

"선생님, 앉아도 되겠습니까?"

"아, 네. 앉으세요."

툭 건들면 쓰러질 것 같은 몸으로 짐까지 바리바리 싸 들고 온 그는 바닥에 앉더니 가방에서 노트북을 꺼냈다.

그러고는 노트북이 켜지자 영상을 재생시켰다. 우진도 의자에서 내려와 바닥에 앉아 노트북을 봤다. 노트북의 검은 화면에 TV에서 많이 듣던 클래식 음악이 나왔다.

"바흐 무반주 첼로곡 1번 프렐류드입니다. 파블로 카잘스의 앨범이라 저작권 걱정하지 않으셔도 됩니다."

그런 걱정은 하지도 않았던 우진은 멋쩍게 고개를 끄덕였다.

화면은 미리 들은 대로 미자로 시작되었다. 처음에는 커피숍 유니폼을 입은 모습이더니, 화면이 잠시 깜빡이자 메이크업을 하고 있는 모습으로 변했다. 그리고 또다시 깜빡이더니 머리를 틀어 올린 모습이 나왔고, 잠시 뒤 긴 머리를 한 미자의 모습이 잡혔다.

계속 깜빡이는 게 신경 쓰였지만 다음에 무슨 장면이 나올까 은근히 기대도 되었다. 그리고 마지막 검은 화면이 다른 때보다 1초 정도 길게 느껴졌다.

그러더니 언제 촬영했는지 화면을 뚫어져라 보는 미자의 모습이 보였다.

패딩을 천천히 벗는 모습이 나왔고, 패딩이 내려가는 모습만 천천히 화면에 잡혔다. 분명히 이때까지만 해도 그 촬영본으로 이런 영상을 만들어낸 매튜가 존경스러웠다.

잠시 뒤 화면이 올라가더니, 미자가 원래 카운터 안에 있었던 것처럼 자연스럽게 커피를 내리는 모습으로 바뀌었다. 그리고 다시 화면이 바뀌더니 영어로 하나씩 글이 새겨지기 시작했다.

[Change.
Change of Fashion.
Change of Life.]

그리고 화면에는 커피를 내미는 미자의 모습이 나왔고, 이어서 다시 글씨가 새겨졌다.

[Infinity of Jin's.]
[I.J]

"우와……."

우진은 자신도 모르게 감탄사를 뱉었고, 매튜는 홀쭉한 얼굴로 환하게 웃었다.

다른 사람들이 본다면 TV 광고에 비해 부족하게 느끼겠지만, 우진은 전문가들이 찍은 광고보다 더 대단하다고 느꼈다.

"아직 작업을 완전히 끝내지는 못했습니다."

"아! 이 정도면 충분한 거 같아요."

"한 가지만 정해주시면 됩니다. 이게 제일 중요한 작업이라, 제 마음대로 할 수 없었습니다."

매튜는 노트북에 있는 영상을 내리더니 다른 화면을 띄웠다. 화면에는 특허등록까지 한 자신의 패턴이 보였다.

"아까 보셨던 검은 화면마다 이 로고를 박아야 하는데, 아무래도 제 마음대로 할 수가 없었습니다. 가죽 재킷에는 색도 없이 새겨져 있었고, 또 선생님의 부모님 옷에는 검은색도 있어서. 제가 봤을 때는 원피스처럼 금색으로 새기는 게 제일 좋을 것 같습니다."

특허는 문양에 대해 등록이 되어 있었기에 무슨 색으로 하든 상관없었다. 미자의 옷에선 금색으로 보였지만, 또 다른 곳에선 어떤 색으로 나올지 몰랐기에 머뭇거리게 되었다.

"꼭 색을 정해야 하나요?"

"그편이 좋습니다. 길게 봐서 앞으로 몇 년간은 소비자에게 각인을 시켜야 하는데, 계속 변화가 되면 더 길어질 수도 있습니다."

"음… 제가 정해진 색의 패턴을 쓰는 게 아니라서요."

매튜도 우진의 말을 이해했는지 고개를 끄덕거리고는 노트북에 보이는 패턴에 색을 바꿔가면서 고민하기 시작했다.

"그러고 보니까 무늬 패턴도 크기, 모양이 전부 제각각이었네요. 이걸 어떻게 해야 할까… 음?"

노트북을 보며 색을 입히던 매튜가 우진을 물끄러미 봤다.

"선생님. 이것까지 생각하신 겁니까?"

"네?"

"패턴에 인티니티 기호를 넣으신 게 무한의 변화를 의미하셨던 겁니까?"

우진은 당황스러움에 헛기침을 뱉었고, 매튜는 흉한 몰골로 하얀 이를 드러내며 웃었다.

"제가 눈치가 좀 빠릅니다. 그런 의미가 있으면 진작 말씀해

주서야죠. 저하고 계약까지 맺으셨으니 선생님이 걱정하시는 일은 벌어지지 않을 겁니다. 만약 실수로라도 선생님 제품을 유출하게 된다면 평생 선생님 곁에서 일하겠습니다."

"아니, 그런 게 아니……."

"믿어주셨으면 좋겠습니다."

그런 생각을 해본 적도 없는데, 매튜 혼자 이상한 오해를 하고 있었다. 그러더니 노트북에 얼굴을 파묻었다.

잠시 멍해 있던 우진도 덩달아 모니터를 봤다.

이런 작업을 많이 해봤는지 매튜의 손이 바쁘게 움직였다. 그래도 꽤나 오래 걸렸고, 좁은 가게 안에는 숨소리만 들려왔다.

그러던 중 매튜가 손뼉을 치며 우진을 바라봤다.

"선생님, 한번 봐주시죠. 임시로 만들어봤습니다. 나머진 제가 못하는 부분이라서 전문가에게 맡겨야 합니다."

우진은 기대를 하며 모니터를 봤다. 매튜가 말했던 것처럼 전체적으로 금색의 패턴이었고, 아까와 별반 다를 바 없어 보이는 모습이었다.

고개를 갸웃거리자, 매튜가 확대를 했다. 그러자 무엇이 변했는지 보였다.

인피니티 기호가 담긴 사각형을 길게 늘어뜨려 선처럼 만들었다. 그리고 그 선을 이용해 큰 패턴을 그렸다. 그것만으로도 상당히 화려해 보였는데, 매튜는 아직 끝나지 않았다는 듯 손가락을 가리키며 입을 열었다.

"마우스를 패턴에 대면 그 부분의 색이 변하게 될 겁니다. 커서가 이동하는 지점은 색이 변하게 되는 거죠. 선생님이 생각하신 것처럼 온 세상의 모든 색을 보여주는 겁니다."

"제가요?"

"그럼요. 전 선생님이 말씀하신 것을 표현했을 뿐입니다. 다만 제가 할 수 있는 작업이 아니다 보니 시간이 걸립니다."

겪을수록 좀 이상한 사람 같다는 생각이 들었다. 게다가 왜 이렇게 자신을 치켜세우는지, 듣고 있는 자신이 부끄러워질 정도였다.

"이렇게 해도 되겠습니까?"

"네. 아! 그런데 그럼 얼마나 들까요……?"

"제가 아는 곳에 맡기면 됩니다. 그렇게 할까요?"

"그래도요."

"어려운 일은 아닙니다."

매튜는 다시 노트북에 무언가를 작성했다. 한참을 작성하던 매튜가 시계를 확인하고는 곧바로 전화를 꺼내 들었다.

"난데, 지금 파일 하나 보냈어. 작업 내용은 전부 서식으로 보냈으니까 그대로 변경 좀 해줘. 퇴근 전까지 해서 보내줬으면 해."

말이 나오면 바로 실행에 옮기는 매튜였다. 명령조로 말하는 모습이 의아하긴 했지만, 어렵지 않은 데다가 잘 아는 곳이란 말을 했기에 넘어갔다.

매튜는 아직 일이 끝난 게 아니라는 듯 노트북 화면을 내리더니 새로운 창을 열었다.

"이건 I.J SNS에 올릴 사진입니다. 몇 장 추려왔는데, 생각했던 것보다 훨씬 괜찮았습니다."

우진도 기대를 하며 화면을 바라봤다. 첫 장은 영상에서도 봤던 미자가 커피를 내리는 모습이었다. 영상으로 봤을 때와 큰 차이가 없었기에 다음 사진으로 넘겼다.

더 몇 장을 넘기자, 이전 사진들과 다른 느낌을 주는 사진이 보였다.

마치 미자가 포즈를 취한 것 같은 사진이었다.

얼굴을 살짝 찡그리고 고개를 천장으로 향하고 있었고, 그로 인해 피스로 붙인 머리카락이 자연스럽게 귀 옆으로 흘러내렸다.

붙는 옷이다 보니 계속 수줍어하며 얼굴을 찡그리고 있었다. 그 때문인지 예쁜 얼굴이 아님에도 굉장히 매력적으로 느껴졌다.

다른 사진은 볼 필요도 없었고, 이 사진이 메인이었다.

오히려 전문가가 찍은 바비의 사진보다 이 사진이 더 마음에 들었다.

"정말 예쁘네요."

"네. 전등을 켤 때 찍힌 사진입니다. 굉장히 아름답게 나왔습니다. 홈페이지가 완료되면 곧바로 SNS에 올려놓겠습니다. 그러니 선생님께서는 일단 사업자부터 등록하시는 게 좋겠습니다. 그래야 거래하기도 편하고 선생님도 저를 대하는 데 안심이 되실 것 같습니다."

그렇지 않아도 해야 했던 일이었다. 약간 두려운 마음도 있었지만, 모니터에 보이는 미자의 모습을 보니 잘될 것 같은 느낌에 고개를 끄덕였다.

"그리고 가격 산정을 해야 합니다. 원가에 따라 달라지겠지만, 기본 수익이 나려면 정장 기준 상하의 제작 시 천 달러는 돼야 합니다."

"천 달러요?"

"네. 처음에 포지션을 잘 잡아야 합니다. 중저가로 잡는 순간 수익이 줄어드는 것은 물론이고, 널리고 널린 비슷한 업체들을 비롯해 기성복과도 경쟁을 하셔야 합니다. I.J는 '당신만의 디자인을' 모토를 내세움과 동시에 최고의 퀄리티, 그리고 럭셔리한 이미지로 포지셔닝을 해야 합니다. 무엇보다 선생님의 인건비가 상당할 거라 예상됩니다."

"그래도 너무 비싼 거 같아요……."

"천 달러도 싸게 잡은 겁니다. 선생님이 작업한 옷은 그 정도의 가치가 있습니다. 부모님께 만들어주신 재킷도 전부 손수 바느질하지 않으셨습니까? 게다가 기존 업체들과 다르게 코디도 해주지 않습니까? 그 수고만으로도 충분히 가능합니다."

아주 평범하게 보이는 옷들도 많았기에 백만 원은 아무리 봐도 무리였다. 그리고 특별한 옷으로 보인다고 하더라도, 과연 자신이 만든 옷을 백만 원에 가까운 돈을 주고 사는 사람이 있을까 걱정되었다.

"그 부분은 제게 맡기시죠. 선생님은 최고의 디자인과 품질만 유지해 주시면 됩니다. 그래야 한 번 찾은 고객을 다시 찾아오게 할 수 있습니다."

"어?"

우진은 왔던 사람이 또 온다는 말에 너무 놀라 눈을 동그랗

게 떠버렸다. 생각하지 못한 부분이었다.

왼쪽 눈에 보이는 모습은 한 가지인데, 만약 같은 사람이 또 주문을 한다면 큰일이었다.

미자만 보더라도 원피스만 보이고 있었다. 다른 옷을 만들 수는 있지만, 왼쪽 눈에 보이는 것보다는 못할 것 같았다.

그렇다고 여기서 그만둘 순 없었다. 매튜만 하더라도 며칠 밤을 새가며 자신의 일을 도와주고 있었고, 무엇보다 여기서 그만두면 앞으로도 다시는 옷을 만들지 못할 것 같았다.

한참의 고민 끝에 우진은 왼쪽 눈에 가만히 손을 올렸다.

'많이 보고 많이 만들어보면 늘 거야. 그래도… 백만 원은……'

하긴 해야겠는데 이제 시작한 자신에게 백만 원은 너무 비쌌다.

"저 아무래도 백만 원은… 원단하고 재료값에 제 수고비 정도면 안 될까요?"

"그 수고비를 고려한 가격입니다. 저번에 말씀드렸듯이 자재비가 상당히 많이 들어가 순이익이 크지 않습니다. I.J의 총자본을 고려해서 측정한 가격입니다."

"그럼 원단이 싸면 가격이 내려가는 거죠……?"

"당연합니다. 슈트 기준으로 잡았으니 당연히 유동적이죠."

우진은 그제야 고개를 끄덕였다. 물론 하나씩 들어가는 문제에 걱정은 됐다. 하지만 하나씩 준비되어 가는 것 같아 설레기도 했다. 그리고 그 문제는 앞으로 자신이 어떻게 하느냐에 따라 달라지는 것이었다. 왼쪽 눈이 있으니 보고 또 보고, 만들어보고, 공부하는 방법밖에 없었다.

우진은 지금까지 봐왔던 사람들을 머리에 새기기라도 하려는 듯 떠올렸다. 바비와 미자는 물론이고, 부모님과 심지어는 길 가다 만난 사람들도. 그러다 우진은 갑자기 이마를 긁적였다.

'도대체 왜 제프 씨만은 빛나기만 하고 다른 옷이 보이지 않았던 거지……?'

*　　　*　　　*

제프 우드 본사. 제이슨은 모니터를 보며 손가락으로 책상을 두드렸다.

MD 팀에게 매튜의 지시가 오면 보고하라고 명령했다. 그리고 첫 보고가 올라온 것이 지금 보고 있는 것이었다.

"이게 뭘까?"

도대체 무엇을 하고 있는지 알 수 없었다. 스카우터들이 올린 보고서도 전에 조사한 내용과 차이가 없었다.

"여기까지는 영 허접한데… 한국으로 돌아가기 직전부터 변했다는 거군."

제이슨은 여전히 의아한 얼굴이었다.

"분명 혼자 한다고 들었는데… 주문이 많이 들어와도 한 번에 처리가 되는 건가? 매튜 성격상 안 되는 것을 또 억지로 붙잡고 있는 거 같기도 하고… 하지만 선생님이라고 부르는 게 걸린단 말이야."

한 번 오해를 한 뒤로 자신에겐 연락조차 하지 않고 있었다.

회사에 형식적인 보고서만 보내올 뿐, 무얼 하고 있는지는 기밀이라며 꽁꽁 감춰두고 있었다.

심지어는 매튜가 맡았던 팀에선 대표와 MD 팀장 간의 사이가 좋지 않아 한국으로 내쫓아 버렸다는 이상한 소문까지 돌고 있었다.

왜 그런 소문이 났나 알아보니, 매튜가 팀원들에게 연락을 해서 일을 부탁할 때마다 대표가 물어봐도 자세한 얘기는 하지 말라고 말했다는 것이다.

자신이 뭐가 아쉬워서 구멍가게의 디자인을 뺏어간다고 생각하는지 어이가 없었다.

정작 당사자는 그런 생각은 하지도 않는데 숨기려고 하니까 궁금증만 커져갔다.

제6장
오픈

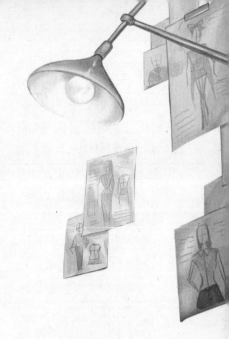

며칠 뒤.

유미자는 커피숍에 나가지 않고 집에 있었다. 쪼그리고 앉은 채 휴대폰만 하염없이 바라보는 미자의 얼굴엔 복잡한 감정이 뒤섞인 듯 보였다.

전 애인인 손동훈이 군대 문제로 휴학했고, 이에 이번 학기부터 복학하기로 했다.

당장 다음 주부터 개강인데, 복학하기로 한 게 잘한 것인지 걱정되었다.

학교에서 이상한 소문이 돌았다. 친구에게 처음 들었을 때는 웃어넘기려 했지만, 지금은 그럴 수 없었다. 과 SNS로 부족해서 학교 대나무숲에까지 얘기가 올라왔다.

누가 봐도 자신을 지목하는 얘기들이었다.

익명이어서인지 게시판에는 말도 안 되는 소문들이 돌았다. 클럽을 한 번도 안 가본 자신을 클럽에서 만났다는 것부터 시작해서, 심지어는 야한 동영상에서도 봤다는 말까지 있었다. 게다가 학과 안에서는 손동훈 때문에 망가졌다는 소문이 파다했다.

고소를 해야 했지만, 지금 당장은 머릿속이 하얘져 어떻게 해야 하는지 생각조차 나지 않았다. 그저 방에 박혀서 휴대폰만 바라볼 뿐이었다.

아무것도 안 한 자신이 왜 막 나간다는 소리를 들어야 하는지 이해할 수가 없었다.

일방적 이별 통보를 받은 것도 자신이었고, 마음 아파한 사람도 자신이었다.

손동훈의 비꼬는 말을 듣는 것도 싫었는데, 그놈 때문에 마음이 아파 막 나가는 거로 오해까지 받았다.

전부 원피스를 입은 사진부터 시작이었다.

며칠 전에 홧김에 촬영한 것이 걱정되었다. 그 사진이 퍼지면 이번에는 무슨 말들이 오갈지, 생각하기도 싫었다.

친한 친구들이 화를 내며 위로를 해주긴 했지만 그것도 잠시뿐, 다시금 머릿속에는 그놈에 대한 원망을 시작으로 사진을 찍은 것까지 후회되며 무척이나 혼란스러웠다.

그때, 메시지가 도착했고 떨리는 마음으로 휴대폰을 봤다. 그런데 처음 보는 사람이었다.

[유미자 씨 맞나요?]

[누구세요?]

[손동훈 알죠?]

모르는 사람에게서 손동훈이란 이름이 나오자, 그 순간 감이 왔다.

프로필 사진을 눌러보자 예상했던 대로 손동훈이 보였고, 그 옆에는 지금 메시지를 보낸 사람으로 느껴지는 사람이 보였다.

사진을 확인한 미자는 잘못한 것도 없는데 가슴이 떨리기 시작했고, 무슨 답장을 보내야 하는지 고민되었다. 그렇게 한참을 휴대폰만 보고 있었고, 그런 자신이 너무 싫었다.

[대답 없는 거 보니까 아는 거 같네요. 동훈이한테 연락하지 말아줬으면 좋겠어요.]

[네?]

[계속 연락 와서 만났다고 그러던데요. 부탁할게요.]

무슨 소리를 하는 건지 이해하지 못했다. 왜 모르는 사람에게까지 이상한 말을 들어야 하는지.

딱 봐도 손동훈이 자신을 이용해 거짓말했다는 것을 알았다. 그러다 보니 화가 폭발할 것 같았다. 메시지를 보낸 여자도 예의 바른 것처럼 말을 걸었지만, 전후 사정도 파악하지 않고 자신에게 연락한 것 자체가 예의 없는 일이었다.

너무 화가 나다 보니 분을 못 참아 눈물까지 흘렸다.

메시지가 온 알림음이 계속해서 들렸지만, 확인할 마음도 들지 않았다. 왜 자신이 이런 일을 겪어야 하는지 모든 것들이 원망스럽기만 했다.

*   *   *

우진은 매튜가 말한 대로 홈택스로 사업자등록을 했고, 걱정과 달리 생각보다 쉽게 등록했다. 다만 사업장이 없었기에 집을 사업장으로 등록해야 했다. 등록과 동시에 매튜에게 전화를 해알렸고, 매튜도 작업이 끝났다며 온다고 말했다.

낮이다 보니 가게에 아버지가 계셔서 어쩔 수 없이 커피숍에서 약속을 정했다. 미자에게도 사진을 보여줘야겠기에 약간 떨리는 마음으로 커피숍으로 향했다.

커피숍에 도착한 우진은 인사를 하려고 카운터를 봤는데 미자는 보이지 않았고, 대신 아주머니가 자리하고 있었다.

"어서 오… 왔어요?"

항상 반갑게 맞아주셨는데 아주머니의 표정이 영 별로였다. 무슨 일이 있는 건가 싶어 우진이 조심스럽게 묻자, 아주머니는 대답 대신 한숨을 푹푹 내쉬었다. 그러더니 카운터를 나와 우진을 데리고 테이블에 앉았다.

"저기, 총각. 며칠 전에 찍었던 우리 아이 사진… 미안한데 없던 일로 할 수 있을까요? 애가 지금 많이 힘들어하거든요."

우진은 덜컥 심장이 내려앉는 거 같았다. 이미 모든 작업이 끝났기에 곤란한 부탁이었다. 우진이 대답을 못 하자 아주머니가 다시 한숨을 뱉더니 입을 열었고, 자세히는 모른다면서 아는 대로 설명했다.

들을수록 이상했다. 미자를 많이 본 건 아니지만, 그동안 본 바로는 말수도 적고, 어머니의 가게 일을 돕는 착한 이미지였다.

아주머니가 과장해서 말을 하는 건 아닐까 싶었지만, 가족의 일을 누군가에게 꺼내면서 축소하면 축소했지 과장하진 않을 거란 생각이 들었다.

"미숙이는 지 언니 사진 올렸다고 뒈지게 맞았어요. 그러니까 좀 부탁할게요."

얘기를 다 듣고 나니 미안한 마음은 들었지만, 그래도 제일 마음에 드는 사진인데 못 올리기엔 너무 아쉬웠다.

그래서 바로 대답하지 못하고 한참이나 고민했다.

"오해만 풀리면 되는데… 그게 쉽나… 미안해요. 정말."

아주머니의 말에 우진은 눈이 크게 떠졌다. 오해를 받았다면 풀면 되는 것이었다. 그리고 옷을 만든 자신이라면 가능할 것 같았다.

"아주머니 제가 미자 씨 학교 게시판에 모델을 부탁한 거라고 직접 글을 올리면 어떨까요?"

"어머! 정말요? 그래 줄 수 있어요?"

"네, 제가 한번 해볼게요. 학교가 어디에요?"

"서인대! 서인대 사회체육학과."

우진은 그제야 미자가 왜 커피숍 유니폼 아니면 트레이닝복을 입고 다녔는지 이해되었다.

"아! 내 정신 좀 봐. 마실 것도 안 주고. 아메리카노 괜찮죠? 내가 쏠게요!"

아주머니는 커피를 가지러 갔고, 우진은 휴대폰으로 아주머니가 말한 대학교의 홈페이지에 들어갔다. 한참을 헤맨 뒤에야 결국 찾을 수 있었는데, 글은 지운 건지 아니면 아주머니가 과장한 건지 생각보다 많이 보이지는 않았다.

그래도 오해는 풀어야 했기에 글을 남기려 할 때, 가게 문이 열리며 매튜가 들어왔다.

"선생님, 죄송합니다. 늦었습니다."

"아니에요. 잠시만 기다려 주시겠어요?"

"무슨 일 있으십니까?"

매번 일 처리가 완벽했던 매튜라면 더 좋은 생각이 있을 것 같았다.

마침 아주머니가 오셨고, 우진은 양해를 구하고 매튜에게 얘기를 해주었다.

"그렇군요. 이미 작업도 전부 끝났는데 못 하게 됐으면 큰일 날 뻔했습니다. 잘하신 결정입니다. 선생님, 이럴 게 아니라 아예 이번 기회를 삼아 홍보 효과를 노리시죠."

"네?"

"제가 별로 좋아하는 편은 아니지만, 노이즈마케팅이 되어버렸네요. 선생님이 직접 영상을 찍어 미자 양의 오해도 풀고 광고도 하시는 게 좋을 거 같습니다."

영상까진 아니라는 생각에 대답을 하지 않았다. 하지만 매튜는 이미 가방에서 노트북과 카메라를 꺼냈다. 그러더니 노트북에 무언가를 열심히 작성하더니 잠시 뒤 우진에게 화면을 돌렸다.

"앞부분은 알아서 말씀하셔도 되는데, 뒷부분이 이게 좋을 것 같습니다. 어떻습니까?"

"여러분도… 변할… 수 있습니다……? 그리고……."

"네, 좋지 않습니까?"

"아, 아무래도… 이건 좀 그런 거 같은데요. 심각한 상황인데……."

눈치가 없는 건지 남의 기분을 신경 쓰지 않는 건지, 매튜는 곧바로 카메라까지 들이밀었다. 영어를 알아듣지 못하는 아주머니는 우진이 오해를 풀어주려고 노력하는 모습에 박수까지 치며 좋아하셨다.

"말씀하시면 됩니다."

우진은 광고는 하지 않더라도 오해는 풀어주려고 인사를 시작했고, 이어서 일에 대한 얘기를 꺼내놓았다.

"…제 부탁으로 오해를 받아 마음의 상처가 됐을 유미자 씨에게 사과드립니다."

우진은 끝났다고 촬영을 끊으라는 시늉을 했고, 매튜는 계속 이어서 하라고 양손을 들어 올렸다.

우진은 도저히 못할 것 같기에 일어서려 했고, 매튜는 서둘러 우진의 옆으로 다가왔다. 그러고는 기어코 광고를 했다.

"일주일 뒤 정식으로 오픈합니다."

매튜는 우진도 아직 들어가 보지 못한 홈페이지 주소까지 얘기했다. 그러고는 또다시 머리를 숙이고 그 자리에서 편집을 했다. 그러고는 동영상을 Y튜브에 올리더니 우진을 봤다.

"IJ 채널입니다. 앞으로 제작한 영상은 이곳에 올라갈 예정입니다. 그리고 글을 쓰실 때 영상을 올리지 마시고 채널을 링크해서야 합니다. 그래야 원피스의 영상도 자연스럽게 노출될 겁니다."

모든 일을 홍보로 연결하는 매튜였다. 우진이 느끼기에 과한 면이 있었지만, 지금까지 모든 것을 매튜가 한 거나 다름없었기에 다른 말은 하지 못했다.

그래도 자신은 진심으로 영상을 찍었기에, 오해가 풀리길 바라는 마음으로 글을 올렸다.

"올렸으니까 이제 좀 지나면 알아줄 거예요."

"고마워요. 빨리 좀 해결됐으면 좋겠네. 그럼 얘기 나눠요. 정말 고마워요."

아주머니는 한결 가벼워진 얼굴로 일어섰다. 그러자 매튜가 기다렸는지 곧바로 입을 열었다.

"이제 볼일 다 보신 겁니까? 그럼 이제 이것 좀 보시죠."

매튜는 곧바로 인터넷 창을 열었다. 그러고는 주소록에 저장되어 있던 사이트를 눌렀고, 그와 동시에 검은 바탕의 화면이 보였다. 그리고 검은 바탕의 정가운데에는 며칠 전 매튜가 만들었던 패턴이 놓여 있었다.

우진은 매튜를 봤고, 매튜는 그동안 보지 못한 미소까지 보이며 만족해하는 얼굴이었다. 우진도 기대하며 마우스를 움직이려 했다.

"인터넷 엄청 빠르지 않습니까? 한국은 와이파이가 없는 곳이 없더군요. 정말 대단합니다."

엉뚱한 곳에서 만족하고 있는 매튜의 모습에 헛웃음을 짓고는 우진은 마우스를 움직였다. 그러자 마우스커서가 놓인 부분의 색이 바뀌었다.

"처음엔 250개 정도의 색이었는데 너무 번잡해 보여서, 어제 보고한 대로 60개의 색으로 나눴습니다."

"예쁘네요⋯⋯."

"그리고 가운데로 마우스커서를 가져가시면 I.J란 글이 보입니다. 그리고 패턴 어느 부분을 누르시든 페이지가 넘어갑니다."

우진은 마우스를 몇 번이나 움직여 보고선 페이지를 넘겼다. 그러자 앞부분과 다르게 하얀 배경으로 넘어갔고, 화면의 가운데에는 며칠 전에 본 미자의 사진이 걸려 있었다. 그리고 마우스를 내리자 바비의 사진도 걸려 있었다.

상당히 깔끔하게 구성된 모습이 만족스러웠다. 그리고 다시 마우스를 위로 올려 메뉴를 살폈다. 굉장히 단순한 메뉴 구성이었다. 그중 'Order'란 메뉴부터 들어가 보았다.

"사실 저희가 제품을 눈으로 보고 주문할 수 있는 시스템이 아니기에, 현재 이 부분이 제일 약점인 부분입니다. 게다가 상담도 하고 직접 미팅까지 해야 하기에 번거로울 수 있습니다. 그래도 자리만 잡는다면 충분히 승산 있습니다."

우진도 이해하고 있는 부분이었기에 별다른 말은 하지 않았다. 단지 카테고리 안에 쓰인 글을 물끄러미 봤다.

[Only one design in the world.
당신을 위한 디자인.
그 디자인으로 당신에게 가장 어울리는 옷을 만들어 드립니다.
전 세계에 존재하는 단 한 벌. 당신을 기다립니다.
Infinity of Jin's]

매튜는 맞춤옷이란 점을 강조하기 위해 적었다고 말했지만, 우진은 지금 자신에게 딱 맞는 글 같다는 생각이 들었다. 세상에 단 하나뿐인 옷이란 글을 마음에 되새기며 우진은 손을 들어 왼쪽 눈을 쓰다듬었다.

"그런데 왜 일주일 뒤에 오픈이라고 하셨어요?"

"준비할 게 많이 남지 않았습니까. 원단이야 직접 보고 고르신다고 쳐도, 다른 부자재들은 미리 만들어져 있어야 작업할 때 편하시지 않겠습니까?"

"아……."

우진은 매튜가 무엇을 말하는지 깨달았다. 그러고 보니 옷에 대한 디자인만 살폈지, 다른 부자재들은 생각도 못했다.

미자의 원피스에는 주머니 자체가 없었고, 바비의 가죽 재킷에는 기본 포켓이었기에 볼 수 없었다.

그렇지만 부모님의 옷을 만들 때는 직접 단추까지 달았다. 아무런 생각 없이 학교에서 쓰던 단추를.

단추 등도 엄연히 디자인의 일부분이라고 배웠음에도 불구하고. 기본 중의 기본도 잊고 눈에 보이는 것만 신기해했다. 왼쪽 눈으로 다른 단추가 보인다는 확신은 없었지만, 그게 아니더라도 매튜가 아니었다면 또 부랴부랴 준비했을 것이다.

"단추 같은 거 말씀하시는 거죠……?"

"네, 준비하셨습니까?"

"아니요……."

"괜찮습니다. 지금부터 준비하면 됩니다."

우진은 머쓱하게 웃으며 고개를 끄덕였다. 그리고 단추를 어떻게 만들어야 할까 고민하는데 매튜가 보였다. 다행히 장소도 어지럽지 않은 커피숍이었기에 주변을 살펴본 뒤 곧바로 렌즈를 뺐다.

"렌즈 끼십니까?"

"아… 네. 좀 뻑뻑해서."

그러고 보니 왼쪽 눈으로 매튜를 본 적이 없었다.

지금 매튜는 깔끔한 정장을 입고 있는 반면, 왼쪽 눈에서는 패션의 기본 중에 기본인 하얀색 긴팔 티에 청바지를 입고 있었다.

왼쪽 팔에는 네모 없는 인피니티 기호(∞)가 새겨져 있었고, 옷 모양이 전체적으로 조금 특이했다. 몸에 달라붙어 있는 것 같아 보이는데, 언뜻 봐서는 스판 원단은 아니었다.

티셔츠도 흔한 면 티인데 바지와 마찬가지로 몸에 붙는 것처럼 보이는데도 불편해 보이지 않았다.

'너무 말라서 그런 건가?'

면봉 같은 느낌의 매튜였기에 우진은 코를 찡긋하고 단추를 찾기 시작했다.

*   *   *

매튜의 옷에서는 단추나 지퍼가 보이지 않았다. 들춰보고 싶어도 들출 수가 없기에 곧바로 가게에 있던 다른 사람에게로 고개를 돌렸다.

"얘기하다 말고 뭐 하십니까?"

"잠시만요."

커피숍에 손님이 몇 없었고, 너무 멀리 있었다. 가까이 가서 보고 싶지만 미친놈으로 여길 게 뻔했다. 어떻게 해야 할까 난감해할 때 커피숍을 들어오는 익숙한 목소리가 들렸다.

"엄마! 언니 좀 어떻게 해봐! 나 집에 가면 죽을 거 같단 말이야."

"가게에서 시끄럽게 하지 말고 옷이나 갈아입어."

우진은 자신의 직업을 알고 있는 미숙이를 보며 잘됐다 생각하며 인사를 했다.

"어? 오빠 또 있네?"

매튜를 신기하게 보며 손을 흔드는 미숙이었고, 우진은 급하게 미숙을 불렀다. 미숙은 카운터를 힐끔 보더니 테이블로 다가왔다.

"왜요?"

"아, 잠시 옷 좀 살펴봐도 돼요?"

"나도 모델 시켜주려고요? 봐요! 마음껏 봐! 우리 언니보다 예쁘게 만들어주세요!"

우진은 어색하게 웃었다. 미자 같은 경우가 흔하게 보이는 것이 아니었다. 잔뜩 상기된 미숙의 모습에 미안한 마음이 들었지만, 우진은 고개를 끄덕이며 미숙을 관찰했다. 그리고 미숙의 잠바에 달린 단추가 눈에 들어왔다. 생각한 대로 기존의 단추와는 조금 달랐다.

"오……."

"왜요, 왜요! 이제 보니 내가 더 모델 같죠?"

우진은 웃음으로 넘기고는 계속 살폈다. 잠바는 지퍼와 단추가 덮개로 덮여 있어 보이지 않았다. 하지만, 살짝 열려 있는 깃 부분에 달려 있는 단추가 보였다. 보통 잠바들과 마찬가지로 똑딱이 버튼이라고 불리는 틱 버튼이었다.

버튼은 금속으로 되어 있었다. 기존 버튼과 다르게 사각형이었고, 가운데는 뚫려 있었다.

인피니티(∞) 기호들이 선 상태로 8자를 만들어 네모와 네모를 연결해 주고 있는 형식이었다. I.J의 로고를 그대로 단추로 사용하고 있었다.

우진은 가방에서 자를 꺼내 약간 거리를 두고 치수까지 쟀었다.

'가로가 18, 세로가 10, 두께가 1 정도 되려나?'

우진이 측정을 하고도 목 부분을 하염없이 봤다. 그때, 주인아주머니의 목소리가 들렸다.

"미숙이 너! 왜 오빠들 방해하고 있어! 빨리 안 와?"

"아니거든? 나 모델 중이거든?"

"됐거든? 너까지 속 썩이지 말고 빨리 와. 총각, 쟤는 안 돼. 이해해 줘. 알지?"

"아! 왜!"

미자 때문이라는 것을 알고 있었다. 우진도 이미 버튼을 봤기에 빨리 그림으로 옮기고 싶었고, 아주머니의 타이밍이 좋았다.

"어휴! 오빠 나중에 몰래 해줘요. 알았죠?"

미숙은 카운터로 투덜거리며 갔고, 우진은 매튜의 노트북을 밀치고 자신의 태블릿 PC를 꺼냈다. 그러고는 곧바로 조금 전에 봤던 버튼을 그리기 시작했다.

'틱 버튼 말고 다른 버튼도 이런 식인가?'

막상 그리다 보니 문제점이 보였다. 이걸 어디서 어떻게 만들어야 하는지도 문제였고, 기존 버튼과 다르다 보니 분명히 가격도 상당할 것 같았다.

"선생님?"

"네?"

"이게 뭡니까?"

"버튼이에요. 이건 틱 버튼인데, 다른 데 써도 될까 모르겠어요."

"허, 그러니까 미리 생각해 두신 게 있으셨군요? 조금 전에 저 여학생에게 이게 어울리는지 보신 거고."

"네……?"

"단가가 올라가겠지만, 그래도 I.J의 로고로 된 버튼 자체는 훌륭합니다. 미리 말씀해 주시지 그러셨습니까. 생각을 안 하시고 계신 거 같아 조금 걱정했습니다."

가볍게 고개까지 숙이는 매튜였다.

*   *   *

우진은 집에 도착하자마자 집에 계셨던 부모님의 옷부터 살폈다. 처음부터 단추를 볼 생각으로 살피다 보니, 그동안 이걸 못 본 것이 이상하다고 느낄 정도로 잘 보였다.

'재킷에만 붙어 있구나. 하긴 이걸 블라우스에는 달기도 어렵겠네. 아무래도 뒷면에 실이 들어갈 고리가 필요하겠네.'

"왜? 엄마 옷 또 만들어주려고?"

"그런 게 아니라……"

"그럼 왜?"

공장을 오래 하신 부모님은 단추를 만들 수 있는 곳을 알고 계실 수도 있을 거란 생각이 들었다.

"엄마, 혹시 버튼 만들 수 있는 곳 아세요?"

"버튼? 단추 공장 말하는 거야? 알긴 아는데 왜?"

"단추 좀 만들려고 하는데. 아세요?"

"알지. 여보, 성훈 씨네 아직 공장 하지? 문 닫는다고 했는데 닫았으려나?"

"아직일 거야. 성훈이 녀석, 시계 부품 만드는 일도 사기당하고 지금 단추 공장도 잘 안 돼서 속상할 텐데."

아버지는 잠시 생각하시더니 곧바로 휴대폰을 꺼냈다.

"성훈아, 공장에 있어? 어, 잘됐다. 우리 아들이 단추 좀 만들고 싶다고 해서. 잠시만 기다려 봐. 그래, 바로 보낼게."

아버지는 통화하면서 적었던 메모를 우진에게 내밀었다.

"메일이랑 전화번호야. 어떻게 만들어야 되는지 써서 보내란다. 사진 있으면 더 좋다고 그러니까 그림 그려서 보내봐."

"아! 감사해요."

"감사는 무슨. 워낙 불경기라 오히려 그쪽에서 고마워할 거야."

아버지는 씨익 웃으시더니 다시 TV를 보셨고, 우진은 방으로 들어가 곧바로 낮에 그렸던 스케치를 수정했다.

아직 보지 못한 다른 크기의 단추가 있을 수 있다는 생각에 크기별로 메일을 보냈다. 메시지까지 보내고 난 뒤 긴장하며 기다릴 때 전화가 울렸다.

―주영 형님 아들이죠?

"네, 안녕하세요."

―하하, 네. 반가워요. 그런데 보낸 게 단추 맞아요?

"네. 그 모양으로 단추를 만들었으면 해서요."

—그래요? 배지나 브로치 같아서 확인하려고 전화했어요. 크기가 너무 여러 개라서 아무래도 샘플 제작은 힘들 거 같은데요. 웬만하면 주영 형님 봐서 해드리고 싶은데… 저희도 이걸 만들려면 금속 틀도 만들고 손이 상당히 많이 가는 작업이라서요. 단추다 보니까 도금도 해야 하고. 이걸 옷에 달려고 해도 단가가 확 올라갈 텐데. 어디에 쓰려고 그래요?

"제가 맞춤옷을 하려고 하거든요."

—하하, 형님 피가 그대로 갔네. 아이고, 이걸 어쩐다. 그냥 여기에 있는 공간을 파지 말고 새기는 건 좀 그렇죠?

약간 고민되었지만 한번 결정한 이상 바꿀 순 없었다.

—그럼, 전부 다는 힘들 거 같고요. 제일 필요한 사이즈로 한 가지만 말해봐요. 일단 만들어볼게요.

"정말요? 감사해요. 그럼 가로 18mm짜리 그걸로 부탁드려도 될까요?"

—18mm면 제일 큰 거네요.

"가격은 얼마나……."

—하하, 그건 일단 만들어지나 보고요. 구멍이 너무 많아서 안 될 수도 있거든요. 그럼 틀이 만들어지면 다시 전화하죠.

*　　　　　*　　　　　*

이틀 뒤. 매튜와 앞으로 무엇이 더 필요한지 얘기를 나누고 집에 오니 거실에 손님이 와 있었다.

"우진 씨? 반가워요."

"반가워요가 뭐야. 조카처럼 지내."

"제 고객이잖습니까. 하하."

"우진이 여기 와서 앉아봐. 며칠 전에 통화했지?"

우진은 그제야 손님이 버튼을 맡은 사람이란 것을 알았다.

"아! 안녕하세요."

"하하. 우진이가 이렇게 반가워하는 건 처음 보네."

"그런가요? 하하. 이거 부담되는데요? 그럼 검사부터 좀 받아야겠네."

성훈은 조그만 쇼핑백을 내밀었다. 우진은 꾸벅 인사를 하고선 곧바로 쇼핑백에 든 비닐을 꺼냈다. 손바닥만 한 비닐에는 10개 남짓한 단추가 담겨 있었다.

"일단 이게 맞는지 확인차 샘플로 만든 거예요. 황동에 은 니브시 도금 한 거고요. 그 8자 무늬부터 해서 전체적으로 구멍이 많아 틀로 해도 제대로 안 나오더라고요. 그래서 직접 핸드드릴로 뚫은 거예요. 아무래도 대량 제작하려면 금형 공장에 있는 태핑 센터로 뚫는 게 나을 거예요."

"감사합니다! 감사해요! 너무 마음에 들어요."

디자인한 그대로 나왔다. 이 작은 단추가 뭐라고 옷을 만들었을 때만큼이나 기뻤다. 우진은 손에 들린 단추를 이리저리 둘러봤다.

"그럼 이게 개당 얼마예요?"

"하하, 됐어요. 주영 형님이 해주신 거에 비하면 이건 뭐 아무것도 아니죠."

그 말에 우진이 아버지를 바라보자, 아니나 다를까 아버지가 손사래를 쳤다.

"받을 건 받아야지! 여기까지 왔는데!"

"하하, 형님도 참. 괜찮아요. 오늘도 오랜만에 형님 얼굴이나 뵈러 온 거죠. 어차피 할 일도 없었는데요, 뭐."

"그래도 말이야. 공장도 힘들잖아."

"어차피 두 달 뒤에 공장 내놓으려고 했어요. 맞다, 조카도 필요한 거 있으면 미리미리 제작해요. 대량은 못해도 소량이라면 그때까진 해줄 테니까. 알았죠? 100개에 20만 원이면 부담 없으려나?"

일반 단추보다 거의 몇 십 배는 비쌌지만, 우진도 복잡한 만큼 이 정도 가격은 나갈 것 같다고 예상했다. 다만 돈이 없다는 게 문제였지만.

"하하, 조카님이 형님 공장 처음 하셨을 때랑 비슷하네요. 곤란한 티가 얼굴에 팍팍 드러나네요, 하하."

아버지와 성훈은 자연스럽게 공장에 대한 얘기로 넘어갔다. 우진은 그 모습을 보면서 아버지가 말씀하시던 사람과의 관계라는 게 혹시 이런 것은 아닐까란 생각이 들었다.

*　　　　*　　　　*

다음 날. 늦은 밤 가게에 나와 있던 우진은 매튜가 오자마자 버튼부터 내밀었다.

"이걸 벌써 만든 겁니까?"

"네. 괜찮은 거 같아요."

"상당히 깔끔합니다. 이 정도면 우리가 부탁해도 일주일은 걸릴 텐데."

"그래요? 아는 분이 만들어주셨어요."

"역시 이미 생각하고 계셨군요."

매튜는 브로치처럼 가슴에도 대보며 단추를 이리저리 살펴보더니 손수건을 꺼내 소중하게 말았다.

"선생님 이름으로 등록된 특허에 세부적으로 추가 등록 해놓겠습니다. 이것도 해놓으신 건 아니시죠?"

"네, 안 했어요."

"알겠습니다. 이제 다른 것들은 주문받으면서 준비해도 될 것 같습니다. 그럼 예정대로 홈페이지는 다음 주부터 오픈해도 되겠네요."

"다음 주요?"

"네. 며칠 전에 올린 글 때문인지, 광고 영상을 본 사람이 꽤 됩니다."

"어? 벌써요?"

우진은 급하게 Y튜브에 들어갔다. 그러자 미자의 오해를 풀어주려고 올린 영상이 보였다. 조회수가 오천 명이 넘었다. 그것만 해도 상당히 많다고 느낀 우진은 그 밑에 있던 영상으로 눈을 돌렸다.

"광고 영상 조회수는 102인데요?"

"네, 그중에 한 명만 고객으로 와도 충분합니다. 전 오히려 많이 몰려들까 걱정입니다."

그러고 보니 모든 일을 전부 혼자 해야 했기에, 한 명의 손님만 와도 다른 손님을 받을 수 없었다. 그걸 깨닫자 고작 백 명 넘는 사람도 많다고 느껴졌다.

"어? 103이다!"

"조금 전에 보셔서 올라간 겁니다."

"아……."

*　　　　　*　　　　　*

다음 주. 새 학기가 시작되었고, 서인대의 패션산업학과에 모인 학생들은 방학 동안 못 본 얼굴이 반가운지 수다로 강의실이 시끌벅적했다.

"우리 학교 대나무숲 가봤어?"

"과 SNS도 안 들어가는데 대나무숲까지 뭐 하러 들어가. 왜? 무슨 일 있어?"

"그게 대나무숲에서 사체과 어떤 애가 막 걸레니 뭐니 그런 글이 있었거든? 그런데 알고 봤더니 걔가 모델이었대."

"진짜? 어디 모델?"

"처음 보는 곳이던데. 아무튼 걔가 인애 남친 전 여친이래."

그때, 학생들이 말하던 인애가 강의실로 들어왔고, 조금 전에 얘기하던 무리로 자연스럽게 섞여들었다.

"뭐야? 내 얘기했어? 왜 나 오니까 조용해?"

"그런 거 아니거든? 너도 혹시 대나무숲 봤어?"

인애는 무슨 말을 하고 있었는지 눈치챘는지 대수롭지 않다는 얼굴로 웃었다.

"아, 그거 말하는 거구나. 나도 봤어. 이름도 없는 쇼핑몰이던데?"

대수롭지 않게 여기는 모습에 옆에 있던 친구들도 편안한 얼굴로 대화를 이었다. 그러다 한 친구가 영상을 보고 싶다며 휴대폰으로 검색을 하기 시작했다.

"대나무숲에 없는데? 지워진 건가?"

"없어? 그럼 Y튜브 들어가서 I.J 쳐봐. 그럼 나와."

"I.J가 쇼핑몰 이름이야?"

"나도 잘 몰라. 나도 그 디자이너란 사람이 올린 영상만 봐서."

"이건가 보다."

그러자 모여 있던 친구들이 얼굴을 들이밀었다. 영상을 재생시키자, 커피숍에 앉아 있는 유미자의 모습이 나왔다.

"얘가 걔야?"

"나도 잘 모른다니까. 뷰티 채널인가? 뭔 화장을 하고 있어."

학생들은 화면이 깜빡거릴 때마다 금색 로고가 보이고 다음에 조금씩 변하는 미자의 모습을 어느새 흥미롭게 보고 있었다.

미자가 패딩을 벗을 때는 소리를 내진 않았지만 다들 입을 오므리고 있었고, 잠시 뒤 메인 사진이 나올 땐 오므라진 입에서 감탄사가 나왔다.

Only one design in the world,
Infinity of Jin's

영상이 끝나자 다들 약간 놀란 얼굴로 서로를 쳐다봤고, 이내 그 정도는 자신들도 충분하다는 듯 어깨를 으쓱거렸다.

"쇼핑몰이 아닌가 본데? 그냥 뷰티 채널 같아. 무슨 광고 같네."

그때, 교수가 강의실에 들어섰다. 교수와 첫 대면하는 자리였기에 다들 자세를 고쳐 잡았다.

"안녕하세요. 이번 학기 패션산업의 이해를 맡은 김태곤입니다."

첫날부터 강의를 하는 경우는 드물었기에, 앞으로 어떤 식으로 수업을 풀어나갈지에 대한 얘기가 주였다. 그 때문에 좀 지겨웠는지 아까 모여 있던 학생 중 한 명이 고개를 돌려 뒤에 있던 친구에게 조용하게 물었다.

"야, 뭐라고 검색해야 된다고?"

"I.J라고. J.I인가? 아무튼 둘 중 하나."

대답을 들은 학생이 곧장 휴대폰으로 검색했고, 두 개의 영상 중 아까 봤던 영상을 클릭했다. 그러자 영상에서 나오는 바흐의 첼로곡 프렐류드가 강의실에 크게 울려 퍼졌다.

*　　　　*　　　　*

"죄송합니다……."

학생은 소리를 크게 해두고 있었던 걸 잊고 있었다. 서둘러 껐지만, 이미 강의실의 모든 시선을 받았다. 그러자 교수도 학생들과 마찬가지로 웃으면서 다가왔다.

"뭘 그렇게 재미있게 보나요? 재미있는 거 있으면 같이 봤으면 좋겠는데?"

"죄송합니다……."

"잘됐네요. 다들 내 얘기 들은 사람도 있을 거고, 내 수업 들었던 사람도 있을 겁니다. 앞으로 수업 중에 벨 소리가 울리면 스피

커폰으로 받아야 하고, 노래가 들리면 그 노래를 불러야 하는 거 기억해 줬으면 좋겠어요. 그런 의미에서, 뭘 그렇게 보셨나요?"

주변에 있던 친구들은 자신의 일이 아니기에 키득거리며 웃었고, 걸린 학생만 어쩔 줄 몰라 했다. 그러다 결국 자신 앞에서 떠나지 않는 교수에게 휴대폰을 보여주었다.

"오, 그래도 패션산업과라고 옷에 관련된 영상을 보고 있었네요. 하하."

교수는 영상을 보더니 학생을 향해 휴대폰을 잠시 빌린다는 듯 흔들더니 제자리로 돌아갔다. 그러고는 학생들에게 화면을 보여주면서 입을 열었다.

"요즘은 이렇게 미디어가 발달하다 보니 일반인들도 손쉽게 광고를 할 수 있죠. 이 영상 한번 같이 볼까요?"

교수는 강의실에 있던 컴퓨터를 켜고 휴대폰을 보며 주소를 입력했다. 그리고 프로젝터까지 가지고 와서 학생들이 영상을 볼 수 있게 만들었다.

"영상미 자체는 조금 떨어지는데 기본에 참 충실한 영상이네요. 화면 변환을 주면서 소비자에게 다음에 나올 화면에 대한 궁금증을 일으키고, 무엇보다 제품을 직접 입은 모델을 앞세워 제품을 알리는 마케팅이 괜찮네요. 그렇지만, 규모가 작으면 이런 업로딩 사이트보다 차라리 소비자와 직접 대화를 나누면서 자연스럽게 광고하는 편이 좋을 텐데 그걸 간과했네요. 여러분도 광고 나오면 스킵만 하지 보진 않으시죠? 하하."

학생들의 웃음소리에 교수도 씨익 웃고는 말을 이었다.

"그래도 새로 생긴 기업에서 중요한 브랜딩도 문구들을 통해 보여주네요. 요즘 시장에 맞지 않는 맞춤옷이란 것만 뺀다면 확실히 괜찮은 홍보 영상입니다. 이 정도면 어느 정도 자금을 준비한 상태로 시작한 것 같네요."

영상이 끝나자 교수는 박수를 치며 화면을 내렸다.

"전문 모델까지 사용하는 쇼핑몰. 광고만 봐서는 상당히 괜찮은 쇼핑몰 같네요. 우연치 않게 보게 된 곳도 이렇게 괜찮은데, 아직 우리가 보지 못한 곳이 얼마나 많은지 상상도 안 됩니다. 그만큼 여러분이 설 곳이 많다는 겁니다."

"그 모델 전문 모델 아닌데. 우리 학교 학생이에요."

"그런가요? 우리 학교 모델학과는 워낙 유명하니까 그럴 수 있죠."

"사체과 학생이에요……."

교수는 머쓱한지 휴대폰을 다시 확인하더니 입을 열었다.

"모델 공부를 한다고 자신들만 모델 할 수 있다는 생각을 버려야 합니다. 그래야 더욱 발전하지 않겠습니까? 하하하, 그나저나 체육과 학생이 괜찮은 디자이너와 함께 일할 수 있는 기회를 얻다니 행운이네요. 가만 보자, 어떤 디자이너 작품일까. I.J? 처음 듣는데? 외국 사람인가?"

"아니요. 한국 사람이에요."

교수는 생소한 이름에 고개를 갸웃거렸다. 비록 지금은 교수로 있지만, 패션업계에 오래 몸담고 있었기에 웬만한 이름은 알고 있었다. 그런데 학생들도 아는 이름을 자신만 모르고 있었다. 그러자 학생 한 명이 밑에 동영상에 디자이너 영상이 있다고 말했고, 교수는 궁금한 얼굴로 영상을 재생시켰다.

영상에서는 우진의 모습이 나오고 있었다. 얼굴을 확인했음에도 생소했기에 교수는 더욱 궁금해졌다.

"유명한가요? 왜 나만 모르지?"

"아니요! 저희도 오늘 처음 봤어요."

"하하하, 그렇죠? 하마터면 나만 모른다고 속상할 뻔했네요. 하긴 인터넷에 자신을 알리려고 올리는 영상이 많다 보니까 그중 하나일 수도 있겠네요."

교수는 학생들에게 가벼운 농담을 하고선 휴대폰을 돌려주려고 학생에게 다가갔다. 그리고 그때 영상에서 새로운 사람이 등장하는 것이 보였다.

"어? 이 사람 어디서 봤는데?"

학생들도 궁금한 얼굴로 갸웃거리는 교수를 봤다. 교수는 생각이 나지 않는다는 듯 포기하고는 휴대폰을 돌려주었다. 그렇게 흐지부지 넘어갔고, 교수는 계속해서 앞으로의 수업 내용에 대한 말을 했다. 시간이 지나 거의 끝나갈 무렵이 되었다.

"저는 여러분이 대부분 의류산업에 종사할 후배라고 생각합니다. 아까 봤던 친구처럼 개인 쇼핑몰을 하는 사람도 있을 거고. 하하, 무엇을 하든 의류산업에 종사하려면 그 의미를 알아야 하고, 그러려면 제 수업을 잘 들어야겠죠. 혹시 압니까? 여러분들 중에 '로젤리아'나 '헤슬' 아니면 '제프 우드'에서 일을… 아! 제프 우드 매튜 카슨!"

교수는 휴대폰을 보다 걸린 학생을 향해 손가락까지 내밀며 크게 소리쳤다. 그러자 학생들은 의아한 얼굴로 그 학생과 교수를 번갈아 봤다. 그럼에도 교수는 뭐에 씌기라도 한 사람처럼 그 학생에게 걸어갔다.

"아까 본 영상! 그거 다시 좀. 빨리빨리."

학생은 잠시 당황한 듯 교수를 보더니 이내 아까 봤던 영상을 찾아 재생시켰다. 휴대폰을 넘겨받은 교수는 영상을 빠르게 넘기더니 어느 부분에서 멈췄다. 그러고는 화면을 가까이 대고 뚫어져라 봤다.

"맞네! 매튜 카슨. 왜 매튜 카슨이… 제프 우드에서 나온 건가? 아니지, 이 사람이 나왔으면 단번에 소문났을 건데. 뭐지? I.J? 왜 이런 어린 디자이너하고 같이 있는 거지?"

교수의 중얼거림에 강의실에 있던 학생들의 머릿속에 I.J가 새겨졌다.

"제프 우드래. 그럼 엄청 비싼 거 아니야?"

"딱 봐도 비싸 보이잖아."

"와, 그러고 보니까 옷도 엄청 예쁘네……."

오직 인애만 못마땅한 듯 얼굴을 찡그렸다.

＊　　　　＊　　　　＊

가게에 앉아 휴대폰을 보는 우진의 눈은 붉게 충혈되어 있었다.

"31명… 31명……."

홈페이지를 오픈하고 나니 손에서 휴대폰을 놓을 수 없었다. 계속해서 새로고침을 하며 방문자수를 확인했다. 방문자가 한 명 늘어날 때마다 혹시 상담하는 글을 남기진 않았을까 떨리는 마음으로 확인했다. 하지만 홈페이지는 깨끗 그 자체였다.

혹시나 메일로 왔나 싶어 메일도 확인해 봤지만, 어떻게 알고 보냈는지 메일함에는 전국 각지 세무사 사무소에서 보낸 메일만 한가득이었다.

처음부터 잘될 거라고 생각하진 않았지만 기대가 되는 것은 마음대로 되지 않았다.

"아직 시작이니 너무 조바심 가지실 필요 없습니다."

좁은 가게에 함께 있는 매튜였다. 노트북을 놓을 곳도 없다 보니 바닥에 쭈그리고 앉아 있었고, 양반다리 때문에 다리가 저리는지 연신 다리를 주무르고 있었다. 아무래도 돈이 생기면 최우선으로 가게를 하나 구해야 할 것 같았다.

"앱 제작도 맡겼으니 조금만 더 기다려 보시죠."

"감사해요. 그런데 돈을 나중에 줘도 되는 건가요……?"

"돈이요? 돈을 왜… 아! 괜찮습니다. 제가 파견을 혼자 나와서 회사에 도움을 요청할 수 있거든요. 제가 출장 나올 때마다 자주 부탁해서 익숙할 겁니다."

"혹시… 지금 말씀하시는 게 제프 우드에서……?"

"네, 맞습니다."

아무리 파견을 왔다고 하더라도 설마 제프 우드에다가 자신의 일을 맡길 줄은 상상도 못 했다. 도대체 무슨 생각으로 저러는 건지 이해할 수 없을 정도로 막 나가는 사람 같았다.

그때, 홈페이지를 보던 매튜가 고개를 갸웃거리며 우진을 봤다.

"선생님. 글이 하나 올라왔습니다."

"어! 진짜요?"

우진은 급하게 새로고침을 했고, 그러자 문의란에 'new'라는 알림이 보였다. 들어가 보니 자물쇠 모양이 있는 비밀 글이었다.

우진은 떨리는 마음으로 클릭해서 들어갔다.

[서인대 대나무숲에 올린 글을 봤습니다. 그런데 영상에서 나온 사람 중에 아는 얼굴이 보여서 질문을 해봅니다. 혹시 그 사람이 제프 우드의 MD 매튜 카슨이 맞습니까?]

제품에 대한 문의 글이 아닌 매튜에 대한 질문이었다. 손까지 떨어가며 기대했건만, 찬물을 맞은 기분이었다.

"어떤 내용입니까?"

"영상에 나온 사람이 매튜 씨 맞는지 물어보는 내용이네요……."

"음, 이쪽 관계자인가 보네요. 신경 쓰실 일은 아닙니다."

매튜는 대수롭지 않게 여기고는 다시 노트북으로 고개를 돌렸다.

"글이 하나 더 올라왔습니다."

우진은 급하게 글을 봤다.

[광고에서 봤던 원피스 구매하고 싶은데 어디서 구매해야 하죠?]

그 글을 시작으로 많이는 아니었지만, 원피스를 묻는 글이 올라왔다. 우진은 글이 올라올 때마다 매튜에게 설명을 해주었고, 매튜는 이미 예상했다는 듯이 고개를 끄덕였다. 그러고는 우진을 보며 물었다.

"좋은 일일 수도 있고, 나쁜 일일 수도 있습니다. 당장으로는 첫발을 내디딘 것에 불과한데, 제품에 대한 문의가 오는 걸 봐서는 좋은 신호입니다. 선생님의 생각이 중요하겠지만 제 생각으로는 I.J가 빠르게 크기 위해서는 대량생산을 하는 편이 좋을 것 같습니다."

우진은 어떻게 해야 좋을지 고민되었다. 이미 작업지시서, 패턴 그리고 원단까지 모든 것이 정해져 있기에 공장에 맡기기만 하면 되었다.

하지만 걸리는 부분이 있었다. 자본도 자본이었지만 그것보다 더 신경 쓰이는 부분이 있었다.

모니터에 보이는 글.

Only one design in the world.

처음 봤을 때부터 마음에 드는 글이었고, 지금 자신을 가장 잘 나타내는 말이었다. 그런데 공장에 맡겨 버리는 순간 저 말과는 달라져 버리는 것이다.

그리고 무엇보다 왼쪽 눈으로 보이는 모습은 그 사람의 단점을 커버할 수 있게 보이는 것인데, 비슷한 체형이라면 몰라도 분명 고객이 원하는 대로 나오진 않을 것 같았다.

우진은 다시 고민하는 얼굴로 바뀌었다.

"선생님, 어디까지나 제 의견입니다. 전 최대한 수익을 나게 만드는 직업이기에 드리는 말씀입니다."

"아, 네."

"디자이너는 자신만의 정체성과 색을 갖는 게 중요합니다. 제 프 우드 씨만 보더라도 실용성에 화려함을 가미한 디자인으로 유명하시죠. 누가 뭐라고 하든 자신의 길을 걷고 있죠. 제가 봤을 땐 선생님도 그런 것이 필요한 것 같습니다."

"저한테 색이 있나요?"

"당연한 거 아닙니까? 언뜻 보면 제프 선생님과 비슷하지만, 그보다 더 자유롭고 무엇보다 옷을 입을 고객에게 맞춰져 있다는 느낌이 듭니다. 사람을 생각하는 옷. 저는 그렇게 느꼈습니다. 전 대량생산 해서 파는 걸 추천하지만, 선생님의 먼 미래를 본다면 정하신 대로 맞춤옷으로 나가시는 것도 좋습니다."

"먼 미래……."

"한 30년 정도 하시면 유명해지실 것 같습니다."

매튜의 말에 용기가 나면서 한편으로는 걱정도 되었다. 이름을 알리려고 시작한 것은 아니지만, 잘못하면 그 전에 망할 수도 있는 것이었다.

우진이 계속 생각에 잠겨 있는데 휴대폰으로 메시지가 도착했다. 우진은 답답한 마음을 던져내려 한숨을 쉬며 휴대폰을 보다가, I.J 앞으로 도착한 메시지에 급하게 들어가 봤다

[안녕하세요. 통화를 좀 하고 싶은데 괜찮을까요?]

[네? 누구신데요?]

[아, 전 홈페이지에 글을 남긴 사람입니다. 통화 좀 하고 싶은데 부탁드립니다.]

우진은 다시 고개를 돌려 매튜를 봤다.

MD라는 직업은 알고 있었지만 매튜에 대해선 잘 알지 못했다. 자신에 대해 직접 소개했고 이력서까지 봤을 때도 그저 대단한 사람인가 보다 생각했다. 그런데 영상을 보고 매튜를 찾는 모습을 보니 아무래도 생각보다 더 유명한 사람이었던 것 같았다.

"매튜 씨, 아까 홈페이지에 글을 올렸던 사람이 통화하고 싶어하는데요?"

"흠. 곤란한 사람이네요. 제가 전화하도록 하겠습니다."

우진은 전화번호를 물은 뒤 번호를 알려주었고, 매튜는 곧바로 전화를 걸었다. 다행히 상대방이 영어가 가능했는지 한참을 얘기하더니 시큰둥한 얼굴로 'No'만 계속 뱉었다. 그러더니 결국 전화까지 끊어버렸다. 우진이 궁금해서 바라보자, 매튜는 곧바로 통화 내용을 얘기해 주었다.

"대학교에서 특별 강의를 해달랍니다."

"그래서 안 하신다고 그러신 거예요?"

"네, 지금도 바쁜데 그럴 시간 없습니다."

꽤 유명한 사람이 아니고선 대학에서 강의 요청을 하지 않았을 것이다. 그런 사람을 바닥에 쪼그리고 앉아서 다리를 주무르게 만들었다.

그때, 다시 메시지가 도착한 소리가 들렸다. 확인해 보니 조금 전에 보냈던 사람이었다.

[숍이 어디에 있죠?]

아무래도 매튜를 만나고 싶어 하는 것 같았다. 하지만 숍이 없는 건 둘째 치고, 매튜 본인이 싫다고 했다. 그래도 손님이란 생각에 우진은 최대한 공손하게 대답했다.

[매튜 씨가 지금 바빠서 시간이 안 됩니다.]
[그냥 얼굴만 뵙고 싶어서 그럽니다. 아니, 제가 옷을 맞추고 싶은데 가능합니까?]

첫 고객을 이렇게 받고 싶진 않았다. 매튜만 만날 수 있다면 옷은 어떻든 상관하지 않는다는 느낌이었다. 그런 생각이 들자 기분이 좋지 않아 휴대폰을 물끄러미 바라봤다.

"아까 그 사람입니까?"

"네, 매튜 씨를 만나려고 옷까지 주문한다네요. 하하……."

"그렇습니까?"

그러더니 매튜는 곧바로 전화를 걸었다. 손님에게 전화를 걸어 화를 내려고 하는 건가 하는 불안한 마음으로 지켜봤다. 그리고 통화가 연결되었는지 매튜가 입을 열었다.

"최고의 디자인. 최고의 품질. 세상의 단 하나뿐인 디자인을 자랑하는 I.J를 찾아주셔서 감사합니다, 고객님."

제7장
첫 고객

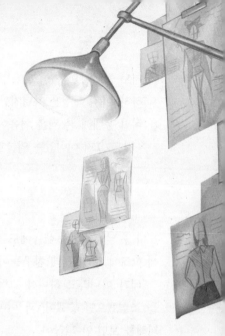

우진은 어이가 없었다. 조금 전까지만 해도 얼굴에 귀찮은 기색이 역력했는데, 지금은 전화를 하면서도 미소를 짓고 있었다.

"I.J의 디자이너 선생님이 직접 고객님을 찾아가 상담을 해드리고, 고객님의 체형을 고려한 최고의 패션을 추천해 드리고 제작해 드립니다. 네, 출장비는 당연히 없습니다. 당연히 저도 함께 해야죠."

매튜는 종이에 무언가를 열심히 적어가며 통화를 했다.

"네, 그럼 내일 찾아뵙도록 하겠습니다. 오후 두 시 괜찮으십니까?"

매튜는 전화를 끊더니 미소가 가득한 밝은 얼굴로 우진을 바라봤다.

"선생님, 첫 의뢰입니다. 하하."

"저도 들었어요⋯⋯."

"하하, 아직 확정은 아니지만, 그래도 축하드립니다. 저도 고객을 직접 응대해 본 적은 처음이라 떨려서 혼났습니다. 하하."

우진은 그저 어이없는 얼굴로 매튜를 볼 뿐이었다.

＊　　　　＊　　　　＊

다음 날. 개강을 했음에도 학교에 가지 않던 미자는 며칠 만에 학교에 왔다. 근데 친구들이 아닌 과 조교와 함께였다.

"네가 아니라고 하니까 그렇겠지. 그래도 앞으로 좀 더 행동을 조심했으면 좋겠어. 과 이미지도 있는데 괜히 애먼 애들까지 피해를 보면 안 되잖아."

미자는 아무 말도 하지 않았다. 벌써 몇 번째 비슷한 상황을 겪고 있었다. 만나는 선배들도 한마디씩 하고 지나갔고, 동기들도 볼 때마다 수군거리는 게 느껴졌다. 도무지 왜 자신이 그런 오해를 받고 하지 않아도 될 해명을 해야 하는지 화가 났지만 어디에도 풀 수 있는 곳이 없었다.

그저 지금 자리를 피하고 싶었고, 집으로 돌아가고 싶었기에 미자는 말없이 고개를 끄덕이고선 학과실을 나왔다.

"뭐래? 조교 언니가 지랄해?"

"아니야."

친하게 지내는 친구들이 함께여서 그나마 버틸 수 있었다. 미자는 보일 듯 말 듯한 미소를 짓고는 계단을 내려갔다. 그러자 친구들이 따라붙으며 입을 열었다.

"요년 요거. 그 디자이너라는 사람 잘생겼던데. 어떻게, 지금 만나고 있나? 크크."

"야, 그 디자이너도 눈이 있지. 너 네가 돈 주고 한다고 그랬지? 그렇지 않고선 널 모델로 할 이유가 없지."

"너희들은 그게 지금 미자한테 할 소리야? 미자가 좀 꾸미면… 너 영상 포토샵 한 거지?"

친구들은 옆에서 농담을 건넸고 미자는 계단을 내려오다 말고 문득 의아해졌다.

그러고 보니 오늘 만난 선배들도 그렇고 지금 친구들 역시 자신이 모델을 했다는 것을 알고 있었다. 며칠간 학교 게시판은 물론이고 SNS에도 들어가지 않던 미자는 혹시 또 자신도 모르는 소문이 돌고 있는 건 아닌지 친구들의 농담에도 덜컥 겁부터 났다.

옆에 있는 친구들에게 물어보려고 고개를 돌리자 한쪽에서 손가락질을 하며 자신을 보는 무리가 보였다. 같은 건물에 위치한 패션산업학과의 학생들이었다.

미자는 타 학과에까지 소문이 난 것 같다는 생각에 고개를 돌리고 빠르게 내려가려 했지만 친구들은 아니었다.

"뭘 쳐다봐?"

같은 여자끼리의 다툼이라면 절대 질 것 같은 않은 친구들이었다. 그 사실을 자신들도 알고 있는 듯 얼굴을 사정없이 찡그리며 무리로 향해 걸어갔다.

"뭔데 사람을 손가락질하면서 쳐다봐. 뒈질래?"

"너희 몇 학번이냐."

"왜, 학번 알고 맞으면 덜 아픈가? 학번 수대로 처맞아볼래?"

그러더니 곧 때릴 것 같은 자세를 취하자, 맞지도 않았는데 비명부터 터져 나왔다. 그러자 사람들이 몰려들기 시작했고, 그 중심에 있던 미자는 이러지도 저러지도 못하고 있었다.

그때 위층에서 같은 과의 남학생들이 내려왔다. 그리고 그 속에 그토록 마주치기 싫었던 사람의 얼굴이 보였다.

"야, 너희들 뭐 하냐? 유미자?"

그때, 마주하고 있던 패션산업과 무리에서 목소리가 들려왔다.

"동훈아! 손동훈!"

"어? 자기?"

미자는 그제야 앞에 서 있던 여자가 자신에게 메시지를 보냈던 사람이란 것을 알았다. 하필이면 만나기도 싫은 사람의 애인이었다.

미자는 친구들을 말리며 빨리 자리를 피하려 했다.

"왜 싸우는 거야? 좀 이해해 줘. 우리 과 애들이 좀 거칠어."

다른 과 애인을 달래는 손동훈의 모습에 모든 얘기를 아는 친구들은 아니꼬워 얼굴을 찌푸렸다. 친구들은 좋지 않은 미자의 얼굴을 봤는지 싸움을 접고 자리를 피하려 했다.

"너희들, 어디가? 사과하고 가야지."

인애의 말에 친구들을 비롯해 미자까지 어이없는 얼굴로 변했다.

미자는 화를 삭이려 고개를 내렸다가 손동훈과 인애가 손을 잡고 있는 모습이 눈에 들어왔다. 그 모습이 오히려 화를 가라앉

게 만들었다. 차분해진 미자는 가소롭다는 듯 피식 웃었다.

"저런 놈 옆에 있다고 의기양양하시네."

"뭐? 유미자, 너 지금 뭐라 그랬냐."

"바람피운 놈 믿고 있는 게 웃기다고. 왜 틀린 말 했어?"

"뭐? 선배한테!"

손동훈은 시뻘게진 얼굴로 미자의 말에 말만 더듬었고, 옆에 있던 인애는 입술을 깨물고 미자가 아닌 손동훈을 노려보며 손을 뺐다. 그러자 손동훈이 버럭 화를 냈다.

"야! 너나 잘해. 어디서 걸레 같은 게."

"뭐, 뭐? 너, 말 다 했어?"

"그래! 얼마나 막 돌렸으면 학교에 모르는 사람이 없더라."

주체가 안 될 정도로 화가 나자 자신도 모르게 눈물이 흘렀다. 손동훈 앞에서 눈물을 보이기 싫어 꾹 참아보려 했지만, 한번 터진 눈물은 쉴 새 없이 볼을 타고 내렸다.

그때 자신의 앞을 가로막는 사람의 등이 보였다.

*   *   *

우진은 지하철을 타고 서인대 역에 도착했다. 첫 번째 고객의 직장이 이곳이었다. 고객이 원하던 매튜도 당연히 옆에 있었다.

그런데 우진의 얼굴이 상당히 불편해 보였다.

"선생님. 디자이너가 깔끔하고 멋져야 상대방이 신뢰할 수 있지 않겠습니까?"

"네……."

머리카락을 기르기 시작하면서 한쪽 눈을 가리고 다녔는데, 매튜의 성화에 미용실까지 들러 머리카락까지 잘랐다. 그걸로 부족해 얼굴이 드러나도록 머리카락을 세워 뒤로 넘기기까지 했다. 게다가 옷도 고등학교 졸업식 때 선물로 받은 정장을 손수 수선까지 해서 입었다.

"돌아가시면 다른 것보다 선생님 옷부터 먼저 만드시는 게 좋겠습니다."

"네……."

왠지 혼나는 기분에 우진은 어깨가 움츠러들었고, 그럴 때마다 매튜는 어깨를 펴라는 듯 자신의 어깨를 폈다. 그렇게 혼나면서 이동하다 보니 어느새 학교에 도착했다.

학교 앞에 도착하면 연락하기로 했기에 전화를 꺼내려는데, 우렁찬 목소리가 들려왔다.

"어! 안녕하십니까!"

딱 봐도 교수라는 느낌을 주는 남성이 다가왔다. 우진은 빨리 왼쪽 눈으로 살펴보고 싶었지만, 아직 밖에 사람이 많아 어지러울 수 있었기에 렌즈를 빼진 않았다.

얼른 인사를 하고 자리를 옮겼으면 하는 생각으로 고개를 숙였다. 그때 자신을 지나쳐 가는 사람이 보였다.

"매튜 씨, 반갑습니다. 예전에 프랑스에서 멀찌감치 한 번 뵌 적 있었습니다."

"네. 반갑습니다. 이쪽은 I.J의 디자이너이신 임우진 선생님입니다."

"아! 그렇군요. 반갑습니다. 전 김태곤이라고 합니다. 커피숍으로 가실까요?"

들러리가 된 우진은 헛기침을 하고선 입을 열었다.

"사람이 별로 없는 곳으로 갔으면 좋겠는데요."

"아! 그럼 교수실로 가실까요?"

"네. 그게 좋겠어요."

김태곤은 매튜의 옆에 딱 붙어서 안내를 시작했다. 우진은 그저 한 발 뒤에서 앞에 가는 김태곤의 뒷모습을 바라봤다. 과연 어떤 모습으로 보일까 궁금해하며 이동하다 보니 입구에서 조금 떨어진 건물에 도착했다.

"2층이니 걸어 올라가시죠."

우진이 계단을 올라가는데 복도에서 웅성거리는 소리가 들렸다. 2층에 도착하니 복도에 많은 학생이 모여 있는 것이 보였다. 그리고 그 가운데 익숙한 얼굴이 눈에 들어왔다.

'유미자?'

서인대라는 것은 알고 왔지만 이렇게 보게 될 줄은 몰랐다. 하지만 인사를 나눌 분위기가 아닌 것처럼 보였다. 반갑기는 했지만 남의 연애사에 끼어드는 것보다는 빨리 앞에 보이는 교수의 옷을 보고 싶은 생각이 컸다.

모여 있던 학생들 사이의 뒤로 지나갈 때, 미자와 마주하고 서 있던 남자의 입에서 그냥 지나칠 수 없게 만드는 말들이 나왔다. 학교 홈페이지에서 봤던 말들이었고, 만약 실제라고 하더라도 이 많은 사람들이 모여 있는 앞에서 할 말은 아니었다.

우진은 미자의 안색을 살폈다. 미자는 붉어진 얼굴로 눈물을 흘리고 있었다. 오해하지 말아달라고 영상까지 찍었건만 지금 봐서는 소용없었던 것 같았다.

우진은 고민도 없이 걸음을 옮겼다.

"말이 너무 심하시네요."

갑자기 등장한 우진의 모습에 사람들의 시선이 우진에게 잠시 머물더니, 이내 손동훈에게 모든 시선이 돌아갔다. 마치 아침드라마에서나 보던 상황을 실제로 보게 되어 흥미로운 얼굴들이었다. 일부는 영상까지 촬영하고 있었다.

갑작스러운 우진의 등장이 못마땅했기에, 손동훈은 우진을 위아래로 훑어보고 얼굴을 찌푸렸다. 그러고는 고개를 돌려 우진에게 가려진 미자를 보려 했지만 우진이 몸을 움직여 시야를 막으며 말했다.

"오해하고 계시는데, 미자 씨는 그런 사람이 아닙니다."

비슷한 또래로 보였지만, 학교와 어울리지 않는 정장을 입고 있어서인지 마음에 걸렸다. 하지만 사람들이 보고 있는 자리에서 물러날 수 없던 손동훈은 그나마 조심스럽게 입을 열었다.

"그쪽은 누구신데요? 누구신데 끼어드시는데요."

"…전 미자 씨가 입었던 옷을 만든 디자이너… 입니다."

대답을 한 우진의 얼굴은 살짝 붉어졌다. 매튜에게 배운 대로 당당하게 디자이너라고 해야 했지만 아직까지 누구 앞에서 당당하게 디자이너라고 하기엔 스스로의 마음에 걸렸다.

그 때문인지 손동훈이 피식 웃었다.

"디자이너? 디자이너가 학교까지 찾아오고 그러나?"

"미자 씨를 찾아온 건 아닙니다. 고객… 을 만나러 왔다가 우연히 보게 됐습니다."

"하하, 미자 인기 좋네. 어디서 만났나? 클럽에서?"

"오해입니다. 미자 씨가 일하시는 곳에서 만났습니다."

"그래요? 좋은 데에서 일하나 보네."

우진은 기가 막혀 헛웃음을 뱉었다. 다른 사람의 일에 이렇게 화가 나보기는 처음이었다.

도저히 말이 통하지 않는 사람이었다. 이곳에 더 있으면 미자만 곤란해질 것 같아 우진은 고개를 저으며 뒤로 돌았고, 그 순간 깜짝 놀라고 말았다.

"비켜!"

미자는 여전히 우는 얼굴이었지만 옆에 있던 친구들이 말리지 않았으면 당장에라도 뛰쳐나갈 것 같은 모습이었다.

그 모습에 우진이 당황할 때, 사람들 사이에서 익숙한 목소리가 들렸다.

"선생님! 선생님! 마스터!"

매튜는 사람들을 뚫고 나오더니 우진의 앞에 섰다.

"여기서 뭐 하시는 겁니까? 안 보이셔서 깜짝 놀랐습니다."

"그게 미자 씨가 오해를 받고 있어서 그만……."

매튜도 미자가 학교에서 오해받고 있다는 것을 우진에게 들었기에 알고 있었다.

주위를 둘러보던 매튜가 미자의 모습에 상당히 놀랐는지 우진에게 전후 사정을 조용하게 물었다. 그리고 모든 얘기를 들은 매튜는 얼굴을 찡그리더니 곧바로 손동훈에게 다가갔다.

"무슨 근거로 그런 얘기를 퍼뜨리시고 다니시는 겁니까?"

손동훈은 매튜의 영어를 알아듣지 못했고, 손동훈뿐만이 아니라 옆에 있는 사람들 중에 알아듣는 사람이 몇 없었다.

어쩔 수 없이 우진은 통역사라도 된 듯 매튜의 말을 그대로 옮겼다.

"지금 당신의 말로 인해서 I.J의 이미지에 커다란 타격을 입었습니다."

무슨 소리를 하는지 몰라 우진이 매튜를 바라보자, 매튜가 빨리 통역이나 하라는 듯 고갯짓을 했다. 영문을 몰랐지만, 매튜라면 이유가 있을 것이라 생각이 들어 일단 통역을 계속했다.

"내가 뭘 했다고……."

손동훈은 갑자기 나타난 외국인 때문에 위축된 것처럼 보였다.

"이 많은 사람들 앞에서 우리 I.J의 얼굴인 모델 유미자 양의 이미지를 손상시키는 허위 사실을 유포하신 거, 그냥 넘어갈 수 없습니다. 매출에 영향을 줄 수 있는 만큼 우리 I.J는 업무방해죄로 고소하겠습니다."

유미자가 I.J의 얼굴이라는 말에서 잠시 멈칫했지만, 우진은 그대로 옮겼다. 그러자 사람들이 웅성거리기 시작했고, 미자의 친구들은 신기한 얼굴로 미자를 봤다. 그리고 그 중심에 있는 미자도 무척 당황하고 있었다.

사람들이 웅성거리자 그제야 손동훈의 얼굴에서 걱정하는 기색이 보였다. 그렇지만 사람도 많이 보고 있고 무엇보다 옆에 여자 친구가 있는데 기죽은 모습을 보이긴 싫었는지 언성을 높이며 말을 뱉었다.

"당신들이 뭔데! 이름도 없는 옷 가게 매출이 얼마나 된다고! 그리고 내가 그런 소문낸 거 아니거든? 나도 들은 얘기야."

그리고 그때, 패션산업학과 쪽에 모여 있던 사람들 속에서 목소리가 들려왔다.

"저 외국인, 어제 교수님이 놀라던 그 사람 아니야?"

"맞는 거 같은데? 제프 우드의 수석 MD면 대단한 사람 아니야?"

"그럴걸? 그럼 I.J란 옷도 엄청 비쌀 거 아니야? 제프 우드 청바지 하나에 100만 원 넘잖아."

"쟤 인생 망했네. 크크크."

*   *   *

주변에서 들리는 소리를 손동훈도 들었는지 얼굴이 사색이 되었다. 그러고는 말까지 더듬으며 미자에게 말을 걸었다.

"내가 그런 게 아니라 다른 애들도 다 그랬다니까. 야, 미자야. 네가 말해봐. 내가 소문냈어? 내가 그랬어?"

"쫄았냐? 네 옆에 있는 여친 얼굴이나 보고 나한테 말 걸어."

그리고 마침, 교수까지 등장했다.

"선생님들 여기 계셨습니까? 무슨 일 있는 겁니까?"

그러자 패션산업과 학생들은 슬금슬금 근처 강의실로 들어가거나 멀리 퍼지기 시작했다. 그래도 상황이 궁금한지 멀찍이서 이쪽을 구경하고 있었다.

"여기 이 학생이 우리 선생님 앞에서 I.J의 모델을 모함하고 있었습니다."

그러자 교수가 손동훈을 보다가 그 옆에 있는 인애를 발견했다.

"내 수업 듣는 학생 맞죠?"

"네……."

"내 손님에게 이게 무슨 실례지요?"

교수는 손동훈과 인애를 노려보더니 옆에 있는 우진을 향해 고개를 숙였다.

"제가 가르치는 학생이 실수를 한 모양인데 사과드리겠습니다."

"아, 저한테까지 사과하지 않으셔도 돼요. 저희 모… 델… 미자 씨에게 사과를 해주셨으면 좋겠어요."

그러자 교수는 곧바로 인애를 봤지만, 그녀는 자존심 때문에 사과를 하지 않았다. 손동훈은 그런 인애를 대신해 입을 열었다.

"저기… 죄송합니다… 야, 유미자, 진짜 내가 그런 거 아니야. 나도 들은 얘기야. 오해하지 말아주라."

그러자 미자는 물론이고 미자 친구들까지 손동훈을 향해 조소를 보냈다. 그 와중에도 손동훈이 인애를 감싸는 모습에, 미자는 됐다며 손을 휘저었다.

"그럼 학생들은 이만 가봐요."

교수가 말을 하자, 손동훈은 남아 있던 인애에게 전화한다는 시늉을 하고선 우진과 교수에게 고개를 숙이고는 계단을 내려갔다.

"괜찮으시겠습니까? 기분 나쁘셨으면 제가 다음에 숍으로 직접 찾아가도록 하겠습니다."

"아니에요. 괜찮아요."

"그럼 이쪽으로 오시죠."

교수가 안내를 했고, 우진은 미자에게 가벼운 미소로 인사를 대신하고는 교수를 따라갔다. 그러자 남아 있던 미자와 미자 친구들은 난리가 났다.

"야! 이년아! 저 왕자님은 누구야!"

"왕자라고 하기엔 좀… 생긴 건 멀쩡한데 뭐라 해야 하나. 살짝 좀 어리바리하던데?"

"맞아, 좀 그런 거 같던데, 말하다 말고 막 멈칫거리고."

미자는 우진을 제대로 본 친구들의 말이 웃긴지 피식 웃었다. 몇 번 마주한 적 없지만, 우진은 선한 느낌을 주는 사람이었고, 친구들이 본 대로 약간 어리숙해 보이는 면도 있었다.

"우리 선생님이 원래 착해서 그래."

"선생님? 어이구! 선생님! 모델 다 되셨어. 그런데 진짜 너 모델이냐?"

"어. J.I 모델."

"I.J 아니야?"

아직 이름도 잘 모르는 미자는 우진이 교수실 문을 닫을 때까지 바라보았다.

*　　　*　　　*

교수실에 들어오자마자 렌즈를 뺀 우진은 교수를 살폈다. 그런데 교수를 보는 우진의 얼굴에는 난처함이 가득했다.

"선생님?"

"네? 아……."

"제가 스타일을 바꿔보지 않아서, 하하. 대학 졸업하고부터 지금까지 거의 이런 스타일만 입다 보니 바뀌면 불편하더라고요. 홈페이지를 보니까 선생님께서 직접 추천을 해주신다고 하던데, 어떻게 입으면 좋을까요?"

왼쪽 눈에 보이는 교수는 지금하고 큰 차이가 없었다. 차이라고 해봤자 지금 입고 있는 검은색 재킷이 살짝 두꺼운 원단에다 감색으로 변한 것이고, 포켓 주머니에 새겨진 로고가 다였다. 정장 상의처럼 보이는 블레이저 재킷이었다.

그 속의 하얀 와이셔츠는 옅은 보라색으로 검은색 바지는 아이보리색으로. 색은 변했지만, 디자인 차이를 찾아볼 수 없을 정도로 똑같았다.

벨트는 아예 하지도 않고 있었고, 신발까지 무난한 검은색 구두였다. 다만 구두는 다른 옷들에 비해 조금 오래되어 보였다.

"아! 신발은 괜찮습니다. 아는 분이 만든 수제화인데, 다른 신발은 못 신겠더라고요. 이 제품이랑 같은 디자인으로 새것도 있습니다. 하하."

우진은 고개를 끄덕이며 교수를 살폈지만, 더 이상 다른 점이 보이지 않았다. 심지어는 헤어스타일마저 가발이라도 된 것처럼 그대로였다. 그렇다 보니 양쪽 눈으로 보는데도 전혀 어지럽지 않았다.

"제가 이 스타일로만 벌써 10벌이 넘습니다. 하하."

교수가 웃을수록 정신이 나갈 것 같았다. 세상에 하나뿐인 디자인이라는 모토를 내걸었는데 시작부터 꼬여 버렸다. 바비나 미자처럼 특출하진 않더라도 지금 모습과 조금이라도 달랐으면 좋겠다는 생각으로 살피고 살폈지만, 그대로였다.

우진은 자신도 모르게 고개를 숙이며 한숨을 뱉었다.

"이상한가요? 하하."

"아니에요. 그게 아니라……."

우진은 고개를 들다가 교수의 재킷 안쪽에서 시야가 겹치는 느낌을 받았다. 그래서 교수의 재킷 안쪽으로 얼굴을 들이밀었다.

분명히 겹쳐 보이는 것이 있었기에 우진은 양해를 구하고 직접 만져보기까지 했지만, 역시나 만져도 아무런 변화는 없었다. 그래도 겹쳐 보이는 정체는 파악할 수 있었다.

"아, 하하. 이 서스펜더요? 예전에 일하면서부터 착용했는데, 벨트는 못 하겠더라고요."

우진은 가볍게 고개를 끄덕이고는 손가락만큼만 보이는 멜빵을 살피기에 여념 없었다.

'가죽으로 만든 거 같은데… 무슨 가죽인지 엄청 어두워 보이네… 보라색인 건가? 왜 이렇게 낡고 어두워 보이지?'

우진의 행동 때문에 교수도 약간 난처한 얼굴로 매튜를 봤고, 잠자코 뒤에서 대기하던 매튜도 그제야 입을 열었다.

"선생님?"

"네?"

"왜 계속 그 부분만 살피십니까? 다른 곳도 좀 보시죠."

"아……."

우진은 그제야 정신을 차리고는 혹시 다른 곳에서도 멜빵처럼 놓친 곳이 있진 않나 열심히 살폈다. 하지만 다른 곳에서는 아무것도 발견하지 못했다.

오로지 멜빵, 멜빵만이 달라 보였다. 그것도 아주 일부분만 보여, 전체를 확인할 수 없었다.

그렇다고 멜빵만 맞추실 거냐고 물을 수는 없었다. 아무래도 첫 주문은 포기해야 할 것 같았기에 우진은 미안한 얼굴을 하고 교수의 앞에 앉았다.

"저, 교수님."

"네. 편하게 말씀하시죠."

"제가 교수님께 맞는 옷을 추천해 드리고 싶었는데, 지금 입으신 거 말고는 추천해 드릴 게 없네요."

"네?"

교수는 놀란 얼굴로 한참이나 우진을 바라봤고, 우진은 미안한 마음에 어쩔 줄 몰라 하고 있었다. 그러자 교수가 갑자기 웃음을 터뜨렸다.

"선생님. 너무 양심적이신 거 아닙니까?"

"네?"

"다른 숍 같았으면 뭐 속옷까지 맞춰주려고 했을 건데. 하하하."

"영어로 대화를 해주셨으면 좋겠습니다."

대화 내용이 궁금했는지 매튜는 눈치 없이 끼어들었고, 교수는 즉시 영어로 대화를 나눴다.

"제가 옷을 맞추겠다고 하면 어떻게 되는 건가요?"

"아, 일단 옷을 만드는 건 똑같아요. 스케치부터 하고 패턴 떠 보고 원단 고르고 나면 다시 미팅을 할 거예요. 그리고 원단이 마음에 드시면 그 원단 가격에 맞춰서 전체적인 가격이 책정될 거고요. 가봉이 되면 핏 체크를 한 번 하게 되고요."

"보통 원단 스와치까지 들고 와서 원단까지 정해서 가던데. 혹시 이탈리아에서 공부하셨습니까? 방식이 오래전 이탈리아 숍하고 비슷하네요. 요즘은 번거로워서 그렇게 안 하던데, 대단하십니다."

"아니에요. 공부는 미국 파슨스에서 했… 어요."

"오, 파슨스! 역시 좋은 학교 출신이시군요."

교수는 상당히 많은 질문을 했고, 우진은 면접이라도 보는 양 성실히 답했다.

그런 대답이 만족스러운지 교수는 미소를 지으며 마저 입을 열었다.

"디자인도 나오고 하려면 시간이 좀 걸리겠군요? 그 원피스도 그렇게 나온 건가요?"

"네, 한 일주일 정도 걸렸어요."

"그렇게 빨리요? 숍을 엄청 크게 차리셨나 봅니다. 전 한 달은 걸릴 줄 알았는데. 그럼 치수는 원단이 정해지면 재는 건가요, 아니면 첫 미팅 때 재는 건가요?"

"아무래도 첫 미팅 때 재고 가야 패턴 뜰 때 편하겠죠."

"하하, 아무래도 그렇겠죠. 그럼 재킷을 벗으면 될까요?"

반쯤 포기하고 있던 우진은 놀란 나머지 교수가 아닌 매튜를 봤다. 그러자 매튜가 어째서인지 미소를 지으며 알았다는 듯 고개를 끄덕였다. 그러고는 가방에서 줄자가 담긴 케이스를 꺼냈다.

"네, 알겠습니다. 치수는 선생님이 아닌 제가 담당인데, 괜찮으십니까?"

"하하, 영광이죠."

놀라서 쳐다봤을 뿐인데 매튜는 눈치 빠르게 척 나서더니 우진에게 엄지까지 내밀었다.

*   *   *

다음 날. 김 교수가 다행히도 현재 스타일을 유지했으면 좋겠다고 했기에 색만 다르게 스케치를 그려서 보여주었고, 상당히 만족해했다. 봄 재킷보다 살짝 두껍게 만들기를 원했기에 원단만 정하면 되었다.

다행히도 바지와 와이셔츠를 만들 원단은 바비가 보낸 것 중에서 괜찮은 것이 있었다. 재킷 안감은 보통 구겨지지 않고 부드러운 폴리에스터를 사용하는데, 바비가 보내준 원단들 중 가장 많은 원단이었다.

재킷의 겉 원단과 부자재들만 구하면 되었기에 동대문에 나와서 원단 시장의 많은 가게를 돌아다니며 재킷에 맞는 원단을 찾아다녔다. 소매 시장에는 마땅한 원단이 없었기에 도매를 전문으로 하는 곳까지 돌아다니는 중이었다.

"이런 곳도 오랜만입니다."

"일하실 때 이런 데는 안 다니세요?"

"다녔었죠. 하지만 지금은 가만있어도 원단 가게가 아닌 섬유 회사들이 찾아오죠."

"아… 네."

우진은 부러운 얼굴로 걸음을 옮겼다.

올 때마다 느끼는 것이지만, 시장 안에 있는 많은 가게들 중에서 특별한 원단을 찾는 것은 힘들었다.

가게들마다 추천해 주는 원단은 전부 잘나가는 원단들뿐이었다. 눈으로 봤던 원단 중 최대한 비슷한 원단을 찾으려면 발품을 파는 것밖에 방법이 없었다.

"어디 가게예요?"

"아, 숍이에요."

"어디? 우리 좋은 원단 많은데. 삼중 모직에서 이번에 나온 거 보여 드려요? 코튼하고 나일론 혼방인데. 요새 다들 이것만 찾아요."

주인은 원단을 꺼냈고, 원단을 가만히 살펴보던 우진은 고민을 하다 결국 또 구매했다.

"세 마만 주시겠어요?"

"세 마요?"

소매를 하다 보니 받는 시선이었다. 주인은 매튜가 들고 있는 짐을 보더니 이내 표정이 바뀌었다.

없는 자금으로 구매한 원단이었다. 가게마다 원단 조각들을 모아둔 스와치를 보여줬지만, 좀 더 돌아다녀 보며 그중 제일 괜찮은 원단을 찾는 중이었다. 첫 주문이기에 잘해야 한다는 부담

감이 만든 결과였다.

"샘플 만들어보려고 그러시는 거구나? 얘기를 하시지. 거기 있는 것도 다 우리 가게 있는 것들인데. 으유! 진작 오시지!"

주인은 3마를 자르다 말고 우진을 힐끔 보며 인심 쓴다는 듯 손가락 길이만큼 더 잘랐다.

"스와치도 넣어드릴 테니 자주 와요. 전화번호는 뒤에 있으니까! 찾는 거 있으면 바로 전화해요!"

"네, 감사해요."

소매로 구하면 대부분 좋아하지 않았고, 이렇게 친절하지 않았다. 아무래도 뒤에서 짐을 든 채 원단을 만져보는 매튜의 역할이 큰 것 같았다.

매튜는 고개를 끄덕이기도 하고 사진도 찍기도 하며 혼자 중얼거리고 있었다. 그 모습을 본 주인은 고개로 매튜를 힐끔 가리키더니 물었다.

"숍 선생님이 해외파이신가 봐요?"

우진이 아직 어려 보이는 데다가 동행인이 나이가 있는 백인이다 보니, 우진을 디자이너라고 생각지 못했다. 우진도 충분히 이해를 하기에 웃으며 그렇다고 대답하며 가게를 나왔다.

조금 더 원단을 찾았으면 좋겠지만, 차가 없는 관계로 지금 들고 있는 짐만 들고 가기도 버거웠다.

그 짐을 들고 동대문을 헤집고 다니며 실과 옷걸이까지 주문하고 나서야 상가를 나왔다.

두 사람은 원단이 든 커다란 비닐을 나눠 들고 지하철역으로 향했다. 새벽이 아닌 오후에 와서인지 쇼핑을 하러 온 사람들이 상당히 많았고, 매튜는 지쳤는지 조금씩 처졌다.

"선생님, 아무래도 차가 있어야 할 것 같습니다."

"잠시 쉴까요?"

"네, 저기 벤치에서 잠시만 쉬다 가죠."

그냥 걸어 다녀도 힘든데 짐까지 들고 하루 종일 걸어 다녔으니 힘든 게 당연했다. 자신 때문에 고생하는 것 같아 미안한 마음이었다.

"아무래도 대출을 받아야 할 것 같아요."

"아닙니다. 회사에 신청해서 받으면 됩니다."

"제프 우드요……?"

"네. 아무래도 렌트하라고 하겠지만, 없는 것보단 나을 겁니다."

"컥."

매튜가 옆에 있는 것만으로도 벅찬데 계속해서 도움을 받기는 미안했다. 지금까지 남들에게 부족해 보이지 않으려 항상 노력했는데, 돈만은 어떻게 해볼 도리가 없었다.

"파견 나왔다고 해도 제프 우드 소속이니 당연한 요구입니다."

지금 당장 전화하지 않는 것만 해도 다행이었다.

우진은 부족한 것들이 너무 많기에 답답한 마음이 들어 하늘을 보며 한숨을 쉬었다. 그리고 고개를 내리다가 옆을 봤는데, 노점상을 비추고 있던 불이 꺼지는 게 보였다. 들여다보니 작은 등으로 바꾼 채 정리 중이었다.

사람들이 붐비는 시간대에 문을 닫는 모습이 이상했다. 궁금한 마음에 고개만 살짝 빼서 정리 중인 좌판을 봤다.

구두 몇 켤레와 지갑 몇 개가 다인 상점이었다. 마치 자신과 비슷한 느낌이었다.

좌판조차 가득 채우지 못하는 노점상 주인은 아버지와 비슷한 나이대로 보였다.

『너의 옷이 보여』 2권에 계속…